Rosa Ribas &
Sabine Hofmann

DIE GROSSE KÄLTE

Roman

Kindler

Die spanische Ausgabe erschien 2014
unter dem Titel «El gran frío» bei
Ediciones Siruela, Madrid.

1. Auflage März 2016

Redaktion Johanna Schwering

Satz aus der Caslon PostScript, InDesign
Gesamtherstellung CPI books GmbH, Leck, Germany
ISBN 978 3 463 40361 8

Die große Kälte

Dieses Spiel mag ich nicht.

Ich verstehe es nicht. Muss man vielleicht ganz still sein?

Verstecken! Ist es Verstecken?

Aber wo sind dann die anderen? Ich mag keine Spiele, die ich nicht verstehe.

«Pili, dieses Spiel mag ich nicht. Steh endlich auf.»

Warum steht sie nicht auf?

Wie lustig! Sie hat die Schuhe falsch rum an. Den rechten links und den linken rechts. Früher hat mir Mutter manchmal die Schuhe falsch rum angezogen, wenn sie es eilig hatte, aber jetzt ziehe ich sie mir selbst an, und ich mache es immer richtig. Fast immer. Neulich hat Vater mich angeschrien und mich durcheinandergebracht. Weil er geschrien hat und gesagt hat, dass ich nicht nur dumm bin, sondern auch langsam. Und da habe ich mir die Schuhe falsch rum angezogen. Ich habe aber nichts gesagt. Damit er mich nicht schlägt. Aber hinterher hat es weh getan, und außerdem bin ich hingefallen.

«Pili, bist du hingefallen? Hast du dir weh getan? Warum bewegst du dich nicht?»

Vielleicht weint sie ja. Mädchen legen sich hin, wenn sie weinen. Jungen nicht. Jungen weinen nicht. Weil Jungen Männer sind und Männer nicht weinen.

«Bist du traurig, Pili? Nicht weinen.»

Ich kitzele sie mal. Das hält sie nicht lange aus, sie muss immer lachen, wenn ich sie kitzele.

«Pili! Los, lach schon.»

Sie rührt sich nicht.

Kalt ist sie auch.

«Pili!»

Das war das Monster. Aber das Monster bringt die Mädchen nicht um. Es tut ihnen weh, aber es bringt sie nicht um. Es tut ihnen weh, deshalb haben sie alle Angst vor ihm, aber es bringt sie nicht um.

Und wenn es noch hier ist?

Ich habe keine Angst. Wenn das Monster kommt, bringe ich es um. Ich lasse nicht zu, dass es Pili auffrisst.

«Monster, komm her, wenn du dich traust.»

I

Und falls sich der Chef doch geirrt hatte?

Sie stieg an der Plaza de España aus der Straßenbahn und war sicher, dass Señor Rubio zum ersten Mal in den drei Jahren, die sie nun für ihn arbeitete, falschlag. Ana blickte zu den öffentlichen Toiletten an der Ecke zur Calle Cruz Cubierta hinüber. Gerade strebte ein Mann auf das Häuschen zu, schon im Gehen streifte er sich die Handschuhe ab.

Es war eindeutig ein Fehler gewesen, sie zum Ort des Geschehens zu schicken. Keiner der Beteiligten würde ihr etwas erzählen. Nicht nur weil sie eine Frau war. Auch mit einem Mann würde niemand gerne darüber sprechen, weder die Arbeiterinnen der Glühbirnenfabrik noch die Männer, an die die verhaftete Kupplerin sie vermittelt hatte.

Wenn es einen Toten gab, war es einfacher. Der Tod machte die Menschen gesprächig, vor allem, wenn er nicht in ihrer Nähe zuschlug, sondern nur einen entfernten Verwandten, einen Nachbarn oder eine Zufallsbekanntschaft erwischte. So wie sich nach Beerdigungen zwangsläufig heftiger Hunger einstellte, löste ein Toter bei den Leuten nervöse Wortkaskaden aus, selbst wenn sie gerade einmal die Schuhspitze der Leiche gesehen hatten.

Aber bei einem Fall wie dem der Kupplerin, die offiziell als Losverkäuferin unterwegs war, wollte niemand etwas gewusst haben. Glaubte ihr Chef etwa, dass die Mädchen aus der Fabrik, die sich mit den arrangierten Rendezvous etwas

dazuverdienten, mit Ana darüber reden würden? Wie stellte er sich derartige Gespräche vor?

«Hallo, bist du eine von den … na, du weißt schon …»

Er würde wohl auch nicht von ihr erwarten, dass sie um die Männertoiletten herumstrich und mögliche Kunden der Zwergin ansprach, wenn diese sich mit kaum verhohlener Eile näherten. Oder, noch besser, wenn sie weitaus langsamer wieder herauskamen, der eine oder andere noch mit seinem Hosenschlitz beschäftigt, und sie den Moment männlicher Erleichterung nutzte, um sie mit der Frage zu überfallen: «Verzeihung, mein Herr, gehörten Sie auch zu den Kunden von Paulina Sánchez?»

Da würden doch alle Männer sofort die Flucht ergreifen. Die einen, weil es ihnen peinlich war, just in diesem Moment auf einen unbekannten Namen angesprochen zu werden, die anderen, weil sie wussten, was es mit Paulina Sánchez auf sich hatte, auch wenn diese als «Losverkäuferin» oder «Lottozwergin» bekannt war, und sie würden Ana für einen Polizeispitzel halten.

Die Frau war vor drei Tagen aufgrund der anonymen Anzeige einer Arbeiterin aus der Glühbirnenfabrik «Z» in der nahegelegenen Calle de México verhaftet worden. Jeden Morgen hatte sie mit ihren Losen von der Blindenlotterie an der Wand des Toilettenhäuschens gesessen. Den Namen «Lottozwergin» hatte sie bekommen, weil sie nicht größer als einen Meter dreißig war. Ihre Wirbelsäule knickte nach vorn ab, sodass ihr Rumpf nicht wesentlich länger wirkte als ihr riesiger Kopf. Ihre Beine waren so kurz, dass die Füße den Boden vor ihrem Stuhl nicht berührten.

Ana hatte sie auf dem Polizeifoto erkannt, das Rubio ihr gezeigt hatte. Sie hatte die Zwergin oft hier gesehen, die

Los-Coupons an die Brust geheftet und immer inmitten einer Traube von Männern. Jetzt wusste Ana, dass die Männer keine Lose gekauft hatten.

Lange hatte Paulina Sánchez als Kupplerin gearbeitet, und alles schien gut zu laufen: Die Männer kamen zu ihr, damit sie ihnen eines der Mädchen aus der Fabrik vermittelte. Sie nannten ihre Vorlieben hinsichtlich Alter, Körperbau oder Haarfarbe, so wie andere Kunden sie um Lose mit ungeraden Nummern, einer Acht am Ende oder ohne Fünf in der Ziffernfolge baten. Die Losverkäuferin vereinbarte mit ihnen Tag und Uhrzeit und gab ihnen die Adresse des Etablissements. Dieses Verfahren hatte reibungslos funktioniert, bis irgendein Rädchen aus der Spur geraten war und es zerstört hatte. Eine der Frauen konnte es nicht gewesen sein, sie hatten kein Interesse daran, ihre Tätigkeit öffentlich zu machen. Ana glaubte nicht an die offizielle Version, der zufolge eine der neuen Arbeiterinnen die Zwergin angezeigt hatte, aus moralischer Empörung darüber, dass diese es gewagt hatte, ihr ihre Dienste anzubieten.

Obgleich sie nicht erwartete, weitere Informationen für ihren Artikel zu bekommen, schlenderte sie einen Moment lang zwischen dem Toilettenhäuschen und der Bar La Pansa auf und ab. Hin und wieder warf sie einen Blick auf ihre Uhr, damit es so aussah, als wartete sie auf jemanden. Irgendetwas – vielleicht ihr journalistischer Instinkt, vielleicht ihre Sturheit, vielleicht die Erfahrung aus vier Berufsjahren – hinderte sie daran, den Platz zu verlassen und Rubio mitzuteilen, dass es dieses Mal nichts genutzt hatte, vor Ort zu sein und, wie ihr Chef zu sagen pflegte, sich die Füße im Schlamm der Straße schmutzig zu machen.

Schmutzig waren ihre Füße genau genommen zwar nicht,

dafür aber eiskalt. In den Zeitungen hieß es, die Temperaturen seien in diesem Winter so niedrig wie seit Jahren nicht mehr. Die Kollegen, die am meisten zu Übertreibungen neigten, sprachen schon von einer «neuen Eiszeit im Jahre 1956».

Der feuchte und schneidende Januarwind hatte es jetzt geschafft, unter ihren Mantel zu kriechen. «Noch fünf Minuten, und dann gehe ich», hatte sie sich schon mehrmals gesagt, während sie auf dem Bürgersteig auf und ab marschierte, den Mantel fest um sich gezogen und die Arme vor der Brust verschränkt.

Während sie überlegte, ob sie sich in einem Café in der Nähe aufwärmen oder besser direkt nach Hause zurückkehren sollte, sah sie den Losverkäufer, der aus der Calle Cruz Cubierta kam. Er stützte sich mit der Rechten auf die Schulter eines Mädchens, dessen Zöpfe dicker als ihre Arme schienen. Das Mädchen führte ihn, und die beiden kamen zügig voran. Die Leute wichen ihnen aus, sobald sie sie bemerkten, und das Mädchen umging geschickt alle Hindernisse.

Der Blinde war ungefähr fünfzig Jahre alt. Wenn er nicht der Vater des Mädchens war, so musste er zumindest mit ihr verwandt sein. Seine Arme und Beine waren ebenfalls extrem mager, an dem windigen Tag klebte der Stoff seiner dünnen Hosen geradezu an den fleischlosen Waden. Seine wettergegerbte Haut war so dunkel, dass die Augäpfel hell hervortraten, als wären sie von innen beleuchtet.

Sie kamen an Ana vorbei. Der Mann hatte sich die Los-Coupons mit Stecknadeln an die Mantelaufschläge geheftet. Das Mädchen führte ihn bis zu einer sonnigen Stelle vor der Wand, an denselben Platz, an dem auch die Zwergin gesessen hatte. Dann kontrollierte sie, ob alle seine Mantelknöpfe

geschlossen waren, und verabschiedete sich. Der Blinde tätschelte ihr die Wange.

Bevor das Mädchen in die Straßenbahn in Richtung Paralelo stieg, drehte es sich immer wieder um, als ob es sich vergewissern wollte, dass es den Mann auf den richtigen Platz gesetzt hatte.

Vielleicht hatten sie eine Vorahnung, weil sie so oft vor Ort auf der Straße gewesen waren, vielleicht lag es auch einfach nur daran, dass sie eiskalt waren – jedenfalls waren es Anas Füße, die die Initiative ergriffen. Ihr Kopf fing erst an, einen Plan zu entwerfen, als sie schon bei dem Blinden angelangt war.

«Das Glück! Das Glück!», rief der Mann aus, als er spürte, dass jemand vor ihm stand.

«Etwas Glück kann ich wirklich brauchen», sagte Ana.

«Das lässt sich machen.» Der Blinde ließ grinsend seine Finger über die Lose gleiten. «Hiermit.»

Ana verspürte leichte Gewissensbisse, weil sie die Tatsache ausnutzte, dass der Mann sie nicht sehen konnte. Ihre Kleidung hätte ihm sofort gesagt, dass sie keine Fabrikarbeiterin war. Sie trat noch etwas näher heran und murmelte: «Ich bräuchte etwas Zuverlässigeres. Einen kleinen Nebenverdienst.»

«Arbeitest du in der Fabrik?»

Die Frage verriet ihn. Wenn er von nichts gewusst hätte, hätte er erstaunt sein müssen.

«Ja.»

«Ledig oder verheiratet?»

«Verheiratet», log Ana.

«Also hast du die Premiere schon hinter dir. Kanntest du die Zwergin?»

«Ja. Sie hat mir manchmal geholfen.»

«Und weißt du, was ihr passiert ist?»

«Ja. Deshalb habe ich gedacht, dass Sie vielleicht …»

«Komm ein bisschen näher, Süße.»

Sie machte einen Schritt auf ihn zu, als ob sie die Losnummern an seinem Mantel lesen wollte. Eine widersprüchliche Geruchsmischung schlug ihr entgegen: Waschmittel und säuerlicher Schweiß. Aber er ließ ihr keine Zeit zu spekulieren, ob er saubere Kleidung trug, weil das Mädchen sie ihm wusch. Eine knochige Hand fuhr über ihren Körper, den Arm hinauf, zu ihrer linken Brust, hinab zur Taille und suchte unter dem Mantel den Weg zwischen ihre Beine.

Ana sprang zurück. «Was machen Sie da?»

«Ich kann die Qualität der Ware nicht sehen wie die Zwergin. Mit der Figur verdienst du bestimmt ganz gut, oder?»

Sie unterdrückte den Impuls wegzulaufen. Wenn sie die demütigende Situation schon über sich ergehen ließ, sollte zumindest etwas dabei herausspringen.

Sie schloss den Mantelknopf, den der Blinde mit seinen dürren Fingern blitzschnell geöffnet hatte. «Also, können Sie mir weiterhelfen oder nicht?»

Der Blinde fing an zu lachen. «Ich? Nein, meine Süße. Ich wollte bloß mal etwas frischeres Fleisch in der Hand haben als das meiner Frau.»

«Sie sind ein Schwein!»

«Du hast doch wohl nicht geglaubt, dass wir Blinden von Natur aus bessere Menschen sind?»

Ana verschlug es für einen Moment die Sprache.

«Aber ich will mal nicht so sein. Ich habe was für dich.»

Er hob die Hand, mit der er sie betatscht hatte, und fuhr in der Luft den Weg über Anas Körper nach. Sie wich einen weiteren Schritt zurück.

«Geh in die Boquería. Da verkauft ein Krüppel Lose, er hilft manchmal den Marktfrauen, sich ein paar Peseten extra zu verdienen.»

«Ein Krüppel?»

«Ja, du kannst ihn nicht verfehlen. Er hat keine Beine mehr und sitzt auf einem kleinen Holzkarren. Um sich abzustoßen, steckt er die Hände in alte Schuhe. Aber sei vorsichtig, er knutscht gerne», fügte er mit einem schmutzigen Lachen hinzu.

Ana beherrschte sich, um ihn nicht zu ohrfeigen. Blinde schlägt man nicht.

«Und der Krüppel ist nicht verhaftet worden?»

«Nein. Weil niemand ihn angezeigt hat. Er mag verkrüppelt sein, doch er betrügt weder die Mädchen noch die Kunden bei der Abrechnung.»

«Aber die Zwergin hat das getan?»

«So ist es, Süße. Habsucht macht blind.»

War das ein Witz, oder hatte der Losverkäufer einfach nur eine Redewendung gebraucht?

«Keine Sorge, bei ihm bist du in guten Händen.» Er lachte wieder.

Langsam hatte Ana von diesem Blinden und seinem Lachen genug, aber eine Frage musste sie noch klären.

«Wissen Sie, wer die Zwergin angezeigt hat?»

«Du bist ganz schön neugierig, Süße.»

«Ich will nicht, dass mir etwas passiert. Ich habe Familie.»

«Dir wird nichts passieren. Die Zwergin hatte Ärger. Sie hat den Polizisten, den sie bestochen hat, übers Ohr gehauen. Habsucht hat schon so manchen ins Verderben gestürzt. Gegen die Habsucht die Großzügigkeit. Jetzt willst du bestimmt ein paar Lose kaufen, oder?»

Ana holte ihr Portemonnaie aus der Tasche, öffnete und schüttelte es, sodass das Kleingeld klirrend aneinanderschlug. Dann ließ sie den metallenen Verschluss laut zuschnappen. Der Blinde streckte in Erwartung der Münzen die Hand aus.

«So etwas Dummes», sagte Ana. «Ich habe gar kein Geld dabei.»

«Macht nichts», erwiderte der Blinde lächelnd. «Wie man in den Wald hineinruft … Beschwer dich aber hinterher nicht, wenn eins von meinen gewinnt. Und wenn du nichts kaufen willst, gehst du jetzt besser. Ich muss auf meinen Ruf achten.»

Dieses Mal klang sein Lachen teuflisch.

Die Stimme des Blinden verfolgte Ana bis zur Straßenbahnhaltestelle. Er leierte: «Das Glück, das Glück. Gegen die Trägheit den Fleiß. Gegen den Zorn die Geduld. Das Glück, das Glück. Gegen die Wollust die Keuschheit, gegen den Neid die Nächstenliebe.»

Als sie an der Haltestelle ankam, fuhr gerade eine Straßenbahn ein. Sie stieg ein, ohne nachzuschauen, ob es die richtige war. Hauptsache, sie brachte sie fort von dem Blinden und seinem Singsang.

«Das Glück, das Glück. Gegen den Hochmut …»

Die Tür der Bahn schloss sich hinter ihr.

«Die Demut», murmelte Ana.

«Wie bitte?», fragte der Schaffner.

«Nichts.»

Sie legte das Geld auf die Theke und nahm den Fahrschein entgegen. Es war die richtige Straßenbahn. Sie fand einen freien Sitzplatz. Auf der Straße liefen die Leute vornübergebeugt, starr vor Kälte trotz der schwächlichen Sonne.

Obwohl die Polizei die Presse über die Verhaftung der Kupplerin informiert hatte, würde es nicht leicht sein, den Artikel zu verfassen. Sie würde viele Umschreibungen finden müssen, um die Schere der Moralwächter zu umgehen, die unbarmherzig alles zensierten, was, wie sie es nannten, mit dem sechsten Gebot zu tun hatte.

Auch über den geschmierten Polizisten würde sie kein Wort schreiben dürfen. Dass ein Repräsentant der Staatsmacht korrupt war, durfte man nicht einmal andeuten, selbst wenn es sich nur um einen kleinen Streifenpolizisten handelte. Nicht nur das aufgezwungene Schweigen dämpfte den Stolz über ihre Entdeckung, sondern auch der Preis, den die Auskunft sie gekostet hatte. Unwillkürlich lehnte sie sich im Sitz nach rechts, als wollte sie der Hand des Blinden abermals ausweichen.

Aber auch wenn die Zensur sie fesselte und knebelte, ihre Neugier hatte sie behalten. Sie beschloss, den Krüppel zu suchen, um den Dingen auf den Grund zu gehen.

***

Sie erreichte die Ramblas. Schon vor dem Schirmgeschäft am Pla de la Boquería hörte sie eine Stimme mit metallischem Timbre singen: «Das Glück, das Glück. Es sind nur noch ein paar übrig. Bringt Glück, jedes Stück. Kaufen Sie, schöne Frau.»

Der Blinde hatte recht, der Krüppel war tatsächlich leicht zu erkennen. Seine Beine endeten ein Stück über dem Knie, er saß auf einer Holzkiste, die darunter montierten Räder schienen von Rollschuhen zu stammen. Daneben lagen die Schuhe, mit denen er sich abstieß.

Ihre Füße waren immer noch kalt und geschwollen, die Fahrt in der Straßenbahn hatte sie nicht aufgewärmt. Trotzdem suchte Ana nun einen geeigneten Platz auf der Straße, um den Mann zu beobachten. Sie bezog auf dem Bürgersteig gegenüber Stellung, in der Nähe eines Kiosks, und begann wieder zu warten.

Der Krüppel nannte singend die Zahlen, sprach Passanten an und summte immer wieder ein Liedchen. Nach einer halben Stunde hatte er einige Losstreifen verkauft: an eine ältere Frau, die mit einem Korb aus der Markthalle kam, an einen Mann in einer Verkäuferschürze, an eine Frau mit einem widerspenstigen Kind. Dann trat ein Mann mittleren Alters auf ihn zu und bot ihm eine Zigarette an. Der Mann zündete ihm die Zigarette an, der Krüppel nickte. Kurze Fragen, knappe Antworten, wie bei einer Verabredung. Wann? Wo? Einverstanden? Ja. Nein. Gut. Auf Wiedersehen. Der Mann entfernte sich. Lose hatte er nicht gekauft.

Der Krüppel rauchte die Zigarette zu Ende, drückte sie auf dem Pflaster aus und legte den Stummel in eine Schachtel neben seinem linken Oberschenkel, danach zog er sich die Schuhe über die Hände und rollte in die Markthalle. Das Quietschen der Räder drang bis zu Ana hinüber, die sich sofort in Bewegung setzte. Sie überquerte die Ramblas und betrat ebenfalls die Markthalle.

Um diese Zeit war in der Boquería viel Betrieb. Der Kopf des Krüppels erschien und verschwand zwischen den Bäuchen und Taillen der Menschenmenge in den Gängen. Um sich seinen Weg zu bahnen, drückte er immer wieder auf eine birnenförmige Gummihupe an seinem Wägelchen. Wie die von Harpo Marx, dachte Ana.

Vor einem Metzgereistand hielt der Krüppel an. «Mäd-

chen, ich bring dir die Nummer, die du reserviert hast», rief er einer der beiden Verkäuferinnen zu.

«Einen Moment, ich komme sofort», erwiderte die Frau.

Sie war Mitte dreißig, ihre Hände waren rot von dem kalten Fleisch, das sie mit riesigen Messern zerlegte. Sie hatte gerade ein paar Rippchen zerteilt und wickelte sie nun ein, um sie der Kundin zu reichen. Der Krüppel wartete mitten im Gang auf sie. Er brauchte keine Hupe, damit die Leute ihm auswichen. Nachdem sie das Wechselgeld in eine Holzschachtel gelegt hatte, wischte die Verkäuferin sich die Hände an einer Schürze ab, die am Morgen weiß gewesen sein musste, klappte einen Teil der Marmortheke hoch und kam heraus. Sie trat auf den Krüppel zu und beugte sich hinunter, um die Lose in Empfang zu nehmen. Der Mann flüsterte ihr etwas ins Ohr, während um sie herum die anderen Verkäufer schreiend ihre Ware anpriesen, Fleischstücke wogen, kassierten und Wechselgeld herausgaben. Wie viel der Mann mit den Zigaretten wohl für seine Ware bezahlte?

Eine Stunde später, auf dem Heimweg, korrigierte Ana sich. Der Chef hatte sich nicht geirrt.

2

Nach dem Essen ging Ana ihre Notizen durch und schrieb einen Entwurf für den Artikel, der in der kommenden Woche in der nächsten Ausgabe von *El Caso* erscheinen sollte. Dann zog sie sich um, denn am Abend würde sie an einem Galaempfang teilnehmen, über den sie berichten sollte, und nach ihrem Besuch bei Enrique Rubio würde ihr keine Zeit bleiben, noch einmal nach Hause zurückzukehren. Glücklicherweise hatten ihre reichen Cousinen immer noch Freude daran, der in ihren Augen etwas exzentrischen Verwandten abgelegte Kleidungsstücke zu schenken, sodass Anas Kleiderschrank mit Abendkleidern bester Qualität gut bestückt war. Sie änderte sie mit der Nähmaschine ab, die sich den hellsten Fleck in der Wohnung mit ihrer Olivetti teilte. Allerdings würde sie ihrer Cousine Claudina, die sich nach ihrer Hochzeit von einer grazilen und modebewussten jungen Frau in eine rundliche Matrone verwandelt hatte, niemals sagen, dass sie sich aus dem übriggebliebenen Stoff ihres türkisfarbenen Samtkleides noch zwei Sofakissen hatte nähen können.

Trotz der Kälte stieg sie die vier Stockwerke auf Strümpfen hinab, ihre Pumps in der Hand: Sie wollte eine Begegnung mit der Hausmeisterin vermeiden. Teresina Sauret verwickelte sie jedes Mal in ein Gespräch, wenn sie mitbekam, dass Ana gut gekleidet das Haus verließ, um herauszufinden, was sie am Abend vorhatte. Seit Ana für *Mujer actual* schrieb,

zählte Teresina Sauret zu ihren ergebensten Bewunderinnen, auch wenn sie es nach wie vor missbilligte, dass Ana als junge Frau allein lebte. Diesmal gelang es ihr, unbemerkt zum Hauseingang zu schleichen. Aus der Wohnung der Hausmeisterin tönten aufgeregte Stimmen und dramatische Musik. Die Radioserie schien gerade an einem Punkt angelangt zu sein, der die gesamte Aufmerksamkeit der Zuhörerin forderte. Trotzdem öffnete Ana sicherheitshalber die Haustür, bevor sie sich die Schuhe anzog, damit sie gegebenenfalls schnell aus dem Haus schlüpfen konnte.

Es war noch kälter geworden. Sie schlug den Mantelkragen hoch und machte sich auf den Weg zur Ronda de San Antonio.

«*El 'ciero, La Vanguardia! El 'ciero!*» Der Zeitungsjunge stand neben der Straßenbahnhaltestelle und schwenkte ein Exemplar des *Noticiero Universal*. Die lange Jacke, die er mit einem alten Hosengürtel zugebunden hatte, reichte ihm bis zu den Waden. Da Ana ihr Tempo verringerte, blickte der Junge sie fragend an: «*El Noticiero*? *La Vanguardia*? Welche wollen Sie?»

Sie schüttelte den Kopf, bevor sie in die Straßenbahn stieg, die gerade einfuhr. Keine von beiden.

***

Die *Vanguardia* hatte sie verlassen. Beim *Noticiero Universal* hatte man sie nicht gewollt. Im Grunde genommen hatte sie *La Vanguardia* verlassen, weil man sie dort ebenfalls nicht mehr gewollt hatte. Die Tür zur Redaktion der *Vanguardia* hatte ihr Mateo Sanvisens geöffnet, der Chefredakteur der Tageszeitung und ein alter Freund ihres Vaters. Ihr Vater

galt, wie viele Journalisten nach dem Bürgerkrieg, als politisch belastet und hatte Berufsverbot. Einigen in der Redaktion hatte es nicht gepasst, mit einer Frau zusammenzuarbeiten, aber solange ihre Tätigkeit sich darauf beschränkte, Berichte für die Gesellschaftsnachrichten zu schreiben und Texte zu verfassen, die unter dem Namen anderer Kollegen veröffentlicht wurden, hatte man ihre Anwesenheit hingenommen. Doch der Erfolg, den Ana ihre Berichte über den Fall Sobrerroca bescherte, hatte Eifersucht und vor allem Neid geweckt.

«Eine unserer vornehmsten nationalen Eigenheiten, seit Jahrhunderten kultiviert», hatte ihre Cousine Beatriz kommentiert, als Ana sich beklagte.

Dann hatte Beatriz in ihrer Bibliothek ein Exemplar von Miguel de Unamunos *Abel Sánchez* gesucht und es ihr geliehen, damit sie sah, dass sie Opfer eines weit verbreiteten Übels war. Aber das hatte wenig geholfen, wenn sie die Sticheleien der Kollegen hörte, die sich wie giftige Dornen unter ihrem Lob verbargen: «Gute Arbeit! Wer hätte das erwartet!»

Darauf folgten die kleinen Feindseligkeiten: nicht erwiderte Grüße, verächtliche Blicke, Getuschel, das gerade laut genug war, damit sie es hören konnte: «Wofür hält sie sich eigentlich?»

«Na, das wissen wir doch, sie ist die Tochter von Andrés Martí. Sonst würde sie nicht hier arbeiten.»

Eine Zeitlang schützten sie drei Dinge: Mateo Sanvisens, die unzweifelhafte Qualität ihrer Arbeit und ihr Erfolg. Letzterer aber verkehrte sich ins Gegenteil, als Luis de Galinsoga davon erfuhr. Galinsoga, von Franco persönlich ausgewähltes Mitglied der *Cortes*, des einflusslosen, aber prestigeträchtigen Parlaments, wurde nach dem Bürgerkrieg

vom Regime als Herausgeber der Zeitung eingesetzt, die ab diesem Zeitpunkt das Adjektiv «spanisch» in ihrem Namen tragen musste. Galinsoga verachtete die Stadt, in der die von ihm geleitete Zeitung erschien, und sorgte mit eiserner Hand dafür, dass die Redakteure sich strikt an die vorgegebene politische Linie hielten.

Anas Erfolg wirkte wie der Lichtkegel eines Scheinwerfers, und Galinsoga fragte sich plötzlich: Was macht eine Frau hier, bei meiner Zeitung? Und dazu noch die Tochter eines Roten?

Sanvisens bemühte sich, sie wieder unsichtbar zu machen. Erst schickte er sie zu den Gesellschaftsnachrichten zurück. Dann ließ er sie Texte schreiben, die ohne Verfasser oder unter fremdem Namen publiziert wurden. Irgendwann durfte sie nur noch Korrektur lesen. Sie hielt durch, bis sie begriff, dass ihre bloße Anwesenheit Sanvisens die Stelle kosten konnte, da er sich trotz des Drucks weigerte, sie zu entlassen.

Also ging sie. Besser gesagt, sie hörte eines Tages auf, in die Redaktion zu kommen. Es gab keine Verabschiedung, keine freundlichen Worte der Kollegen, auch nicht von denen, die Ana, so nahm sie zumindest an, schätzten. Nur einen großen Strauß Margeriten, den Sanvisens ihr zwei Tage später von einem Büroboten nach Hause bringen ließ. Weiße Margeriten, Zeichen der Unschuld und Schutz vor übler Nachrede. Er hatte ihre Entscheidung akzeptiert.

* * *

All das war jetzt vier Jahre her. Sie hatte sich vorgenommen, nicht mehr daran zu denken, und gewöhnlich hatte sie Enttäuschung und Groll unter Kontrolle, selbst beim Einschla-

fen, wenn die Verbitterung nur darauf lauerte hervorzutreten, sobald die Betriebsamkeit des Alltags sie nicht mehr in Schach hielt. Aber manchmal überfiel die Erinnerung Ana wieder, in der Straßenbahn, im Auto oder in einem Taxi, wenn ihr Blick ziellos aus dem Fenster wanderte und das Schaukeln des Fahrzeugs sie schläfrig und geistesabwesend machte. Dann pirschte sich die Erinnerung heran, versteckte sich hinter halbwachen Gedanken, um sie aus dem Hinterhalt anzuspringen: mit dem schmerzhaften Anblick ihres geräumten Tisches in der Redaktion, der verletzenden Bemerkung eines Kollegen oder einer Mutmaßung, was man hinter ihrem Rücken über sie gesagt haben mochte.

Sie stieg aus und nahm sich vor, die bitteren Erinnerungen in der Straßenbahn zurückzulassen.

Wenig später erreichte sie Señor Rubios Haus in der Calle Viladomat, wo sie bereits erwartet wurde.

Enrique Rubio war einer der Gründer des Boulevardblatts *El Caso*, und er war «die Redaktion in Barcelona». Obgleich nicht viel älter als sie selbst, war er für Ana Señor Rubio, ihr Chef, der ihr seit drei Jahren Aufträge gab, auch wenn kaum jemand davon wusste, da ihre Artikel unter einem Pseudonym erschienen.

Offiziell arbeitete sie für das Magazin *Mujer actual*, wo sie über das Treiben der höheren Gesellschaft von Barcelona berichtete, über Empfänge, Wohltätigkeitsveranstaltungen und Debütantinnenbälle, über Hochzeiten und Taufen. Auch Interviews mit Stars und Sternchen gehörten zu ihrer Arbeit. Ihr Lieblingsinterview war eines mit Amparo Rivelles, nachdem diese einen Film mit Orson Welles gedreht hatte. Doch war es ein Gespräch mit Mario Cabré, Schauspieler, Extorero und zeitweiliger Liebhaber von Ava Gardner, das ihr im

Viertel unerwarteten und zuweilen etwas lästigen Ruhm verschafft hatte. Zu verdanken hatte sie ihn ihrer Hausmeisterin. Teresina Sauret hatte die Neuigkeit in allen Läden von San Antonio verbreitet, sowohl in denen, wo sie Stammkundin war, als auch in jenen, die sie ausschließlich zu besagtem Zweck aufgesucht hatte.

Wahrscheinlich betrachteten einige ihrer ehemaligen Kollegen von der *Vanguardia* ihren Weg als Rückkehr zu einer naturgegebenen Ordnung, vielleicht auch als verdiente Strafe für Hochmut. Wie hieß es noch? Gegen den Hochmut die Demut.

Doch was ihre Kollegen über ihre Arbeit für die Frauenzeitschrift dachten, war ihr nicht halb so wichtig wie die Meinung ihres Vaters. Als sie ihm erzählte, dass sie möglicherweise für *El Caso* arbeiten würde, hatte er durchblicken lassen, dass es ihm nicht gefiel, den Namen Martí unter den Artikeln eines Boulevardblatts zu sehen. Deshalb hatte Ana Enrique Rubio gebeten, ein Pseudonym verwenden zu dürfen.

«Wie Sie möchten.» Am Anfang hatten sie sich noch gesiezt. «Ihr Vater ist Andrés Martí, von der *Vanguardia*, nicht wahr?»

Sie wusste nicht, ob es Rubios Absicht war, aber die Bemerkung des Chefredakteurs verriet ihr, dass er ihre Beweggründe für einen falschen Namen verstand.

«Ja.»

«Ihr Großvater war ebenfalls ein bedeutender Journalist. Ein Meister seines Fachs. Ein großer Verlust für unsere Zunft.»

Ihr Großvater war vor zwei Jahren gestorben. Aus der Welt der Zeitung hatte er sich jedoch lange zuvor verabschiedet, und auch die Familie hatte er in gewisser Weise schon vor

seinem Tod verlassen, da sein Verstand in den letzten Jahren immer trüber geworden war.

Rubio hatte also nichts gegen ein Pseudonym. Er selbst verwendete mehrere, um den Eindruck zu erwecken, dass eine Vielzahl von Redakteuren und Reportern für *El Caso* schrieb. Ana hatte zwei. Meistens benutzte sie den Namen «Sabino Rivas», manchmal, vor allem bei Berichten über seltsame Ereignisse, verwendete sie auch «Periquito Martínez», eine kleine Hommage an ihren Bruder Ángel, der in einer Familie von Barça-Anhängern unbeirrt zum Fußballclub Español Barcelona gestanden hatte, ein aufrechter «Periquito», wie die Fans von Español genannt wurden.

Sie hatte Enrique Rubio über Mateo Sanvisens kennengelernt, und als sie sich bei Rubio vorstellte, merkte sie, dass ihr ehemaliger Chefredakteur ihr den Weg geebnet hatte, denn Rubio war bestens über sie informiert.

«Ihre Arbeit im Fall Sobrerroca zeigt, wenngleich meines Wissens nicht alles veröffentlicht werden konnte, dass Sie genau die Art Journalistin sind, die wir brauchen. Jemand, der die Nachricht draußen, vor Ort, aufspürt und sich nicht scheut, sich die Füße im Schlamm der Straße schmutzig zu machen.»

So hörte Ana schon bei ihrem ersten Gespräch einen seiner wichtigsten Glaubenssätze. In den darauffolgenden Monaten hatte sie viel von ihm gelernt: geduldig zu beobachten, Schweigen hinzunehmen und den richtigen Moment für die richtige Frage abzuwarten. Rubio wiederum schätzte ihre Fähigkeit, genau hinzuhören und Nichtgesagtes zu erahnen.

Sie erinnerte sich gern daran, wie begeistert er war, als sie seine Frage, ob sie mit einer Kamera umgehen könne, bejaht hatte.

Weitere Punkte konnte sie verbuchen, als sie ihm von ihrer guten Beziehung zu Isidro Castro, dem Chefinspektor der Brigada de Investigación Criminal, erzählte, der neben dem Fall Sobrerroca, welcher ihm die Beförderung eingebracht hatte, noch weitere spektakuläre Fälle gelöst hatte.

«Es ist sicher nicht leicht, mit ihm auszukommen. Er gilt ja nicht gerade als Muster an Liebenswürdigkeit.» Aus Rubios Worten klang Bewunderung. «Aber er ist erstklassig. Erst kürzlich haben wir wieder über ihn berichtet.»

Er zeigte ihr eine der letzten Ausgaben von *El Caso*.

«Hier, leider ohne Bild, weil er sich partout nicht fotografieren lässt. Er hat den Fall mit diesen Betrügern gelöst, die Maschinen verkauft haben, mit denen man angeblich Geldscheine drucken kann.»

Und so hörte Ana an jenem ersten Tag einen weiteren von Rubios Glaubenssätzen: «Bei Betrügereien ist das Opfer meistens viel schlimmer als der Täter.»

Danach erklärte ihr Rubio ohne Umschweife die Arbeitsbedingungen bei der Zeitung. «Die Zensur hat uns besonders im Auge, weil wir sehr populär geworden sind. Glücklicherweise ist unser Herausgeber, Eugenio Suárez, nicht nur ein Falangist, sondern auch klug. Er präsentiert unsere Berichte als vorbeugende Maßnahme gegen das Verbrechen und natürlich auch als Schilderung der guten Polizeiarbeit.» Zufrieden nahm Rubio Anas verständnisvolles Lächeln zur Kenntnis. «Aber da wir in einem Land leben, in dem Friede und Ordnung herrschen, wurde uns eine Beschränkung auferlegt, was die Berichterstattung über inländische Mordfälle angeht: nur einen Mord pro Ausgabe.»

«Nur *einen* pro Woche?»

«Nur einen. Und den wählen wir gut aus.»

Und so wurde es gehandhabt, seit Ana für *El Caso* arbeitete. Außerdem fand Enrique Rubio Betrugsfälle ohnehin weitaus attraktiver als Schwerverbrechen. Daher interessierte ihn lebhaft, was Ana über die Geschäfte der Zwergin und des Krüppels herausgefunden hatte. Dennoch verzichtete Ana darauf, ihm alle Einzelheiten des Gesprächs mit dem Blinden zu berichten.

«Sehr gute Arbeit, Ana. Wir veröffentlichen es, ohne den Namen der Glühbirnenfabrik und natürlich ohne den bestochenen Streifenpolizisten zu erwähnen.»

Ana war einverstanden. Der leiseste Hinweis auf die mögliche Beteiligung eines Polizisten konnte dazu führen, dass die gesamte Ausgabe beschlagnahmt wurde. Was den Namen der Fabrik betraf, würde dieser den Lesern außerhalb der Stadt gleichgültig sein, und die Barceloneser würden ohnehin wissen, wer gemeint war. Journalisten schrieben zwischen den Zeilen, und ihre Leser konnten zwischen den Zeilen lesen.

«Was ist mit dem Krüppel?», fragte Ana.

«Auch das erwähnen wir besser nicht.»

«Aber …»

«Das ist Angelegenheit der Polizei.»

«Sagen wir ihnen Bescheid?»

«Ich nicht.»

Ana würde es auch nicht tun. Sie war schließlich kein Spitzel. Rubio war mit den Gedanken schon woanders. Er griff nach einem Notizblatt auf seinem Schreibtisch.

«Wenn du mit dem Artikel fertig bist, habe ich etwas Neues für dich.»

«Was denn?»

«Der Pfarrer eines Dorfes bei Teruel hat in der Redaktion der Zeitung angerufen. Ein gewisser», er las den Namen ab,

«Don Benito Tena aus Las Torres. Wegen eines Mädchens, das offenbar Stigmata hat. Madrid hat den Fall an uns weitergereicht, weil Aragonien zu unserem Gebiet gehört.»

«Vielleicht eher weil die Geschichte wenig hergibt? Wenn eine Geschichte gut ist, gilt doch: Wer zuerst kommt, mahlt zuerst.»

Rubio warf ihr einen verständnisvollen Blick zu. Wenige Monate nachdem Ana begonnen hatte, für ihn zu arbeiten, hatte sie ihm ihre Ansichten über die Berichte mitgeteilt, die das Blatt im Jahr seiner Gründung, 1952, über die interplanetarische Kommunikation mit den Bewohnern des Planeten Gemide veröffentlicht hatte.

«Ich habe mich für die Zeitung geschämt», hatte sie in einem Anfall geradezu selbstmörderischer Aufrichtigkeit bekannt, «als ich die Seiten mit den Zeichnungen vom Inneren der Raumschiffe gesehen habe, die dieser angebliche ungarische Wissenschaftler persönlich besichtigt haben will.»

Die Gemiden brauchen unsere Mineralien hatte die Schlagzeile verkündet. Die Beiträge waren mit Zeichnungen von metallischen Gestalten illustriert, deren Köpfe aussahen wie zahnbewehrte Taucherhelme. Ihre Hände waren geisterhaft durchscheinend und saßen am Ende überlanger Arme. Einer von ihnen hatte der Zeitung ein Interview gewährt, er nannte sich D9.

«D9. Als ob sie Schiffeversenken spielten. Aber er war nichts weniger als Präsident der Atlantarischen Vereinigung und oberster Befehlshaber der intelligenzgenerierenden Gravitationsdienste!»

Rubio hatte sie reden lassen, er hatte nicht versucht, die Artikel zu verteidigen. Schließlich hatte er nur gesagt: «Gut. Jetzt kenne ich Sie schon etwas besser.»

Wenig später hatten sie angefangen, sich zu duzen.

Wenn Rubio also wusste, wie sehr Ana Aberglauben, unerklärliche Naturphänomene, Übernatürliches, kurz: alles Irrationale verabscheute, verstand sie nicht, warum er ihr jetzt den Auftrag gab, über angebliche Wundmale zu berichten.

«Was hat der Priester denn gesagt?»

«Dass das Mädchen Wunden an Händen und Füßen hat.»

«Bei dieser Kälte sind Frostbeulen nichts Ungewöhnliches.»

«Ana, deine Skepsis mag gesund sein, aber sie versperrt dir den Zugang zum Wunderbaren.»

«Das ist mir lieber so. Wir Journalisten sind schon von Berufs wegen Skeptiker.»

«Sicher», gab ihr Chef zu. «Aber Don Benito Tena hat versichert, dass die Wunden des Mädchens unzweifelhaft denen Jesu am Kreuz entsprechen. Ob es stimmt, wirst du überprüfen. Das Thema könnte für unsere Leser interessant sein. Außerdem berichten wir exklusiv.»

«Tatsächlich?»

«Ja. Der Pfarrer sagt, dass er nur uns benachrichtigt hat.»

«Ein schlauer Pfarrer.»

Die Auflage von *El Caso* war hoch, sehr hoch. Über 100 000 Exemplare, keine andere spanische Zeitung konnte da mithalten. Das Blatt wurde in den Großstädten ebenso wie in den abgelegensten Dörfern gelesen.

«Wenn es wahr ist, was der Pfarrer sagt, und wir die Ersten sind, wird es ein Knüller.»

«Und wenn es nicht wahr ist, wovon ich ausgehe?»

«Na, nichts weiter. Eine Reise ins Maestrazgo, ein paar Notizblätter und eine Handvoll Fotos umsonst.»

«Und meine Zeit.»

«Das darfst du so nicht sehen, meine Liebe! Jede Erfahrung ist für einen Journalisten wertvoll. Wenn er die Augen offen hält. Und das musst du. Weit offen. Ich will nicht, dass man uns nachsagt, wir hätten uns ein Schwein für eine Kuh verkaufen lassen. Nicht nur weil wir uns damit zum Gespött machen würden. Für unsere Feinde wäre es ein gefundenes Fressen, wenn wir derartige Nachrichten publizieren und sich hinterher herausstellt, dass sie falsch sind.»

Da er merkte, dass er ihre Zweifel nicht zerstreuen konnte, appellierte er an ihre Neugier: «Überleg mal: Es ist sicherlich interessant herauszufinden, ob es ein echtes oder ein vorgetäuschtes Wunder ist.»

Ana musste lächeln. Rubios Leidenschaft für Täuschung und Betrug, für Verbrechen und Verbrecher hatten ihn zu einem guten Menschenkenner gemacht.

«Du hast recht, Chef.»

«Und noch interessanter ist, was hinter diesem sogenannten Wunder stecken könnte.»

«Du glaubst also selbst nicht an die Geschichte.»

«Vielleicht ja, vielleicht nein. Das musst du herausfinden.»

«Und an die Marsmenschen, hast du an die geglaubt?»

«Du lässt einfach nicht locker, Ana. Das mit den Außerirdischen – dass sie vom Mars kamen, haben wir nie geschrieben – ist harmlose Unterhaltung. Wie sprechende Hunde oder Kälber mit zwei Köpfen. Wunder sind weitaus heikler, weil sie einen Eigentümer haben.»

«Die Kirche.»

Rubio nickte und wartete, dass sie weitersprach.

«Die Kirche entscheidet, ob es ein Wunder ist. Warum warten wir nicht ab? Wahrscheinlich hat der Pfarrer seine Vorgesetzten informiert und …»

Rubio gestikulierte wild, er sah aus wie eine Ausgabe von Orson Welles in *Citizen Kane* in karierten Samtpantoffeln.

«Exklusiv, Ana, exklusiv.»

Der Beruf als Berufung, dachte sie, obwohl sie nicht die Art von Journalismus machte, von der sie geträumt hatte: seriöse Berichterstattung für ein angesehenes Blatt. Und frei, ohne Zwang und Zensur, konnte sie erst recht nicht schreiben. Trotzdem wollte sie nichts anderes tun.

«Einverstanden?»

«Was bleibt mir denn anderes übrig?»

«Übermorgen kannst du fahren. Es gibt einen Bus, der dreimal in der Woche von Castellón aus nach Las Torres hochfährt, dienstags, donnerstags und samstags.»

Er hielt ihr einen Zettel entgegen, auf dem er die Zeiten notiert hatte. Bevor sie ihn nahm, fragte Ana: «Kannst du mir nicht das Auto geben?»

«Leider nein. Ich brauche es für eine andere Story.»

Ana griff nach dem Papier, ohne ihre Enttäuschung zu verbergen. Sie hatte bei ihren Recherchen häufiger den Wagen benutzt, einen Fiat-Kleintransporter, auf dessen Türen «El Caso» gepinselt war. So wie es Leute gab, die lesen lernten, um *El Caso* zu lesen, hatte sie fahren gelernt, um das Auto der Zeitschrift zu benutzen.

Sie blieb nicht mehr lange. Rubio gab ihr noch Anweisungen für ihre Reise: «Nimm die Kamera mit. Hier sind auch die Filme. Pack lieber ein paar mehr ein, ich glaube nicht, dass du dort welche kaufen kannst.»

Dann hatte er es eilig, sich wieder mit seinen eigenen Artikeln zu beschäftigen. Er brachte sie zur Tür. Bevor er sie schloss, sagte er mit einem Blick auf Anas Abendkleid: «Und zieh dich warm an.»

3

Für den Artikel über die kupplerische Losverkäuferin musste Ana tief in die Kiste der Euphemismen greifen, um aus allerlei bigotten Formulierungen ein Kostüm für eine Geschichte zu basteln, die den Zensoren selbst mit aller Diskretion erzählt zu unanständig scheinen könnte.

Am Sonntagnachmittag zog sie das Blatt mit dem Entwurf aus der Schreibmaschine, steckte es in die Tasche und machte sich auf den Weg zu ihrer Cousine Beatriz.

Beatriz war im Hinblick auf sprachlichen Stil und die richtige Wortwahl zu ihrem Gewissen geworden. Nicht nur wenn sie sie in ihrer riesigen Wohnung an der Rambla de Cataluña besuchte, um ihr geliehene Bücher zurückzubringen und andere mitzunehmen, die Ana eifrig und zugleich leise rebellierend las, wie es sich für eine gute Schülerin gehört.

Bei Beatriz angekommen, zog sie zwei Bücher aus der Tasche und hielt *El Jarama* von Rafael Sánchez Ferlosio in die Höhe. «Das hat mir gefallen. Ich habe noch nie so etwas gelesen, es ist ja nahezu hyperrealistisch. Man hat den Eindruck, dass man unsichtbar direkt neben den Personen steht oder einem Aufnahmegerät zuhört. Der Autor hat ein wirklich gutes Ohr für Gespräche.»

Beatriz lächelte. Das zufriedene und überlegene Lächeln einer Professorin, dachte Ana. Offenbar hatte sie gerade eine Art Examen bestanden.

Sie freute sich, gleichzeitig ärgerte sie sich darüber, dass

Beatriz' Anerkennung ihr so wichtig war. Mit dem zweiten Buch würde sie sie allerdings enttäuschen, obwohl Beatriz es ihr wie einen Schatz anvertraut hatte. Es war aus Mexiko ins Land geschmuggelt worden, in einem falschen Einband und zwischen trockenen wissenschaftlichen Aufsätzen, die jeden Zollbeamten abschrecken würden, der das Päckchen von der Universidad de México öffnen sollte.

Aber Beatriz' Blick sagte ihr, dass ihre Cousine verstand, warum sie ihr das Exemplar von Ramón J. Senders *Mosén Millán* schweigend auf den Tisch legte. Sie verstand, dass Ana den Tod des Protagonisten, das Erschießungskommando vor einer Friedhofsmauer, nicht ertragen hatte, nie ertragen würde, weil ihr Bruder Ángel auf diese Weise gestorben war.

Beatriz nahm das Buch an sich, um es in ihrer Bibliothek verschwinden zu lassen, und versuchte die Geister zu vertreiben.

«Komm», sagte sie. «Lass mich deinen Artikel lesen, und dann zeige ich dir meine Trophäen.»

Zu ihren wöchentlichen Treffen erwartete Beatriz sie stets mit Kaffee, Gebäck und einer neuen Sammlung von Fehlern und Sprachschnitzern aus der Presse. Ana hoffte jedes Mal zuversichtlich, dass ihre Texte nicht dabei waren.

«Ich will gar nicht daran denken, was manche unserer Schreiberlinge anstellen würden, wenn sie so viele Präpositionen benutzen müssten wie die Deutschen», hatte Beatriz einmal gesagt.

Die Bibliothek roch nach Kaffee, Papier und Tabak. Die Regale waren wieder gefüllt. Ihre Cousine musste keines ihrer wertvollen Bücher mehr verkaufen, um überleben zu können. Im Moment schien Beatriz zufrieden mit dem ruhigen Leben einer Wissenschaftlerin, der ihre Vergangenheit

zwar die Türen spanischer Universitäten verschlossen hatte, die jedoch im Ausland immer mehr Ansehen gewann.

Beatriz las die Blätter mit Anas Bericht für *El Caso* und reichte sie ihr zurück.

«Ich bin mir nicht sicher, ob ihr hiermit durch die Zensur kommt.» Sie zeigte auf einen Satz: ‹Die Angeklagte wies die Beschuldigung zurück, amouröse Treffen organisiert zu haben.› Das Wort ‹amourös› ist zu eindeutig, fürchte ich.»

«Warten wir ab, was Rubio sagt.»

«Wollen wir wetten?»

«Worum?»

«Wenn es nicht durch die Zensur kommt, lernst du das Sonett I von Garcilaso auswendig.»

«Ist es sehr kitschig?»

Beatriz warf ihr einen empörten Blick zu. «Garcilaso ist niemals kitschig!»

«Schon gut. Und was musst du tun, wenn du verlierst? Ich kann dich schlecht bitten, dass du irgendetwas aus deinem immensen Gedächtnis tilgst.»

Plötzlich hatte sie eine Idee. Ihre Cousine hasste sinnleere Formelhaftigkeit. Ana, die selbst ein gutes Gedächtnis hatte, erinnerte sich an ein flammendes Plädoyer, das Beatriz gegen metrische Spielereien gehalten hatte, ihrer Ansicht nach «etwas fürs Kuriositätenkabinett, keine Literatur».

«Wenn es durch die Zensur geht, lernst du eine Sestine auswendig, eine von Fernando de Herrera.»

Beatriz lachte. «Da werde ich wohl den Zensor anrufen müssen und ihm einen kleinen Wink geben. Eine Sestine von Herrera! Du bist wirklich gnadenlos!»

Ana hatte den Verdacht, dass sie in Wirklichkeit schon eine auswendig konnte.

Auf einem Tisch sah sie einen Stapel Ausgaben von *El Caso* liegen. Ana freute sich, sie nahm an, dass Beatriz sie ihretwegen aufbewahrte. Sie konnte der Versuchung nicht widerstehen, ihre Cousine dazu zu bringen, ihr diese schmeichelhafte Vermutung zu bestätigen.

«Hebst du meine Artikel auf?»

«Nein. Ich mache eine kleine Untersuchung zur Rhetorik der Sensationsberichte.»

Beatriz war nie besonders sensibel in Hinblick auf die Empfindlichkeiten ihrer Mitmenschen gewesen, aber etwas hatte sie dazugelernt, denn sie fügte hinzu, wenngleich reichlich spät: «Natürlich hebe ich deine Artikel auf. Dadurch bin ich erst auf die Idee gekommen.»

«Ehrlich?»

«Ich habe angefangen, *El Caso* zu kaufen, weil ich deine Texte gedruckt sehen wollte.»

Sie stand auf und griff nach einem der Hefte. Ein Stück Papier markierte die Seite mit Anas Text.

«Schau, das hier ist witzig. Du schreibst über eine Betrügerin in der Pelzhandlung *La Siberia*, und gleich daneben findet sich die Annonce eines Kurses für angehende Tierpräparatoren.»

Beatriz' Anstrengungen, liebenswürdig zu sein, waren nicht immer von Erfolg gekrönt. Ana hatte die unfreiwillige Komik dieser Kombination nicht bemerkt, und nun war sie ihr peinlich. Doch Beatriz nahm keine Notiz davon und machte sich ungerührt daran, Ana ihre These zu erläutern: «Wusstest du, dass manche der rhetorischen Formeln aus den Sensationsberichten auf Bänkelsängerlieder zurückgehen?»

Aufrecht vor dem Kaffeetisch stehend und mit einem Exemplar von *El Caso* in der Hand sah Beatriz selbst aus wie ein

Bänkelsänger, der von Dorf zu Dorf, von Stadt zu Stadt zog und seine blutrünstigen Geschichten von Räubern, Rache und Mord zum Besten gab.

«All diese Einzelheiten, die ihr benutzt, um den Wahrheitsgehalt der Erzählung glaubhaft zu machen, die Adjektive, mit denen ihr klarmacht, wer die Guten sind – die Polizisten, die Tugendhaften, die Ehrlichen – und wer die Bösen. Und wie ihr mit der alten Faszination für das Morbide spielt. Kein Wunder, dass die Leser euch aus der Hand fressen.»

Beatriz' Enthusiasmus war echt und zugleich verletzend. Ana wusste nicht, ob sie die Begeisterung ihrer Cousine teilen oder sich über sie ärgern sollte. Sie entschied sich für Ersteres, als sie Beatriz sagen hörte: «Ich bin mir sicher, dass einige eurer Geschichten mündlich überliefert und die Kinder davon singen werden.»

In Madrid war tatsächlich schon ein Lied über die Marquise von Villasente im Umlauf, die Schlüsselfigur im «Fall der abgeschnittenen Hand». Die Hand hatte der Tochter der Marquise gehört, die mit sechsunddreißig an einem Lungenödem gestorben war. Die Mutter hatte in ihrer Trauer versucht, Körperteile ihrer Tochter in Formalin zu konservieren. Die besagte Hand war vor zwei Jahren, 1954, in einer Plastikmilchkanne aufgetaucht, und schon bald sangen in Madrid die Kinder ein Lied: «In der Calle de la Princesa / lebt 'ne olle, bekloppte Marquesa / schnitt der Tochter 's Händchen ab / folgt ihr bald ins kalte Grab.» Nach kurzer Zeit war die Geschichte der Frau, die über den Tod ihrer Tochter den Verstand verloren hatte, zu einem Schauermärchen geworden, mit dem die Kinder einander beim Spielen erschreckten. Eine Legende, deren wahrer Kern immer noch durch-

schimmerte. Ana, den Mund voller Buttergebäck, summte das Lied tonlos im Kopf. Da sie Beatriz immer noch wegen ihrer Bemerkungen grollte, hatte sie sich über die Sorte Plätzchen hergemacht, die auch ihre Cousine besonders gern mochte.

Als diese sich wieder zu ihr an den Tisch setzte, schluckte Ana den letzten Bissen hinunter. Dann sagte sie: «Wovon es demnächst sogar Heiligenbildchen geben wird, ist der Fall, den mir Rubio jetzt zugeteilt hat. Isabel Castán.»

«Wer?»

«Eine Dreizehnjährige mit Stigmata.»

Beatriz schüttelte den Kopf. «Ist sie getötet worden? Oder warum ist euch das arme Ding eine Meldung wert?»

«Wir berichten nicht nur über Mord und Totschlag. Auch über außergewöhnliche Ereignisse.»

«Fliegende Untertassen, Menschen, die dreißig Essensportionen auf einmal vertilgen können», sagte Beatriz und warf ihr einen vorwurfsvollen Blick zu, da sie die Plünderung des Plätzchentellers entdeckt hatte.

«Und kleine Heilige mit Stigmata.»

«Dann hoffe ich sehr, dass es dir nicht so ergeht wie dem armen Fray Luis de Granada …»

Beatriz machte die notwendige Pause, um Ana die Frage zu entlocken, auf die alles, von der tragischen Oper bis hin zur Klamotte, folgen konnte.

Ana tat ihr gern den Gefallen: «Was ist mit ihm geschehen?»

«Er war einer der großen Rhetoriker der Renaissance, ein hervorragender Redner, aber er ließ sich von einer portugiesischen Nonne hinters Licht führen, die behauptete, Stigmata zu haben. Einen Augenblick.»

Sie erhob sich und kletterte behände eine kleine Holzleiter hinauf, um an eines der oberen Regalbretter zu gelangen. Sie musste nicht suchen. Mit sicherem Griff zog sie einen Band hervor, schlug ihn oben auf der Leiter auf und begann zu blättern. Ana nutzte die Gelegenheit und aß noch etwas Gebäck, als Ausgleich dafür, dass sie nun eine lange Rede über diesen Fray Luis über sich ergehen lassen musste.

«Hör zu», klang es aus der Höhe.

Ana unterdrückte ein Lachen.

«Hör zu, was er über die Nonne schreibt. Sie hieß übrigens María de Meneses.»

«Ein hübscher Name. María de Meneses. Sie könnte Schlagersängerin sein.»

«Dafür war ihre Neigung zum Mystizismus allerdings zu ausgeprägt.»

«Das ist doch bei einer Nonne nicht anders zu erwarten», kommentierte Ana.

Ihre Cousine beachtete sie nicht, sie war damit beschäftigt, die richtige Seite zu finden.

«Also, Fray Luis de Granada schreibt: ‹Ihr erschien der Heiland voller Blut, er nahm die Dornenkrone von seinem Haupt in beide Hände und setzte sie fest auf das ihre. Die Dornen zeichneten ihr Haupt, und von Blut befleckt war die Haube, die sie trug.› Danach erzählt er, wie sich an Händen und Füßen Wunden öffneten. Der gute Fray Luis hielt sie für echt. Doch einige Jahre später entdeckte man, dass die Abdrücke der Dornen und die Wunden nur aufgemalt waren. Und jetzt kommt der Part, der dich angeht.» Beatriz stellte das Buch an seinen Platz zurück, doch blieb sie auf der Leiter und deutete auf den Buchrücken. «Nachdem die Täuschung aufgeflogen war, tat Fray Luis alles Erdenkliche, um seinen

guten Ruf wiederherzustellen. Es heißt allerdings, dass er aus Scham über die erlittene Demütigung starb.»

«Ich verstehe. Aber mach dir keine Sorgen. Ich habe nicht vor, über ein Wunder zu schreiben. Ich werde in Erfahrung bringen, was dahintersteckt. Im Moment weiß ich nur, was Rubio mir gesagt hat: dass sie dem Pfarrer zufolge an Händen und Füßen blutet.»

«Nimm es nicht auf die leichte Schulter!»

«Das tue ich nicht. Aber es gibt viele Arten der Täuschung. Und viele Gründe dafür. Was es in diesem Fall ist, werde ich herausfinden.»

Als sie dies sagte, hatte Ana zum ersten Mal das Gefühl, dass Rubios Auftrag einen Sinn hatte und sie selbst ein Ziel.

Beatriz war die Leiter heruntergekommen und hatte sich wieder an den Tisch gesetzt. Sie sah Ana besorgt an.

«Sei vorsichtig. Wenn die Menschen im Dorf davon überzeugt sind, dass es wahr ist, könntest du dich mit deiner Skepsis sehr unbeliebt machen. Wo ist es denn?»

«In Las Torres, in Teruel, im Maestrazgo.»

«Im Maestrazgo? Dann zieh dich warm an.»

«Das hat mein Chef auch gesagt.»

4

Aber was machst du denn da! Du willst sie doch nicht etwa aufs Dach tun?»

«Drinnen will ich sie jedenfalls nicht haben.»

«Wieso nicht? Sie sind sauber und gesund.»

Hinter dem Maschendraht leuchtete der rote Kamm eines Hahns, und die hellbraunen Federn zweier Hennen drückten sich an das Gitter. Sehr gesund sahen die Tiere Anas Ansicht nach nicht aus. Und was der Mann unter sauber verstand, war ihr ein Rätsel.

«Mag sein», antwortete der Busfahrer. «Aber das letzte Mal, als du sie mitgenommen hast, habe ich noch Wochen später Federn unter den Sitzen gefunden.»

«Weil du deinen Bus nur drei Mal im Jahr sauber machst. Da oben bekommen sie eine Lungenentzündung.»

Ana sah durch die schlammbespritzte Scheibe des Busses, wie der Bauer sich mit gespreizten Beinen über den Käfig stellte, als ob er die Hühner vor der Kälte schützen wollte.

«Dann tu sie in den Gepäckraum.»

Ana bezweifelte, dass bei all den Gegenständen, die seit ihrer Abfahrt in Castellón im Gepäckraum verschwunden waren, noch Platz für den Hühnerkäfig sein würde. Die Frau, die zwei Reihen vor ihr saß, hatte ein halbes Esszimmer darin verstaut. In Morella war sie mit zwei möbelschleppenden Männern erschienen und hatte sich nach einer längeren Diskussion mit dem Busfahrer auf einen Extrapreis geeinigt.

Anschließend waren sechs Stühle und ein glänzender Eichentisch im Bauch des Busses verschwunden. Koffer, Bündel und eine in Papier geschlagene Trockenhaube auf einem Ständer, die vermutlich in einem Frisörgeschäft in einem der Dörfer des Maestrazgo ihren Dienst tun sollte, waren gefolgt.

Der Bauer protestierte. «Das ist doch nicht dein Ernst. Da ist es viel zu dunkel und viel zu laut. Willst du, dass sie mir an einem Herzschlag krepieren?»

«In den Bus kommen sie nicht.»

«Wieso nicht? Ich habe sie immer mitgenommen.»

«Damit ist jetzt Schluss. Mein Bus ist ein Bus für Menschen, nicht für Tiere.»

Der Bauer schüttelte ungläubig den Kopf, aber der Busfahrer hatte sich vor der Tür des Fahrzeugs aufgebaut, die Hände in die Hüften gestemmt. Die Köpfe zum Angriff gesenkt wie zwei Stiere, maßen sie einander mit Blicken. Der Busfahrer war größer und breiter, doch vor allem war er der Busfahrer, und so gab der Bauer schließlich nach: «Versuchen wir's. Aber wenn eins stirbt, ersetzt du mir den Schaden.»

Der Fahrer öffnete den Kofferraum und räumte Gepäckstücke von einer Seite auf die andere, leise fluchend drückte er hier und da. Einige Minuten später deutete er wortlos auf die Bustür, und der Bauer stieg ein. Den Käfig mit den Hühnern vor die Brust gepresst, setzte er sich in die letzte Reihe.

Als der Fahrer den Motor schon angelassen hatte und das Fahrzeug vibrierte, kam ein junger Mann auf den Bus zugerannt, unter seiner Winterjacke flatterte der Rand einer blauen Schürze, wie sie die Ladengehilfen trugen.

«Warte, gib mir die Zeitungen», rief er dem Busfahrer zu.

«Später ging's nicht, du Schlauberger, oder? Ich sollte schon längst unterwegs sein.»

Der junge Mann keuchte. «Tut mir leid.»

Der Fahrer stand auf und reichte ihm eines der mit einer Kordel verschnürten Zeitungsbündel, die auf der ersten Sitzreihe lagen. In jedem Dorf, in dem sie bisher gehalten hatten, war eines abgeholt worden. Obenauf lag auch hier die letzte Ausgabe von *El Caso*. Vor Anas innerem Auge erschien eine Karte des Landes, überzogen von einem Netz roter Linien. Die dicken waren die Hauptverkehrsadern, die Landstraßen, welche die großen Städte miteinander verbanden. Davon zweigten dünnere Linien ab, in immer feineren Verästelungen, bis hin zu haarfeinen Kapillaren. Ana stellte sich die Überschrift zu der Karte vor, ein Titel mit der bei den Journalisten des Regimes so beliebten Landwirtschaftsmetaphorik: *Ana Martís Reportagen durchpflügen ganz Spanien.* Nein. Ana korrigierte sich. Sabino Rivas' und Periquito Martínez' Reportagen, die ihrer Pseudonyme.

Ana Martí reiste jedenfalls unbequemer als ihre Artikel. Schon die ganze Fahrt über hatte sie sich an die Lehne des Sitzes vor ihr gekrallt, um nicht gegen das Fenster oder die Wand des Busses gestoßen zu werden, wenn der Bus wieder durch eines der unzähligen Schlaglöcher holperte. Sie hoffte, dass Enrique Rubio sich auch diesmal nicht irrte und die Reise die Mühe wert war.

Nach einigen Kilometern fuhren sie hinauf in die Berge des Maestrazgo, und der Bus nahm eine Kurve nach der anderen, ohne das Tempo merklich zu verringern. Die Hänge wurden immer steiler, und manchmal näherte sich der Bus dem felsigen Abgrund mehr, als es Ana angebracht schien. Sie erinnerte sich an die Spielzeugeisenbahn ihres Bruders,

die vor dem Krieg in der großen Wohnung ihrer Familie am Paseo de San Juan aufgebaut war, an die Wagen, die von den Gleisen stürzten und sich überschlugen, wenn Ángel sie zu schnell fahren ließ. Die Wohnung hatte die Familie nicht mehr halten können, als ihr Vater entlassen worden war. Was aus der Eisenbahn geworden war, wusste Ana nicht. Vielleicht hatte ihre Mutter sie aufbewahrt, als eine Art Andenken an Ángel, vielleicht hatten sie sie auch verkaufen müssen, wie viele andere liebgewonnene Dinge.

Die wilde Landschaft faszinierte und ängstigte Ana gleichermaßen. Sie konnte den Blick nicht von den felsigen Schluchten wenden, von denen sie lediglich die ihrer Ansicht nach viel zu niedrigen Betonblöcke am Straßenrand trennten, und sie atmete jedes Mal erleichtert auf, wenn sich neben der Fahrbahn statt eines Abgrundes wieder ein Streifen ebenes Gelände zeigte, bedeckt von Schneeflecken und immergrünem Gestrüpp. Aber dann öffneten sich wieder neue Klüfte. Die Spalten in den felsigen Wänden waren mit dickem Eis gefüllt, das in der Sonne aufblitzte. Die Gipfel der Sierra de Gudar waren weiß von Schnee.

Sie versuchte sich abzulenken, indem sie mit der Frau schräg vor ihr, auf der anderen Seite des Gangs, ein Gespräch begann. Vielleicht konnte sie so auch erfahren, wie sie zu der Pension kam, die ihr Rubio genannt hatte.

Durch die Lücke, die der Gang zwischen den Sitzreihen ließ, sah sie die blasse Hand der Frau auf dem schwarzen Wollstoff eines weiten Rockes liegen. Sie rutschte auf den Sitz am Gang und beugte sich nach vorne: «Entschuldigen Sie …»

Das blasse Gesicht einer Mittvierzigerin wandte sich ihr zu.

«Verzeihung, wann kommen wir in Las Torres an?»

«Wenn Felipe nicht noch viele mitnehmen muss, in zwei Stunden.»

Der Fahrer hatte nicht nur in jedem Dorf gehalten, sondern auch auf freier Strecke, um Fahrgäste ein- oder aussteigen zu lassen. Jedes Mal, wenn er Gepäck auslud oder neues verstaute, ließ er die Bustür offen stehen. Die frische Luft nahm die Gerüche aus dem Bus mit sich: die Ausdünstungen der Körper, den Geruch von Dung an schmutzigen Schuhen, den Gestank des Hühnerkots und den Mief des Tabaks, den ein Mann geraucht und dabei zu Anas Entsetzen die ganze Fahrt über auf den Busfahrer eingeredet hatte. Die Gerüche verschwanden, stattdessen strömte eiskalte Luft in den Bus. Zwei Stunden also noch, dann war ein Ende ihrer langen Reise in Sicht. Zuerst war sie mit dem Zug von Barcelona nach Castellón gefahren, wo sie übernachtet hatte, um am Vormittag den einzigen Bus nach Las Torres zu nehmen.

«Nach Las Torres fahren Sie also? Da wohnen Sie sicher bei Aurelia Anglada, oder?»

Ohne dass Ana sie gefragt hätte, beschrieb die Frau ihr den Weg. Dann musterte sie ihre Kleidung und fragte: «Sie kommen aus der Stadt, oder?»

«Ja, aus Barcelona.»

«Aus Barcelona», echote die Frau und blickte Ana erwartungsvoll an. Ana verstand die unausgesprochene Frage: Und was machen Sie *hier*?

«Ich bin Journalistin.»

«Ach, dann stimmt es also doch.»

In diesem Moment fuhr der Bus durch ein besonders großes Schlagloch, und Ana konnte sich gerade noch mit der

Hand am Vordersitz abstützen, um nicht in den Gang zu fallen.

«Verzeihung?»

«Na, es stimmt also, dass wegen Isabelita jemand von der Zeitung kommt.» Sie zögerte einen Moment. «Aber dass eine Frau kommt ... Nun ja, in der Stadt sind bestimmt viele Dinge anders.»

Ihre Mundwinkel zogen sich einen kurzen Moment herab, und Ana war klar, dass «anders» ganz gewiss nicht «besser» hieß. Sie ging darüber hinweg und fragte lächelnd: «Kennen Sie Isabel?»

«Natürlich. Sie ist eine Castán, ihre Mutter ist eine Cousine meines Schwagers.»

Die Frau machte eine Pause. Wahrscheinlich überlegte sie jetzt, was man einer Journalistin erzählen konnte. Ana wartete ab. Der Versuch, ihre Bedenken zu zerstreuen, würde die Frau nur misstrauisch machen. Außerdem ertrugen die meisten Leute kein langes Schweigen und fingen recht schnell an zu reden, um die Pause zu füllen. So war es auch jetzt, die Frau erklärte ihr: «Sie ist wirklich eine kleine Heilige. Ein Gesicht wie ein Engel und braune Locken. Einmal war ich oben in Las Torres in der Messe, nur um sie zu sehen.»

«Und die Wundmale? Haben Sie sie gesehen?»

Die Frau sah sie aus ihren rosinenbraunen Augen eindringlich an, als wollte sie sich versichern, dass Ana die Tragweite ihrer Worte begriff.

«In der Messe. Was für ein Erlebnis! Die Kleine leidet wie unser Herr Jesus am Kreuz. Aber das ist eine Gnade, die der Herr ihr gewährt hat, und ein großes Glück.»

So bringen sie es uns bei, dachte Ana. Leiden ist ein Geschenk, für das man dankbar sein soll. Je mehr man leidet,

desto besser. Und wenn es nicht von alleine kommt, dann kann man ja etwas nachhelfen. Sie musste an ihre Mutter denken. Vor zwei Wochen hatte sie ihre Eltern besucht, und ihre Mutter hatte sich wie üblich in Anspielungen darüber beklagt, dass Ana immer noch unverheiratet und kinderlos war. Als Ana ihr unwirsch das Wort abschnitt, hatte sie geantwortet: «Du solltest froh sein, dass wenigstens ich mich darum kümmere.»

«Was soll das heißen?»

«Ich bitte jeden Tag unseren Herrgott, dass du endlich Vernunft annimmst. Außerdem …»

«Außerdem was?»

«Außerdem habe ich ein Gelübde abgelegt.»

Bitter hatte Ana gefragt: «Und, wie viele Rosenkränze betest du für meine Hochzeit?»

Ihre Mutter hatte sie mit einem Lächeln bedacht, das Wissen, Opferbereitschaft und Mitleid mit den Ungläubigen zugleich signalisierte und das Ana seit Jahren zur Weißglut brachte.

«Mit Rosenkränzen dürfte es wohl kaum getan sein.»

«Bei deinem Alter» hatte sie nicht gesagt, aber beide wussten, dass der Satz so weiterging.

«Was machst du dann?»

Ihre Mutter hatte sie weiter triumphierend angelächelt. Sie legte die flache Hand auf ihren Oberschenkel, drückte und verzog einen kurzen Moment schmerzvoll das Gesicht. Dann lächelte sie wieder. Ana hatte begriffen und etwas getan, was sie lange nicht mehr getan hatte: Sie hatte die Tür hinter sich zugeknallt und die Wohnung ihrer Eltern verlassen. Ihre Mutter kasteite sich mit einem Bußgürtel, damit Ana endlich einen Mann fand und ihn heiratete.

Vermutlich trug sie ihn, seit sich Ana vor zwei Jahren von Pablo getrennt hatte. Das letzte Mal hatte sie ihn im vergangenen November getroffen. Zufällig, im Parque de la Ciudadela, einen Ort, den sie danach nicht mehr betreten hatte. Sie hatte ihn zu spät bemerkt und konnte ihm nicht aus dem Weg gehen. Wegen des Kinderwagens, in dem er seine einjährige Tochter spazieren fuhr, hatte sie ihn nicht sofort erkannt.

Ein einjähriges Kind.

«Ihr habt es aber eilig gehabt.»

Das war mehr als eine bloße Feststellung, und Pablo begriff es. Er sagte nichts, weil es stimmte, dass er nach ihrer Trennung sein Leben in atemberaubender Geschwindigkeit neu eingerichtet hatte: Noch im selben Jahr, zehn Monate später, hatte er Enriqueta Bofarull geheiratet, eine gute Partie, und wenn Ana richtig gerechnet hatte, war das Kind acht Monate später auf die Welt gekommen. Pablo hatte also eine Frau gefunden, die seinen Erwartungen entsprach, die nicht arbeiten ging, mit der er eine Familie gründen konnte und die sich um ihn und die Kinder kümmern würde.

Am Anfang, als sie sich unter gefährlichen Umständen kennengelernt hatten, waren ihre unterschiedlichen Anschauungen und Vorstellungen nicht wichtig gewesen. Die Rückkehr in den Alltag hatte ihrer Liebesbeziehung jedoch den Garaus gemacht. Die Bewunderung, die Pablo für Anas Entschlossenheit und ihren Mut empfand, konnte auf Dauer nicht ausgleichen, dass er im Grunde eine andere Art von Partnerin suchte.

«Ich will nicht, dass meine Frau arbeitet.»

«Und ich will und kann nicht ohne meine Arbeit leben.»

Als Anas Situation bei der *Vanguardia* immer schwieriger

wurde, bekam sie von Pablo dieselben Argumente zu hören wie von den Kollegen, die sie nicht mehr in der Redaktion sehen wollten. Just in dem Moment, als sie sich entschied, die Zeitung zu verlassen, um Mateo Sanvisens nicht zu schaden, machte Pablo ihr einen Heiratsantrag. Das war das Ende.

Sie erklärte niemandem ihre Beweggründe und ertrug mit dem Stoizismus, mit dem sie alle Treffen der Familie ihrer Mutter überstand, auch die gehässige Neugier ihrer Verwandten. Sie blieb selbst dann noch gelassen, als eine ihrer Cousinen auf die Tatsache anspielte, dass Ana und Pablo entfernte Verwandte waren: «Ach, vielleicht ist es besser so, womöglich wären eure Kinder behindert gewesen.»

Für Anas Mutter war es eine Katastrophe. Ihre Tochter hatte sich von einem vielversprechenden Anwalt getrennt, um sich weiter dem zu widmen, was sie ihre «journalistischen Hirngespinste» nannte.

«Nicht du, sondern dein Bruder hätte Journalist werden sollen. Hör doch endlich damit auf.»

Die Wut auf ihre Mutter musste sich in ihrem Gesicht abgezeichnet haben, denn Anas Gesprächspartnerin fragte jetzt misstrauisch: «Sie gehören doch nicht zu denen, die aus der Stadt kommen und sich über uns lustig machen?»

Ana beeilte sich, «Nein, ganz im Gegenteil» zu sagen, und anschließend machte sie einige Bemerkungen, in denen das Wort Respekt mehrfach vorkam. Sie ärgerte sich, dass sie in Gedanken abgeschweift war.

«Wie lange hat sie denn die Wundmale schon?»

«Seit der Vorweihnachtszeit», erwiderte die Frau nach kurzem Nachdenken.

«Und haben Sie gesehen, wie sie geblutet hat?»

Die Frau zögerte wieder, bevor sie antwortete.

«Ja. Aber wissen Sie, am besten reden Sie zuerst mit Don Benito, dem Pfarrer von Las Torres. Er kann Ihnen alles viel besser erklären als ich.»

Die Frau lächelte Ana entschuldigend zu und drehte sich wieder nach vorn.

***

Ihre Sitznachbarin hatte richtiggelegen, tatsächlich bogen sie zwei Stunden später von der Landstraße ab und fuhren auf das Dorf zu. Es lag in einer Mulde, eine Gruppe von vielleicht siebzig oder achtzig Häusern, überragt von einem viereckigen Kirchturm. Auf den Dächern sprenkelten Schneereste das fade Hellrot der Ziegel mit weißgrauen Flecken. Hinter dem Dorf stieg das Gelände zunächst kahl an, dann dehnte sich die dunkle Fläche eines Pinienwaldes aus. Die weißen Gipfel dahinter konnte Ana kaum ausmachen, sie verschwammen mit der Dämmerung und den dichten Wolken, die sich über die Bergkette schoben.

Das Schild am Ortseingang, das ihr versicherte, dass sie tatsächlich in Las Torres angekommen war, war halb verrostet, auch das Symbol der Falange, Joch und Pfeilbündel, das hier wie überall neben dem Ortsnamen prangte, war von rotbraunen Löchern zerfressen. Als der Bus über die Hauptstraße holperte, stellte Ana fest, dass nicht nur das Schild, sondern das gesamte Dorf bessere Tage gesehen hatte. Vielen Fensterläden hätte ein neuer Anstrich gutgetan, eine der ohnehin spärlichen Straßenlaternen fiel fast aus ihrer Halterung.

Sie hielten auf einem großen Platz mit einem Brunnen in der Mitte. Ana kletterte etwas steifbeinig die Stufen hinunter und verabschiedete sich von dem Fahrer, der ihr nur kurz

zunickte. Sie war der vorletzte Fahrgast. Die Frau, die mit ihr über die kleine Heilige gesprochen hatte, war schon zwei Dörfer zuvor ausgestiegen, bloß der Mann mit den Hühnern saß nun noch im Bus.

Sie holte tief Atem. Die Luft war klar und kalt. Ana wickelte sich den Schal dichter um den Hals und zog ihre Handschuhe an. Tagsüber musste die Sonne geschienen haben, der Boden zwischen den Pflastersteinen war aufgetaut. Wo Pflastersteine fehlten, hatten sich trübe Pfützen gebildet. Rubios Leitspruch, dass ein guter Journalist sich die Schuhe im Schlamm der Straße schmutzig zu machen hatte, konnte sie hier wortwörtlich nehmen. Ana sah hinunter auf ihre Füße und beglückwünschte sich zu ihren Schuhen. Sie hatte der Versuchung widerstanden, ihre neuen Winterstiefel aus feinem Leder mit Pelzbesatz anzuziehen und stattdessen ihre alten Wanderschuhe eingefettet und ein Paar Wollsocken übergezogen.

«Zieh dich warm an.» Auch diesen Ratschlag hatte sie wörtlich genommen.

Sie griff nach ihrem kleinen Handkoffer. Da sie nur drei Tage bleiben würde, hatte sie nicht viel dabei. Sie hatte mindestens genauso geschickt gepackt wie Grace Kelly in *Das Fenster zum Hof*, auch wenn es etwas mehr war als ein Negligé und zwei Pantöffelchen, wie sie in einer Szene des Films aus der Handtasche der Protagonistin quollen. Merkwürdigerweise war die Szene nicht der Schere der Zensoren zum Opfer gefallen.

Sie machte sich auf den Weg, um vor Einbruch der Dunkelheit in der Pension anzukommen, doch zehn Minuten später stand sie wieder auf demselben Platz. Sie war den Hinweisen der Frau aus dem Bus genau gefolgt, ohne jedoch auf

die Calle José Antonio zu stoßen. In den Gassen des Ortes hatte sie niemanden getroffen, den sie nach dem Weg hätte fragen können. Inzwischen war auch das letzte Tageslicht verschwunden. Eine einzelne Laterne beleuchtete den stillen Platz. Ana lauschte einen Moment. Das einzige Geräusch, das sie hörte, kam von dem Baum in der Mitte des Platzes, der Wind schlug die Zweige gegeneinander. Fenster und Türen der Häuser waren geschlossen, nadelfeine Lichtstreifen drangen durch die Fensterläden. Plötzlich hörte sie das Knirschen einer Tür und das Klingeln einer Glocke. Sie blickte in die Richtung, aus der die Geräusche kamen. Eine Frau trat aus einem der Häuser, und Ana erspähte etwas, das aussah wie das Innere eines Ladens. Die Frau entfernte sich so schnell, dass Ana sie kaum sehen, geschweige denn ansprechen konnte.

Sie ging auf das Haus zu und trat ein. Es war in der Tat ein kleiner Laden. In den Regalen hinter der Theke türmten sich Konservendosen, Seifenpäckchen und kleine Säcke mit Reis. Auf das Schellen der Ladenglocke hin kam eine Frau in den Vierzigern aus einem Hinterzimmer und blickte sie einen Moment lang erstaunt an. Ana fragte nach dem Weg in die Pension.

«Das Haus der Witwe Anglada?» Die Frau steckte eine Schere in die Tasche ihres langen, verwaschenen Rocks und begann, ihr gestenreich den Weg zu erklären. «Ganz einfach, Sie nehmen die Calle de Santa Clara, die biegt fünfzig Schritte von hier links ab, dann gehen Sie weiter, bis Sie zum Waschhaus kommen, und halten sich links. Dann sind Sie schon in der Calle José Antonio. Das Haus von Aurelia Anglada ist das vorletzte auf der linken Seite.»

Ana verstand. Sie hatte sich an dem alten Waschhaus rechts statt links gehalten.

Die Ladenbesitzerin schaute sie neugierig an und sagte: «Sie haben sicher eine lange Reise hinter sich.»

Ana war müde, daher nickte sie bloß.

«Sie werden sehen, unsere kleine Heilige kann Ihnen bestimmt helfen.»

Die Frau klang teilnahmsvoll. Ana registrierte, dass sie sie musterte. Suchte sie nach Anzeichen für eine Krankheit, die das Mädchen heilen sollte?

«Hat sie schon vielen geholfen?»

Die Frau lächelte sie mütterlich an und legte ihr die Hand auf den Arm. «Einigen.»

«Wie denn?» Ana beugte sich interessiert vor.

Die Ladenbesitzerin wollte weiterreden, doch eine Männerstimme rief aus einem der hinteren Räume.

«María, jetzt komm endlich. Wie lange soll ich denn noch warten?»

«Mein Mann. Verzeihen Sie, ich muss noch etwas erledigen.»

Sie verabschiedete sich und zog den Vorhang, der den Laden von den hinteren Zimmern abtrennte, hinter sich zu. Ana lauschte einen Moment, sie hörte eine Schere klappern, und die Männerstimme schimpfte: «He, pass auf, dass du mir nicht das Ohr abschneidest!»

* * *

«Guten Abend. Señora Aurelia Anglada?»

Die Frau, die ihr die Tür geöffnet hatte, nickte. Sie war klein, im Licht der einzigen Laterne sah Ana eine gewölbte Stirn, Augenbrauen, die wie mit dem Pinsel gezogen schienen, und eine kräftige Nase, das Einzige, was in dem zarten

und immer noch mädchenhaften Gesicht zu groß geraten war. Die haselnussbraunen Augen schauten sie fragend an.

«Ich brauche ein Zimmer für zwei Nächte.»

Die Frau trat ohne ein Wort einen Schritt zurück, um Ana einzulassen. Dabei verschwand ihr Gesicht in der Dunkelheit. Sobald Ana eingetreten war, schloss Señora Anglada eilig die Tür und schob mit dem Fuß eine zusammengerollte Wolldecke vor den Türspalt.

Als ihre Augen sich an das schwache Licht gewöhnt hatten, erkannte Ana, dass sie sich im Speiseraum der Pension befand. Hier standen mehrere Tische aus grobem Holz. Die Flammen der Feuerstelle auf der linken Seite verbreiteten einen rötlichen Schein. Auf der rechten Seite des Raums beleuchtete eine schwache Glühbirne den Aufgang zur Treppe in den ersten Stock.

«Ich zeige es Ihnen.» Die Frau deutete auf die Treppe und griff nach Anas kleinem Koffer. Geschwind stieg sie nach oben, ihr wadenlanger dunkler Rock schwang hin und her, bei jedem Schritt leuchtete die helle Haut ihrer Füße auf, die ohne Strümpfe in Bastpantoffeln steckten.

Ana folgte ihr in den ersten Stock, wo die Wirtin eine Tür aufstieß und Ana mit einer Geste bedeutete einzutreten.

Das Zimmer war nicht groß. An der linken Wand stand ein Bett mit einer hellen Tagesdecke, die rechte Wand wurde zur Hälfte von einem Kleiderschrank bedeckt, und hinter den zwei geschlossenen Holzläden auf der gegenüberliegenden Seite lag ein Fenster.

«Es kostet 35 Peseten die Nacht.»

«Das ist in Ordnung.»

Auch wenn es nicht in Ordnung gewesen wäre, hätte sie keine andere Wahl gehabt.

Die Frau stellte schweigend Anas Koffer ab. Ana versuchte, ihr ein paar Worte zu entlocken.

«Geht das Fenster zur Straße hinaus?»

«Ja.»

Knapper hätte sie nicht antworten können, dachte Ana und nahm das Zimmer näher in Augenschein. In der linken Ecke stand ein Waschtisch aus Drahtgeflecht mit einer eingelassenen Wasserschüssel. Kein fließendes Wasser. Nach einer Dusche brauchte sie also gar nicht erst zu fragen. Und was die Toiletten betraf – Ana warf einen Blick unter das Bett und fand ihre Vermutung bestätigt.

«Der Abort ist draußen im Hof, hinten rechts. Sie können durch die Küche gehen. Ich bringe Ihnen frische Handtücher und Wasser, falls Sie sich waschen wollen.»

Drei Sätze hintereinander. Ana lächelte ihr zu.

«Wunderbar, danke. Die Tagesdecke ist sehr hübsch.»

Die Wirtin erwiderte ihr Lächeln nicht, sondern nickte lediglich und verschwand aus dem Zimmer.

Ana hängte ihren Mantel in den Schrank und zog ihre schweren Schuhe aus. Im Zimmer war es warm. Ana berührte den Wandvorsprung neben dem Bett. Der helle Putz fühlte sich fast heiß an, sicher der Kamin der Feuerstelle unten im Haus. Alles war sauber, der Boden frisch geputzt, die Möbel ohne ein Staubkorn. Auf Strümpfen lief sie zum Fenster und öffnete die Läden. Sie sah auf die Straße hinab, das Licht der Laterne beleuchtete das Pflaster vor der Pension. Der Rest der Straße verlor sich im Dunkeln.

Als Ana sich umdrehte, blickte sie direkt in ein Paar glänzende schwarze Augen, die sie ungerührt anstarrten. Sie zuckte zurück. Und grinste erleichtert, als sie erkannte, dass die Augen einem ausgestopften Fuchskopf gehörten. Das

rotbraune Fell hatte kahle Stellen, die jemand mit Farbe übermalt hatte. Ana streckte in einer kindlichen Anwandlung den Zeigefinger aus und berührte den verschrumpelten schwarzen Knopf, der einmal die Nase des Tieres gewesen war. Der Fuchs schien ihr mit halb geöffneter Schnauze entschuldigend zuzulächeln.

Das ausgestopfte Tier war nicht der einzige Wandschmuck. Ihr Blick fiel auf ein Bild, das an der rechten Zimmerwand hing, die Reproduktion einer Pietà. Der helle Körper des Gekreuzigten und das Gesicht der Marienfigur hoben sich von einem dunklen Hintergrund ab und zogen Ana mit ihrem matten Leuchten an. Sie trat näher heran. Der Faltenwurf des Tuches um die Hüften des Toten und ihres blauen Mantels waren dem Maler meisterhaft gelungen. Die Marienfigur hatte das Gesicht einer alternden Frau, die Haut etwas stumpf, feine Falten um Augen und Nase, graue Strähnen über der Stirn. Mit milder Trauer sah sie auf den Toten in ihren Armen hinunter. Der Körper des Leichnams war schmächtig, die Rippen standen heraus, und auch das Schultergelenk des herabhängenden Arms trat deutlich hervor, eine Kugel unter fast weißem Fleisch. So realistisch der Maler die Gesichter und Körper auch gestaltet hatte, bei den Wundmalen war er diskret gewesen. Die Stellen auf den Handrücken, wo die Nägel durchgetrieben worden waren, waren lediglich ein paar kleine, hingetupfte rote Punkte, die Seitenwunde ein schmaler Schnitt, nicht der klaffende, blutverschmierte Spalt des Gekreuzigten in der Kirche Sant Felip Neri, den Ana als Kind jeden Sonntag fasziniert betrachtet hatte. Einmal im Jahr, vor Ostern, hatte der Küster frische Farbe aufgetragen, und am Karfreitag hatte das Blut auf Füßen, Händen und Rippen feucht geglänzt.

Wie wohl die Wunden der kleinen Isabel aussahen? Vermutlich waren sie vorgetäuscht, wie bei dieser portugiesischen Nonne. Aber die Frau im Autobus hatte gesagt, dass sie tatsächlich bluteten. Wahrscheinlich eine andere Art Trick. Aber das würde sie morgen sehen, und danach konnte sie schon anfangen, ihren Artikel zu schreiben. Und am Donnerstag würde sie den Bus zurück nach Castellón nehmen.

Es klopfte an der Tür. Als Ana öffnete, stand Aurelia Anglada vor ihr und trug in jeder Hand einen Wasserkrug, zwei Handtücher lagen säuberlich gefaltet über ihrem linken Unterarm. Die Wirtin trat ein und stellte geschickt den dampfenden Krug neben dem Waschtisch ab, dann den anderen, der vermutlich kaltes Wasser enthielt. Die Handtücher waren vom vielen Waschen dünn geworden, doch sie waren sorgfältig gebügelt worden. Aurelia richtete sich auf, strich sich die karierte Schürze glatt und wendete sich an Ana.

«Sie möchten sicherlich etwas essen.»

Ana merkte erst jetzt, wie hungrig sie war. «Oh ja, sehr gerne. Ich war den ganzen Tag unterwegs. Die Busreise hat eine kleine Ewigkeit gedauert, so kam es mir wenigstens vor.»

«Ja, die Fahrt zu uns herauf ist lang», sagte die Frau. In demselben sachlichen Ton fügte sie hinzu: «Leider habe ich nicht viel im Haus, aber in einer halben Stunde können Sie unten essen. Wenn es Ihnen nichts ausmacht, würde ich jetzt Ihre Personalien aufnehmen. Es ist Pflicht.»

«Selbstverständlich.»

«Ich habe das Register nebenan. Vielleicht kommen Sie eben mit.»

Ana wunderte sich darüber, dass die Wirtin sie gleich registrieren wollte, in der Regel waren die Wirte auf dem Land weniger sorgfältig darauf bedacht, über ihre Gäste Buch zu

führen. Sie folgte ihr in den Nebenraum. Das Zimmer war offensichtlich die gute Stube des Hauses. Es hatte einen kleinen Balkon zur Straße hinaus, neben der Balkontür standen ein Tischchen mit einem Kohlenbecken darunter und zwei Sessel. Auf einem etwas klapprigen Schreibtisch lag ein Buch, das die Wirtin nun aufschlug.

«Bitte, darf ich Ihren Ausweis sehen?»

Während Aurelia Anglada ihre Personalien in das Gästeregister eintrug, schaute sich Ana die Gegenstände auf einer Kommode an, in deren Mitte ein Radiogerät thronte. Ihr Blick blieb an einem Foto hängen, das neben einer Vase mit getrockneten Blumen stand. Es zeigte ein ungefähr zehnjähriges Mädchen. Ein dünner Körper in einem dunklen Kleid, sicher dem Sonntagskleid. Die schiefhängende Kette und der etwas herabgerutschte rechte Strumpf ließen sie noch anrührender aussehen. Der Kopf schien nicht recht dazu zu passen, er war zu groß für den schmächtigen Körper, und das Gesicht mit seinem ernsten Blick wirkte eher wie das einer jungen Frau als das eines Mädchens. Dahinter, halb verborgen, stand ein anderes Foto, auf dem dasselbe Mädchen schwarz gekleidet und von Blumen und Kerzen umgeben in einem Sarg lag.

Die Zimmerwirtin hob den Kopf und merkte, dass Ana die Bilder betrachtete.

«Meine Tochter. Sie ist seit drei Jahren tot. Können Sie bitte hier unterschreiben?» Sie zeigte auf eine Spalte des Registers.

Ana schluckte das «Es tut mir leid», das ihr auf der Zunge lag, hinunter, als sie Aurelia Angladas Gesichtsausdruck bemerkte. Sie setzte ihren Namen in die entsprechende Spalte und reichte der Wirtin den Stift.

Die Frau klappte das Buch zu. «Also in einer halben Stunde im Speiseraum.»

* * *

Aurelia Anglada hatte tatsächlich nicht viel im Haus, was sie Ana jedoch anbot, war köstlich: einen Eintopf mit Hammelfleisch, Gemüse und einer Reihe von Gewürzen – Rosmarin, etwas Knoblauch und andere Kräuter, die Ana nicht identifizieren konnte. Die Wirtin servierte schweigend, selbst Anas ausführliches Lob für Eintopf, Brot und Wurst entlockte ihr nur ein kurzes Nicken.

Nach dem Essen wünschte Ana ihr eine gute Nacht, stieg nach oben und streckte sich dankbar in ihrem Bett aus. Die Matratze war etwas hart, doch das kümmerte sie nicht. Sie erinnerte sich an andere Zimmer, Zimmer mit Wänden voller Blutflecken, die von den Mücken und Wanzen stammten, die andere Gäste dort zerdrückt hatten. Hier roch die Bettwäsche sauber. Doch statt das zu tun, was sie sich schon seit Stunden wünschte – eine warme Bettdecke über sich zu ziehen und zu schlafen –, wälzte sie sich unruhig im Bett herum. Es war die Stille, die sie nicht schlafen ließ. In ihrer Wohnung in Barcelona war immer etwas zu hören, die Stimme eines Nachbarn, Musik aus einem Radio, die Toilettenspülung aus einer der vielen Wohnungen, das Gegröle von Betrunkenen auf der Straße und im Hintergrund das allgegenwärtige Rauschen der Großstadt.

Hier hörte man nichts, nur ab und zu ein Hundebellen aus der Ferne. Und ein Knarzen aus nächster Nähe, vermutlich das alte Holz der Balken. Ana blickte nach oben. Die dunklen Balken zogen sich knapp zwei Meter über ihr durch

den Raum. Wenn sie sich aufs Bett stellen würde, könnte sie den Balken, der gerade über ihrem Körper verlief, mit den Händen berühren. Das Holz lud dazu allerdings nicht ein, sie hatte gesehen, dass es alt und rissig war.

Es war heiß im Zimmer. Sie stand auf, um das Fenster zu öffnen.

Tief atmete sie die frische Luft ein, die nach Tieren und Holz roch, betrachtete das stille Dorf und genoss den Anblick, bis die Kälte sie wieder ins Bett trieb. Sie spürte, wie müde sie war, so müde, dass sie sich wie ein Klumpen bloßer Materie fühlte. Ihre Lider senkten sich, ihr Kopf lag wie ein Stein auf dem Kissen, und der Schlaf kam.

Ein Schlag ließ sie kurze Zeit später hochschrecken. Ana riss die Augen auf und brauchte einige Sekunden, um zu begreifen, wo sie war. Noch ein Schlag. Er kam aus dem Inneren des Hauses. Die Wirtin schloss laut eine Tür. Ana hörte, wie ihre Pantoffeln über den Boden schlurften, als sie an ihrem Zimmer vorbeikam. Sie blieb einen Moment vor ihrer Tür stehen, einen Augenblick später verriet Ana das Knarren einer anderen Tür, dass die Wirtin auf dem Weg ins Bett war.

Dann hörte sie ein anderes Geräusch, diesmal von rechts, vom Fenster. Es gelang ihr, die Augen in die Richtung zu bewegen, doch ihr Körper blieb starr. So starr und fremd, dass sie sich besorgt zwang, mit den Zehen zu wackeln, um sicher zu sein, dass er ihr noch gehorchte.

Das Geräusch wiederholte sich. Es war die Laterne, die ein Windstoß in Bewegung gesetzt hatte. Sie sah wieder nach vorn. Das schwankende Licht der Laterne warf das Fensterkreuz auf die gegenüberliegende Wand. Die Augen des Fuchses glänzten einige Male auf, ebenso die Zähne, nur die Nase blieb trocken und matt.

Ihr müder Blick irrte durch den Raum und fiel auf das Vesperbild. Die bleiche Haut des Toten hatte sich in marmornes Weiß verwandelt. Im unruhigen Licht der Laterne schien sich sein Brustkorb zu heben und zu senken, die Finger zitterten, die roten Flecken pulsierten im Rhythmus der letzten Herzschläge. Die Wunde an der Seite hatte sich geöffnet, Blut quoll aus dem Spalt und färbte das weiße Fleisch rot. Anas Augen fielen zu. Unter großer Anstrengung riss sie sie noch einmal auf, um das Bild zu sehen. Er hatte aufgehört zu bluten. Dann schlief sie ein.

5

Kälte ist eine Form von Schmerz. Der Schmerz, der Ana kurz nach Tagesanbruch weckte, war kein Vergleich zu dem, den sie von den Wintermorgen in Barcelona kannte. Nicht die feuchte Kälte, die in die Poren drang, durch Muskelfasern schlüpfte und sich schließlich in die Knochen verbiss. Die Kälte hier war anders. Kleine Messer bohrten sich Millimeter für Millimeter in die Haut, die Muskeln erstarrten und wurden hart wie Stein.

Selbst schuld, dachte Ana. Sie hatte das Fenster am Abend nicht richtig zugemacht. Die eiskalte Luft im Zimmer war die Strafe dafür, dass sie trügerischer Romantik aufgesessen war. Dörfer waren nicht romantisch, genauso wenig wie die Natur. Sie waren feindselig, wie der Frost, der das Wasser in den Krügen in Eis verwandelt und die Waschschüssel überflüssig gemacht hatte.

Ana stand auf. Um das Fenster zu schließen, musste sie zunächst die Flügel erneut aufklappen. Mit aller Kraft zerrte sie daran, dann quietschten die rostigen Scharniere unerwartet hell, und sie konnte sie bewegen.

Die Luft war klar und kalt. Dächer und Mauern traten immer schärfer im Licht eines Tages hervor, der ohne eine Wolke am Himmel heraufdämmerte. Bei einem der Häuser waren die Natursteine zu sehen, die übrigen waren kalkverputzt. Die ungepflasterte Straße war von einer grauen Frostschicht überzogen. Sie hörte ein Knarren und blickte nach

rechts. Das Tor des unverputzten Hauses öffnete sich, und ein älterer Mann führte ein Maultier an einem Zügel heraus. Er schloss das Tor, ließ jedoch den oberen Laden des einen Torflügels offen stehen. Eine Frau streckte den Kopf hinaus und sprach mit ihm. Was sie sagte, konnte Ana nicht verstehen, weil das Tier nervös mit den Hufen auf den harten Boden stampfte und die Stimmen übertönte. Plötzlich bemerkte die Frau Ana und deutete hinauf. Beide blickten schweigend zu ihr hoch, sogar das Maultier war auf einmal still. Ana unterdrückte den Impuls, sich im Zimmer zu verstecken, als wäre sie beim Spionieren erwischt worden, und grüßte stattdessen mit einem Lächeln und einem Kopfnicken. Das Nicken wurde erwidert, das Lächeln nicht. Ana trat vom Fenster zurück und schloss es. Kurz darauf hörte sie, wie das Maultier mit klackernden Hufen unter ihrem Fenster vorbeitrottete.

Da sie sich nicht waschen konnte, rieb sie ihren Körper mit Kölnischwasser ab, um ihren Kreislauf in Schwung zu bringen, und zog sich an. Sie lächelte bei dem Gedanken daran, was ihr Vater zu dieser Art der morgendlichen Reinigung sagen würde. Seine Lektionen in puncto Körperpflege lauteten anders.

«Sich zu waschen gilt seit der Reconquista als maurischer Brauch. Deshalb baden und duschen die Leute nicht gern», hatte er ihr und ihrem Bruder immer wieder erklärt. Doch für sie galt: Jeden Tag duschen und vor den Mahlzeiten die Hände waschen. Bevor sie sich an den Tisch setzen durften, kontrollierte er stets ihre Hände: Handrücken, Innenfläche und Fingernägel.

Doch an diesem Tag wusch sie sich nicht einmal die Hände, bevor sie in den Speiseraum hinunterstieg. Sie hatte ein brennendes Feuer im Kamin erwartet, doch die Glut

schimmerte nur noch schwach, und im Zimmer war es kalt und dunkel. Sie hörte die Wirtin in der Küche hantieren. Bei ihrer Ankunft hatte sie ihr Vollpension angeboten. Hoffentlich gehörte dazu auch ein warmes Frühstück, dachte Ana.

Sie ging in die Küche, wo Aurelia Anglada am Tisch saß und Kartoffeln schälte. Als sie Ana sah, warf sie die Schalen in einen Blecheimer und wischte sich die Hände an einem Lappen ab. Die Wirtin trug eine dunkle Strickjacke mit aufgekrempelten Ärmeln, ihre nackten Beine schauten unter einem groben Wollrock hervor. Wie am Abend zuvor steckten ihre bloßen Füße in Bastpantoffeln, schon der Anblick ließ Ana frösteln.

«Haben Sie gut geschlafen?», fragte sie Ana.

«Ich habe ein bisschen gefroren.»

«Ich bringe Ihnen noch eine Decke. Möchten Sie etwas essen? Haferbrei?»

Ana nickte. «Gern. Kaffee gibt es wahrscheinlich nicht, oder?»

«Nein, leider nicht.»

«Könnten Sie denn welchen kochen? Ich habe etwas Pulver dabei.»

In kluger Voraussicht hatte Ana eine Dose Kaffee in den Koffer gepackt, denn sie hatte geahnt, dass etwas, das in Barcelona knapp und teuer war, in einem entlegenen Provinzdorf eine Rarität sein musste. Und sie hatte richtiggelegen.

«Echten Kaffee?»

Es waren die Reste eines Päckchens, das ihr Vater ihr aus dem Laden mitgebracht hatte, wo er weiterhin arbeitete, wenngleich nur noch an den Vormittagen. Nachmittags schrieb er Wildwestromane. Das Geld, das er damit verdiente, reichte für besseres Essen und bessere Kleidung,

nicht aber für einen Umzug in ein besseres Viertel. Noch nicht, hätte ihre Mutter hinzugefügt, die die Hoffnung nicht aufgab, wieder zu dem Wohlstand zurückzukehren, den die Familie vor dem Krieg genossen hatte.

«Echten Kaffee. Wenn Sie möchten, können wir welchen kochen. Für zwei.»

Wenige Minuten später saßen sie zusammen an einem der Tische im Speiseraum. Aurelia Anglada hatte das Feuer im Ofen neu entfacht und, um den echten Kaffee angemessen zu feiern, Porzellantassen aus dem Vitrinenschrank im Balkonzimmer geholt.

Der Kaffee machte die Wirtin gesprächiger. Sie lächelte sogar. «Sie sind aus meiner Aussteuer. Ich benutze sie nicht für den Zichorienkaffee aus dem Kolonialwarenladen, auch nicht für den aus Gerste, auch wenn er etwas besser schmeckt. Und was den aus Johannisbrot anlangt, der kommt mir erst gar nicht ins Haus. Aber dieser hier» – sie hob die Tasse –, «dieser hier hat sie wirklich verdient.»

Sie lächelte erneut, schien es aber sofort zu bereuen, denn das Lächeln verschwand auf einen Schlag wieder, und sie trank den Kaffee in kleinen Schlucken, ohne die Tasse auf dem Tisch abzusetzen. Auch die Augen hatten ihren lebhaften Glanz plötzlich verloren.

Um etwas zu sagen, fragte Ana, ob sie häufig Pensionsgäste habe.

«Im Winter kaum. Wenn es wärmer wird, kommen an Markttagen die Händler. Durchreisende gibt es so gut wie keine, aber manchmal übernachten ein paar Jäger hier.»

Ana warf einen Blick auf die ausgestopften Tiere, die gemeinsam mit einigen Krügen als Raumschmuck dienten: zwei Exemplare einer Vogelart, die sie nicht kannte, ein

Fuchs, etwas, das ein Marder sein musste, und zwei Wildschweinköpfe.

Viele Gäste hatte sie also nicht, Ana konnte sich kaum vorstellen, wovon sie lebte.

«Jetzt aber, wegen der Sache mit der kleinen Heiligen, kommen mehr Leute zu uns hinauf. Außerdem biete ich Essen an», fügte die Wirtin hinzu, als ob sie ihre Gedanken erraten hätte. «Richtig, das Essen! Ich mache Ihnen sofort den Haferbrei.»

Sie leerte ihre Tasse und erhob sich. «Ich habe schon so lange keinen mehr getrunken. Aber ich hätte es besser lassen sollen.»

«Wieso?»

«Weil ich es nicht verdiene.»

«Warum sollten Sie keine Tasse Kaffee verdienen?»

Aurelia Anglada sah sie so traurig an, dass Ana betroffen wegschaute.

«Ich meine nur, an die guten Dinge gewöhnt man sich so leicht. Wie sollen wir jetzt jemals wieder Ersatzkaffee trinken?», scherzte die Wirtin gezwungen.

Wenn man sich anschaut, wie die Menschen mit einer knappen Köstlichkeit wie Kaffee umgehen, dachte Ana, kann man feststellen, dass es zwei Typen gibt. Die einen haben so große Angst vor der Entbehrung, dass sie sich jeden Genuss verkneifen, um den unweigerlich darauf folgenden Mangel nicht zu spüren. Die anderen verzichten nicht auf den einmaligen Genuss, selbst wenn die Enttäuschung bei der nächsten Tasse Ersatzkaffee immens sein wird. Als Aurelia Anglada mit einem duftenden Teller Brei erschien, wurde Ana erneut klar, dass sie selbst zur zweiten Gruppe gehörte.

Sie nahm sich vor, langsam zu essen, und nicht alles wie

ein verängstigtes Kind in sich hineinzulöffeln, wie sie es normalerweise tat, wenn sie hungrig war. Immerhin, dachte sie, repräsentierte sie hier die Manieren der Stadt.

In der Kanne war noch ein Rest Kaffee. Trotz Aurelias Bemerkung forderte Ana sie auf, sich noch eine Tasse einzuschenken. Die Wirtin füllte ihre Tasse und setzte sich schweigend zu ihr. Ana hütete sich, ihr eine der vielen Fragen zu stellen, die die Neugier ihr eingab. Keine Fragen zum Dorf und zur kleinen Heiligen, noch weniger über ihre tote Tochter oder über den toten Ehemann. Sie nahm an, dass sie die Wirtin eher zum Sprechen bringen würde, wenn sie selbst redete, daher erzählte sie von ihrer Reise nach Las Torres und verglich sie mit anderen Reisen, die sie als Reporterin von *El Caso* unternommen hatte. Die Wirtin hörte ihr aufmerksam zu, manchmal nickte sie zustimmend, aber noch immer sagte sie nichts.

Ana zermarterte sich den Kopf darüber, was sie noch erzählen könnte, um sie aus der Reserve zu locken. Ob sie wollte, dass sie ihr von Barcelona erzählte? War Aurelia schon einmal Metro gefahren? Hatte sie das Meer gesehen? Wusste sie, was Segeln war? Zugegeben, sie selbst war lediglich ein paarmal mit den Ausflugsbooten zu den Wellenbrechern vor dem Hafen hinausgefahren. Ob Aurelia je in einem Kino gewesen war? Wollte sie vielleicht etwas über sie persönlich wissen?

Die Frage, die dann von Aurelias Lippen kam, war weder seltsam noch respektlos, aber sie überraschte Ana und tat ihr weh: «Sind Sie verheiratet?»

Ana hatte den Mund voll und schüttelte daher bloß den Kopf.

«Dann haben Sie sicher einen Verlobten.»

«Ich hatte», sagte sie und legte den Löffel auf den Teller. «Aber es ging nicht gut aus.»

Aurelia machte eine entschuldigende Handbewegung und deutete auf den Teller. «Es ist noch etwas im Topf, möchten Sie?»

Ohne eine Antwort abzuwarten, stand sie auf, griff nach dem Teller und kehrte wenig später mit einer neuen Portion Brei zurück. «Was haben Sie heute vor?»

«Nach dem Besuch bei Isabel werde ich die Gelegenheit nutzen und ein paar Interviews für meine Reportage machen.»

«Sie wollen doch nicht etwa mich interviewen!»

Das hatte Ana eigentlich nicht vorgehabt, doch nun interessierte sie der Grund für Aurelias Ablehnung.

«Ich habe nichts zu erzählen», bekam sie zur Antwort.

«Aber eine Meinung haben Sie doch bestimmt, oder?»

«Auch das nicht.»

«Haben Sie die kleine Heilige gesehen?»

«Wie alle hier, sonntags in der Messe, aber ich habe sie nie zu Hause besucht. Weder aus Neugier noch um sie um etwas zu bitten. Worum sollte ich sie schon bitten? Was ich will, kann sie mir ja doch nicht geben.»

«Aber Sie glauben an ihre Kräfte?»

«Ist das jetzt doch ein Interview?»

«Nein. Ich bin bloß neugierig.»

«Ich weiß es nicht. Vielleicht ja, aber vor allem tut mir Isabelita sehr leid. Die Schmerzen müssen furchtbar sein. Arme Kleine.»

«War sie nicht bei einem Arzt?»

Als hätte sie die Frage nicht gehört, murmelte Aurelia: «Ich lasse Sie in Ruhe essen. Ich habe noch in der Küche zu tun.» Dann verließ sie den Raum.

Einige Minuten später waren das Geräusch einer Tür und Schritte zu hören. Jemand war gekommen. Ana hatte schon bemerkt, dass man auch über den Hof und durch die Küche in die Pension gelangen konnte. Zunächst war sie so sehr damit beschäftigt, die Reste des Breis zu vertilgen, dass sie nicht auf die Männerstimme achtete. Bis sie mitbekam, dass man über sie sprach: «Warten Sie einen Augenblick, ich schaue nach, ob sie mit dem Frühstück fertig ist.»

«Machen Sie sich keine Umstände, Aurelia, ich will sie nicht lange stören.» Ana spitzte die Ohren. Die Männerstimme war volltönend und moduliert, die Aussprache tadellos. «Ich wollte nur Ihren Gast begrüßen.»

«Dann gehen Sie durch.»

Die Stimme passte zu dem Mann von ungefähr fünfunddreißig, zu seinen feinen, vielleicht etwas zu zarten Gesichtszügen, den hohen Wangenknochen und den hellen – blauen oder vielleicht auch grünen – Augen. Letzteres konnte sie nicht mit Sicherheit sagen, denn die Augen lagen hinter den dicken Gläsern einer Hornbrille verborgen.

Hinter ihm schob sich Aurelia in den Raum und stellte ihn vor: «Señorita Ana, das ist Don Benito. Er möchte Sie kennenlernen.»

Das also war der Pfarrer von Las Torres. Sein Name passte genauso wenig zu seinem jugendlichen Aussehen wie seine Soutane.

Schwungvoll steuerte er auf ihren Tisch zu.

«Sie sind die Journalistin aus Barcelona?»

Es war erstaunlich, wie viele unterschiedliche Gefühle in einem einzigen Satz Platz hatten. Das Wort «Journalistin» triefte vor Enttäuschung, während «Barcelona» beinahe lustvoll buchstabiert wurde.

Ana erhob sich, ohne eine genaue Vorstellung zu haben, wie sie den jungen Pfarrer begrüßen sollte. Sie hielt nach einem priesterlichen Ring Ausschau, um ihn zu küssen, und ihr Blick traf auf eine Hand mit schlanken, eleganten Fingern. Die Hand kam ihr entgegen, doch nicht mit dem Rücken nach oben, sondern sie griff nach ihrer und schüttelte sie.

«Ich dachte, dass Señor Rubio persönlich kommen würde», bemerkte Don Benito. «Oder ein anderes Mitglied seiner Redaktion.»

Was er wohl sagen würde, wenn er wüsste, dass sie das einzige Mitglied von Enriques Redaktion war?

«Es freut mich, Sie kennenzulernen, Don Benito. Ana Martí, Mitglied der Redaktion von *El Caso* und rechte Hand von Don Enrique Rubio. Ich schreibe unter einem Pseudonym.»

«Gewiss, gewiss. Aber ich nahm an, angesichts der Tragweite der Geschehnisse würde er persönlich kommen. In Madrid schien man so interessiert …»

«Das ist man, glauben Sie mir.»

Was sagte Beatriz über derartige Floskeln? Dass man sie brauchte, um das Gegenüber zu überzeugen, wenn man selbst nicht überzeugt war. Oder wenn man log. Da sie nun schon mit Halbwahrheiten angefangen hatte, fuhr sie fort: «Señor Rubio wäre sehr gern gekommen, doch leider hat seine Frau eine äußerst zarte Gesundheit.»

«Ich verstehe.» Don Benito schien immer noch enttäuscht, aber er begann, sich in sein Schicksal zu fügen.

Sie setzten sich einander gegenüber, der Pfarrer legte die Hände auf den Tisch, und Ana tat es ihm nach. Aurelia Anglada räumte den Teller mit den Breiresten ab, die ihr Gast

aus Zeitmangel nicht hatte essen können, und verschwand in der Küche.

«Lassen Sie mich Ihnen zuerst sagen, dass ich Sie angerufen habe, weil ich die Vorbehalte gegen *El Caso* nicht teile, die andere von ihren Kanzeln herab verkünden.»

Er spielte darauf an, dass die Zeitschrift Zielscheibe der Kritik zahlreicher Kleriker war, da sie angeblich mit den Berichten über Verbrechen aller Art die Moral der Menschen verderbe. Zum Glück war ihr Chef in Madrid, Eugenio Suárez, dem schon entgegengetreten, indem er einen Kirchenmann als verlagsinternen Zensor berufen hatte. «Vorsicht ist die Mutter der Porzellankiste, Ana», hatte Enrique Rubio gesagt. «Darin ist Eugenio wirklich gut. Er weiß, wie er sie ausbremsen kann, weil er einer von ihnen ist.»

«Ich bin da anderer Meinung», fuhr der Priester jetzt fort. «Ich glaube, dass Ihre Artikel in Wirklichkeit eine höchst erbauliche Wirkung haben, zeigen sie uns doch, dass das Verbrechen nie ungesühnt bleibt.»

Don Benito sah sie fest an, während er eifrig auf sie einredete und dabei sorgfältig jedes Wort artikulierte. Dann schloss er für einen Moment die Augen, bevor er sagte: «Allein die wundervollen Berichte über die kleine Märtyrerin, Josefina Vilaseca! Sehen Sie» – er deutete auf den Tisch in der Ecke des Speiseraums –, «dort habe ich gesessen und sie vorgelesen. Sie können sich nicht vorstellen, wie die Menschen sich um mich drängten!»

Die zwölfjährige Josefina Vilaseca aus einem Dorf bei Manresa war an den Folgen der Verletzungen gestorben, die ihr jemand bei einem Vergewaltigungsversuch zugefügt hatte. Ihre Geschichte wurde zur Sensation. Ana erinnerte sich gut daran, denn ihre Mutter, die wie viele Leute aus besserem

Hause *El Caso* nur heimlich kaufte, hatte Rubios Berichte mit wahrer Besessenheit verfolgt. Am ersten Weihnachtstag 1952 war das Mädchen im Krankenhaus gestorben. Massen waren Josefinas Sarg gefolgt, sogar die Wochenschau *NO-DO* hatte über das Begräbnis berichtet. Danach begann eine regelrechte Heiligenverehrung, die Presse nannte sie «die katalanische Maria Goretti», und bald galt sie als wundertätig.

«Wie wird es erst sein, wenn Sie über unsere kleine Heilige schreiben!»

Beide starrten in die Ecke. Ob Don Benito dort seine vergangenen oder zukünftigen Lesungen aus *El Caso* sah, wusste Ana nicht, aber sie selbst stellte sich vor, wie er im Licht eines Bühnenscheinwerfers salbungsvoll vor einem andächtigen Publikum las.

Er wandte sich ihr zu: «Werden Sie auch Fotos machen?»

«Ja. Ich habe die Kamera oben im Zimmer.»

Die Miene des Pfarrers hellte sich auf.

«Wenn es möglich ist, würde ich das Mädchen heute gern besuchen», sagte Ana.

Auf diese Weise könnte sie am Donnerstag den Bus nehmen und die Reportage dann zu Hause in Barcelona schreiben. Sie wollte keinesfalls länger als nötig bleiben.

«Sie müssen wissen, dass die kleine Heilige normalerweise nur freitags Besucher empfängt.»

«Und ich könnte sie nicht vorher sehen? Ich wollte schon morgen zurückfahren.»

«Nun, sie macht eigentlich nur eine Ausnahme, wenn es sich um eine wirklich dringende Bitte handelt.»

Das Einzige, was Ana einfiel, war die Bitte um eine schnelle und bequeme Rückreise nach Barcelona. Sie hatte Muskelkater in ihrem rechten Arm, weil sie sich die gesamte

Reise über mit aller Kraft am Vordersitz festgehalten hatte. Aber das fiel sicherlich nicht unter die dringenden Bitten, die die kleine Heilige mit ihren angeblichen Kräften erfüllen konnte. Ihre Mutter allerdings, dachte Ana sarkastisch, hätte vermutlich eine ganze Liste von Wünschen gehabt.

«Aber da ich Sie angekündigt habe, wird es kein Problem geben. Ganz im Gegenteil, Isabel erwartet uns bereits. Ihre Mutter hat sie schon auf Ihren Besuch vorbereitet.»

«Ich bin Ihnen wirklich sehr dankbar, Don Benito.»

Das Gesicht des Pfarrers zog sich mit einem zufriedenen Lächeln in die Breite. Seine Augen glänzten hinter den Brillengläsern. Sie waren grün.

«Wann gehen wir?», fragte Ana.

«Sobald Don Onésimo eingetroffen ist, der Bürgermeister. Er wird uns begleiten.»

Der Bürgermeister. Die Wundmale des Mädchens waren zweifellos eine wichtige Angelegenheit im Dorf, wenn die örtlichen Autoritäten beschlossen hatten, sie bei ihrem Besuch zu eskortieren. Fehlten noch der Vertreter der Guardia Civil, der Lehrer und der Arzt, dann wäre die Liste der Honoratioren komplett.

«Gibt es hier einen Arzt?»

Abermals zog ein zufriedenes Lächeln über Don Benitos Gesicht. «Ich wusste, dass Sie danach fragen würden. Nein, es gibt keinen Arzt in Las Torres. Wenn jemand schwer krank ist, kommt ein Arzt von außerhalb. Für alles andere ist Señora Julita zuständig, unsere Hebamme, die sich auch auf Kräuter versteht. Aber bei Isabelita brauchen wir niemanden. Hier gibt es keinen Zweifel. Wenn Sie sie sehen, werden Sie verstehen, weshalb.»

Erneut waren Stimmen in der Küche zu hören.

«Ich glaube, Don Onésimo ist gekommen.»

Die Wirtin öffnete die Tür, und ein Mann mit einem mächtigen grauen Schnurrbart über den dünnen Lippen trat ein. Mit verschränkten Armen und leicht zur Seite geneigtem Kopf blieb er mitten im Raum stehen. Er war so groß, dass er sich unter dem Türsturz hatte bücken müssen.

«Also stimmt es tatsächlich», murmelte er verdrossen.

Er schob die Hände in die Taschen seiner ausgebeulten Cordhose, die in starkem Kontrast zu seinem Jackett, seinem weißen Hemd und der Krawatte stand. Er sah aus, als hätte er sich für ein Halbkörperporträt angezogen.

«Sie haben uns tatsächlich eine Frau geschickt. Verdammt!»

Er entschuldigte sich sofort, allerdings nur beim Pfarrer. Dieser beeilte sich zu sagen: «Aber sie kommt von *El Caso*. Mitglied der Redaktion und rechte Hand von Don Enrique Rubio.»

Was wie eine Visitenkarte geklungen hatte, reichte nicht aus, um den mürrischen Gesichtsausdruck des Bürgermeisters zu vertreiben, aber wenigstens stellte er sich nun vor: «Onésimo Sandoval, Bürgermeister dieses Dorfes.»

Ana stand auf und streckte ihm die Hand entgegen. Der Mann nahm sie und setzte zu einem Handkuss an, den er jedoch schnell in einen kurzen und kräftigen Händedruck verwandelte.

Nach all den Empfängen, an denen sie von Berufs wegen teilgenommen hatte, gingen Ana die Höflichkeitsfloskeln automatisch über die Lippen.

«Es ist mir eine Ehre, Sie kennenzulernen, Herr Bürgermeister.»

Auch wenn er seine Vorbehalte nicht vollends zerstreute, schien ihm dieser Satz zu gefallen, denn Don Onésimo hob

zumindest den Kopf und sah sie an. Doch dann richtete sich sein Blick wieder auf den Pfarrer, der bereits aufgestanden war und zum Aufbruch drängte: «Da Sie sich jetzt ja kennengelernt haben, können wir uns auf den Weg machen.»

«Ich fürchte, das geht nicht.»

«Kommen Sie schon, Don Onésimo», sagte der Pfarrer nachsichtig, «nach dem Besuch bleibt Ihnen noch genug Zeit, um mit Señorita Martí zu sprechen.»

«Nein, nicht deswegen.»

Don Benito hatte sich schon seinen runden Priesterhut aufgesetzt und drehte sich mit kaum verhohlenem Ärger zum Bürgermeister um.

«Es wird keinen Besuch geben», verkündete Don Onésimo.

Der Pfarrer erstarrte und hielt in seinen Bewegungen inne. Den Hut schief auf dem Kopf, echote er: «Keinen Besuch?»

«Wie ich gesagt habe, es wird keinen Besuch geben, er hat es verboten.»

«Er hat es verboten?»

«Ja. Paco Castán hat es mir gesagt. Dass er es nicht erlaubt.»

«Isabels Vater? Für wen hält er sich?»

«Nein, Don Benito. Es ist nicht der Vater, der es verbietet. Er hat nur eine Nachricht von Don Julián weitergegeben.»

«Von Don Julián.» Zum ersten Mal wiederholte er die Worte des Bürgermeisters ohne fragenden Unterton. «Don Julián hat es verboten. Hat er gesagt, warum?» Der Pfarrer war in sich zusammengesackt.

«Nein. Paco meinte nur, dass Don Julián nicht will, dass die Señorita von *El Caso* das Mädchen sieht.»

Da sie nun schon über sie redeten, schaltete Ana sich ein: «Verzeihung, wer ist Don Julián?»

Die Männer schwiegen einen Moment, dann antwortete ihr Don Benito: «Don Julián Maestre gehört ein großer Teil der Ländereien in Las Torres und auch die Wurstfabrik, an die die Bauern hier im Ort ihr Schlachtvieh verkaufen.»

«Ihm gehören auch die Wälder ringsum», fügte der Bürgermeister hinzu.

«Und er entscheidet darüber, wer das Mädchen sehen darf», sagte Ana bissig.

«Er ist eine einflussreiche Persönlichkeit», seufzte der Pfarrer und ließ sich auf einen Stuhl fallen.

Der Herr des Ortes, dachte Ana, aber sie sprach es nicht aus, weil es zu mittelalterlich klang und die beiden sich vielleicht beleidigt fühlten.

«Sie wollen mir doch wohl nicht sagen, dass Sie mich völlig umsonst aus Barcelona haben herkommen lassen?»

«Ich fürchte, so ist es», Don Benito schüttelte betrübt den Kopf. «Alles umsonst, alles umsonst.»

«Aber wir könnten Ihnen ja zeigen, wo wir die Kapelle bauen wollen», schlug der Bürgermeister vor.

«Die Kapelle?», fragte Ana.

«Sicher», antwortete der Bürgermeister. «Damit die Leute sie sehen und um Sachen bitten können. Sie kann sie nicht weiter zu Hause empfangen. Das ist gegen das Gesetz. Sie muss sie an einem passenden Ort empfangen.»

Der Stuhl von Don Benito knackte bedenklich, als er aufsprang. «Don Onésimo, die Heiligenverehrung …»

«Aber muss sie nicht tot sein, um als Heilige verehrt werden zu können?», unterbrach Ana ihn.

Aurelia, die gerade in den Speiseraum gekommen war, hatte die letzten Worte gehört und lief rot an. «Sagen Sie nicht so etwas!»

«Entschuldigen Sie, aber ich habe gehört, dass …»

«Sie haben vollkommen recht, Señorita Martí», sagte Don Benito versöhnlich und warf dem Bürgermeister einen mahnenden Blick zu. «Wir greifen den Ereignissen vor. Das Wichtigste ist die Gnade, die uns durch dieses Geschöpf zuteilgeworden ist. Das ist ein Grund zur Freude, nicht zu Trauer oder Leid, Aurelia.»

Die Wirtin nickte, nicht ganz überzeugt. «Was ist passiert, Don Benito?», fragte sie dann vorsichtig.

«Don Julián hat den Besuch von Señorita Martí verboten.»

«Oh, die ganze Reise umsonst!»

Die Wiederholung von Anas Klage weckte Don Onésimos Lebensgeister.

«Vielleicht lässt sich das noch ändern.»

«Wie denn?», fragten Aurelia und Don Benito gleichzeitig.

«Vielleicht überlegt es sich Don Julián noch einmal, wenn ich mit ihm spreche.»

«Glauben Sie?» Diesmal waren es Ana und der Pfarrer, die gleichzeitig sprachen.

Der Bürgermeister stand auf und schob energisch das Kinn vor. «Sicher. Ich werde mit ihm sprechen und ihn zur Vernunft bringen.»

Der Priester schien zwischen Skepsis und Hoffnung zu schwanken und entschied sich für Letztere.

«Einverstanden, Don Onésimo, ich lege es in Ihre Hände. Geben Sie mir Bescheid, wenn Sie mit ihm gesprochen haben, damit wir alles in die Wege leiten können.»

«Gut, ich muss in die Küche zurück.» Aurelia schien ebenfalls optimistisch zu sein.

«Ich habe auch noch etwas zu erledigen», sagte Don Benito. «So viele Aufgaben, die auf uns warten, nicht wahr, Don Onésimo?»

«Sicher. Aber ich kann trotzdem noch einige Minuten bleiben. Auf Wiedersehen, Don Benito.»

Der Pfarrer versuchte, sein Missfallen zu verbergen, und verabschiedete sich. Er verschwand durch die Küchentür. Doch einige Sekunden später stand er wieder vor Ana: «Vergessen Sie die Kamera nicht.»

Er verschwand zum zweiten Mal und verabschiedete sich in der Küche von Aurelia.

Der Bürgermeister schwieg Ana einige Sekunden an. Als er sicher war, dass der Pfarrer das Haus verlassen hatte, fragte er: «Werden Sie Fotos von uns machen?»

«Wenn Sie es wünschen …»

Der Mann rückte seinen Krawattenknoten zurecht.

«Nun, da ich schon einmal hier bin, könnten Sie …»

Sie verstand. «Warten Sie, ich hole die Kamera. Wir gehen besser nach draußen, wegen des Lichtes.»

Als sie zurückkam, fand sie ihn in der Küche. Er sprach leise mit Aurelia, die Kartoffeln klein schnitt. Als sie Ana bemerkten, verstummten sie.

«Soll ich Sie auch fotografieren, Señora Aurelia?»

«Nein, um Himmels willen!», sagte die Wirtin und fuhr sich nervös mit den Fingern durch die Haare.

«Bestimmt nicht?»

«Wer will mich schon sehen?» Kopfschüttelnd wandte sie sich wieder ihren Kartoffeln zu.

«Wo soll ich mich hinstellen?», wollte der Bürgermeister wissen.

«Vielleicht vor eine weiße Mauer.»

Sie wurden von einer heiseren Stimme unterbrochen: «Haallooo!»

«Was willst du denn?», schnauzte Don Onésimo den Neuankömmling an.

Es war ein hochaufgeschossener Junge mit rötlicher Haut, das Haar blond und struppig, die Augen zwei schmale Schlitze. Er schien ständig zu lächeln, aber das lag an seinem immensen Unterkiefer, der so weit hervorsprang, dass der Junge den Mund nicht schließen konnte. Er blickte verwirrt um sich und stotterte etwas Unverständliches.

«Was wird er schon wollen?», verteidigte Aurelia ihn. «Er holt das Frühstück für Don Ignacio. Komm her, Mauricio, bleib da nicht stehen wie ein Stock.»

Aber der Junge stand wie festgenagelt, die Beine leicht gespreizt, und schaute Ana an. Sie sah, dass seine rechte Hand verkrüppelt war, kleiner als die linke und nach innen gedreht. Jetzt lächelte er tatsächlich und zeigte dabei eine paar kleine, weit auseinanderstehende Zähne.

«Die sieht aber toll aus», sagte er und hickste.

Aurelia versetzte ihm eine Ohrfeige. Mauricio krümmte sich und stieß ein paar heisere Laute des Protests aus.

«Wer ist das?», fragte er mit rauer Stimme.

«Die Journalistin aus Barcelona. Sie ist wegen Isabelita gekommen.»

«Isabeliiita, arme Isabeliiita!», begann der Junge daraufhin zu krähen.

«Dieser Idiot macht mich ganz krank», sagte der Bürgermeister auf dem Weg vors Haus.

Ana wählte als Hintergrund die Mauer eines der kalkverputzten Häuser und gab ihm Anweisungen.

Vor der Kamera schien Don Onésimo seine Vorbehalte

gegen Ana aufgegeben zu haben, als würde er nicht sehen, dass eine Frau sie handhabte.

«Drehen Sie mir Ihr Profil zu. Nicht zu sehr. So ist es gut. Jetzt schauen Sie mich an. Darf ich Sie etwas fragen? Halten Sie still, ich muss das Licht messen. Wo, sagen Sie, soll die Kapelle gebaut werden? Etwas mehr nach rechts, bitte.»

«Auf einem meiner Grundstücke, außerhalb des Ortes.»

«Ich mache noch eine Aufnahme, ja? Ach, das Land gehört also Ihnen?»

«Ja. Familienbesitz.»

«Gut. Jetzt machen wir noch ein Halbkörperporträt. Gehen Sie etwas näher an die Mauer heran. Wie gut, wenn die Kapelle auf Ihrem Grund gebaut werden würde, oder?»

«Allerdings. Wir könnten sogar eine Gaststätte aufmachen, meine Frau und ich.»

«Schauen Sie bitte hierher.»

Mauricio kam mit einem Henkelmann aus dem Haus. Er blieb stehen und beobachtete sie. Vor allem beobachtete er Ana. Auf seinem Gesicht lag ein versonnenes Lächeln und seine Nasenflügel bebten, während er mit seltsamem Vergnügen die Luft einsog.

«Los, hau schon ab!», schrie der Bürgermeister gestikulierend.

Mauricio setzte sich zögernd in Bewegung. Alle zwei Schritte drehte er sich um, um Ana anzusehen.

«Isabeliiita, arme Isabeliiita», krähte er wieder und wackelte mit dem Kopf.

Sie verloren ihn aus den Augen, als er um eine Ecke bog, seine Stimme drang jedoch noch eine Weile zu ihnen.

«Wohin geht er?», fragte Ana.

«Er bringt Don Ignacio, dem Sargento der Guardia Civil,

das Essen. Jeden Tag, Frühstück, Mittag, Abendessen. So macht er sich wenigstens nützlich. Gut, ich muss jetzt gehen, um mit Don Julián zu sprechen. Seien Sie unbesorgt, ich bringe ihn sicher zur Vernunft.»

Don Onésimo schüttelte ihr die Hand, als hätten sie gerade einen Handel abgeschlossen, machte eine Kehrtwende und schritt aufrecht davon.

Wie gut die Señora aus Barcelona riecht!

«Mauricio, du musst los, du kommst zu spät.»

«Ja, Tante Aurelia. Ich geh ja schon.»

«Und halt den Henkelmann schön nah am Körper, damit der Haferbrei nicht kalt wird. Der Sargento wird sonst böse.»

«Ja, Tante.»

Heute schlägt mich der Sargento bestimmt nicht, weil ich zu spät komme. Auch nicht weil das Essen kalt ist. Aber wegen irgendetwas anderem. Am Ende schlägt er mich immer.

«Warum trödelst du so beim Tischdecken?»

«Guck nicht so dämlich!»

«Du hast Wein verschüttet.»

Oder er schlägt mich ganz ohne Grund. Ohrfeigen ohne Grund. Wie an dem Tag, als er mir das Zimmer mit den Waffen des Somatén gezeigt hat.

«Wie gefällt dir, was wir hier haben?»

Weil er ganz genau weiß, dass ich mitgehen will, mit Vater und dem Somatén. Um den Maquis zu jagen. Ich wollte gerade sagen: «Was für schöne Gewehre», da hat er mich geschlagen und geschrien: «Komm bloß nicht auf die Idee, dich dieser Tür auch nur zu nähern.»

Er hat mich so fest geschlagen, dass ich mir auf die Zunge gebissen habe. Es hat geblutet. Da hat er sich über mich lustig gemacht, weil ich nicht gut sprechen konnte.

«Nein, Zeñor, nein, Zenõr.»

Aber das war ungerecht. Ich habe nur «Zeñor» gesagt, weil ich mir wegen ihm auf die Zunge gebissen habe. Später habe ich es Mutter gesagt. Mutter wird immer wütend, wenn jemand mich schlägt. Vater war auch zu Hause, aber er wollte nichts davon hören.

«Lass doch, noch schwachsinniger kann er davon nicht werden.»

Mutter hat ihm den Pullover mit den Blutflecken gezeigt. Blut und Spucke, aber die Spucke sieht man nicht, das Blut schon.

Aber Vater hat mich auf diese Weise angesehen, die mir mehr Angst macht als die Schläge. An die Schläge habe ich mich gewöhnt. Alle schlagen mich, selbst meine Freunde. Gut, Eugenia nicht. Und Pili hat mich auch nie geschlagen.

Der Sargento hat die Zeitungen gelesen, die der Bus heraufgebracht hat. Er liest, ohne die Lippen zu bewegen. Eugenia sagt, dass man so richtig liest. Wenn sie das sagt, stimmt es auch. Ich kann nicht so lesen.

«Du kommst reichlich spät.»

«Ich hab sie gesehen! Ich hab sie gesehen!»

«Wen hast du gesehen?»

«Die Señora aus Barcelona. Sie hat eine Kamera und macht Fotos. Sie sieht ganz toll aus! Groß ist sie, größer als ich, größer als Sie. Und sie riecht gut. Sie riecht besser als alle im Dorf.»

«Was sagst du Hornochse da?»

«Dass sie gut riecht.»

«Und woher weißt du, wie die anderen Leute im Dorf riechen?»

«Weil ich an ihnen rieche.»

«Du riechst an uns? Du blödes Viech!»

Ich habe ja gewusst, wie es ausgehen würde. Und dann ist bei dem Schlag auch noch das Essen heruntergefallen.

6

Ana kehrte in den Speiseraum zurück, die Finger steif vor Kälte, weil sie die Handschuhe ausgezogen hatte, um die Kamera zu bedienen. Aurelia war nicht in der Küche, aber aus dem ersten Stock waren Schritte zu hören. Ana stieg hinauf und stieß auf Aurelia, die gerade Anas Zimmer verließ.

«Ich habe Ihnen schon das Bett gemacht», sagte sie.

Sie hatte auch den Nachttopf geleert, was Ana peinlich war. Seit ihrer Kindheit hatte das niemand mehr getan. Sie überspielte ihre Verlegenheit, indem sie fragte, ob es im Ort ein Telefon gebe.

«In der Poststelle gibt es eine Vermittlung.»

Auf ihren fragenden Blick hin erklärte Aurelia: «Im Tabakladen auf der Plaza de San Sebastián.»

«Ist das der große Platz?»

«Nein, er liegt auf der anderen Seite des Dorfes.»

Auf der Straße empfing Ana ein scharfer Wind, der aus lauter Stahlklingen zu bestehen schien und sofort ihre Kleidung durchdrang. Sie zog die Schultern hoch und marschierte in die Richtung, die Aurelia ihr gewiesen hatte. Bald stand sie auf der Calle Mayor, der Hauptstraße. Sie war gepflastert, mit größeren Steinen auf der Fahrbahn und kleineren im Fischgrätmuster an den Seiten.

Als sie um eine Straßenecke bog, kamen ihr zwei Frauen entgegen. Sobald sie Ana bemerkten, hakten sie einander unter und starrten sie ungeniert an. Aus der Ferne hielt Ana sie

wegen ihrer Kleidung – lange schwarze Röcke, dicke Wolljacken, dunkle wollene Tücher um die Köpfe geschlungen – für alte Frauen. Beim Herankommen verjüngten sie sich jedoch zusehends, bis schließlich zwei junge Frauen an ihr vorbeigingen und ausdruckslos grüßten, die Lippen zu Strichen zusammengepresst. Sobald sie vorüber waren, blieben sie stehen und begannen zu tuscheln. Ana konnte nur einzelne Wörter hören, die sie verstand, weil sie mit ihnen gerechnet hatte: Journalistin, Barcelona, kleine Heilige. Und ein Kichern, das fast kindlich klang. Es hätte sie nicht gewundert, wenn sie beim Zurückschauen gesehen hätte, dass die zwei Mittzwanzigerinnen sich in kleine Mädchen verwandelt hatten. Aber sie drehte sich nicht um, sondern setzte ihren Weg auf der steilen Straße fort.

Sie verließ die Ortsmitte und bog in eine Straße, die Aurelias Beschreibung zufolge in die Plaza de San Sebastián münden musste. Hier gab es kein Pflaster mehr, lediglich festgestampfte Erde. Ana warf einen Blick in die Seitenstraße. Außer dem Bus, mit dem sie gekommen war, hatte sie bislang kein einziges Fahrzeug gesehen. Die Plaza de San Sebastián war nicht mehr als eine rechteckige Lücke zwischen ein paar niedrigen Häusern. Über einer der Haustüren verkündete ein verblichenes Schild «Poststelle». Daneben hatte jemand eine Holzlatte mit der Aufschrift «Tabakwaren» an die Wand genagelt, mit einer seltsamen Mischung von Schrifttypen: die Konsonanten in Druckbuchstaben, die Vokale in Schreibschrift. Ansonsten deutete nichts auf einen Laden hin, kein Schaufenster, und die geschlossene Tür war aus dickem Holz. Sie drückte dagegen, die Tür sprang auf und setzte eine Glocke in Gang. Ana betrat einen kleinen, düsteren Raum und stand zwei Schritte vor einer leeren

Marmortheke. Nur der Geruch verriet, dass hier Tabak verkauft wurde, zu sehen war davon nichts: keine Zigarettenpäckchen, kein loser Tabak, keine Streichhölzer. Vielleicht lag alles unter der Theke.

Aus dem Inneren des Hauses näherten sich schleppende Schritte. Kurz darauf tauchte eine dicke Frau hinter der Theke auf; die fest vor ihrem Bauch verknoteten Bänder einer grauen Schürze teilten ihren länglichen Rumpf in zwei Hälften und ließen ihn wie eine mächtige Acht aussehen. Ihr Blick sagte Ana, dass sie schon wusste, wer vor ihr stand: keinerlei Erstaunen, bloß Neugier lag darin. Wahrscheinlich hatte Don Benito in seiner Begeisterung die Nachricht von ihrer Anwesenheit bereits im ganzen Dorf verbreitet. Die Frau erwiderte knapp Anas Gruß und verharrte abwartend hinter ihrer Theke.

«Señora Aurelia hat mir gesagt, dass es hier eine Telefonvermittlung gibt.»

«Wohin wollen Sie telefonieren?»

«Nach Barcelona.» Sie reichte ihr einen Zettel mit Enrique Rubios Telefonnummer.

«Wenn Sie in zwei Stunden wiederkommen, habe ich die Verbindung für Sie.»

Ana schaute auf ihre Uhr. «Geht es nicht schneller?»

«Nein. In Teruel brauchen sie immer lange.»

«Gut, dann bin ich in zwei Stunden wieder da. Könnten Sie mir sagen, wo das Haus von Isabel Castán ist?»

«Isabelita? Sie empfängt nur freitags.»

Von Julián Maestres Verbot schien die Frau noch nicht gehört zu haben.

«Ich weiß. Ich möchte bloß das Haus sehen und ein paar Aufnahmen machen.»

Die Frau musterte sie von oben bis unten, auf der Suche nach der Kamera, die Ana nicht dabeihatte. Sie kam sich auf einmal lächerlich vor und fügte hinzu: «Heute Nachmittag.»

Unwillig kam die Frau hinter ihrer Theke hervor, öffnete die Ladentür und zeigte mit ein paar Gesten den Weg zum Haus der Castán.

Bevor sie sich auf den Weg machte, fragte Ana: «Haben Sie sie gesehen?»

«Wen? Die kleine Heilige? Sicher.»

«Wie ist sie?»

«Wie ein Engel. Selbst ihre Haut ist ganz durchscheinend.» Ihre Stimme klang überraschend weich.

«Haben Sie auch die Wundmale gesehen?»

«Natürlich.»

«Und bluten sie wirklich?»

«Ja», antwortete die Frau, nun etwas gereizt.

«Haben Sie das auch gesehen?»

Die Frau trat zurück in den Laden. «Ja, sicher. Mit meinen eigenen Augen. Ich gebe Ihnen Bescheid, wenn Ihre Verbindung steht.»

Sie schlug die Tür zu und ließ Ana keine Zeit für weitere Fragen oder eine Verabschiedung.

Wenn Anas Fragen über das Mädchen und ihre Wunden der Frau lästig waren, störten Ana nun die Blicke derjenigen, denen sie auf dem Weg zu Isabels Haus begegnete. Sie sagte sich, dass es durchaus normal sei, dass sie sie ansahen. Doch anders als in der Stadt wandten sie nicht die Augen ab, sobald Ana Blick und Gruß erwidert hatte, sondern fühlten sich eingeladen, sie mit finsterer Neugier und ohne jede Hemmung anzustarren. Die einzige Ausnahme war ein alter, in Lumpen gekleideter Mann, der trotz der Kälte an einer

niedrigen Mauer neben der Kirche lehnte, allerdings wandte er lediglich den Blick ab, um seinen Hund zu beruhigen, der begonnen hatte zu knurren, als sie seinen Herrn grüßte.

Das Haus der Familie Castán befand sich jenseits der Calle Mayor, es gehörte zu einer Gruppe von Gebäuden, die einfacher und niedriger waren als die auf der anderen Dorfseite, wo die Pension lag. Obwohl auf der Straße niemand zu sehen war, hatte Ana das Gefühl, beobachtet zu werden, und deshalb gab sie vor, den besten Winkel zu suchen, um eine Tür zu fotografieren, die sich in nichts von den übrigen Türen der Straße unterschied: ein gemauerter Bogen und verwittertes Holz. Es überraschte sie, dass weder Blumen noch Heiligenbilder darauf hinwiesen, dass in diesem Haus das Mädchen mit den Wundmalen lebte, nur ein paar schmutzige Wachsflecken waren auf der flachen Steintreppe vor dem Eingang zu sehen. Sie trat auf die Tür zu, auch dort fanden sich Wachsspritzer. Vermutlich warteten die Besucher hier mit ihren brennenden Kerzen auf Einlass. Einen Moment lang dachte sie daran, einfach anzuklopfen, doch dann fiel ihr das Verbot von diesem Don Julián wieder ein und dass der Bürgermeister für sie ein Treffen arrangieren wollte. Es war sicherlich besser, dachte sie, sich vorerst an die Regeln zu halten, um die Leute im Dorf nicht zu verärgern.

Sie machte zwei Schritte zurück. Als sie nach oben schaute, bemerkte sie eine Bewegung an einem Fenster im ersten Stock des Nachbarhauses. Niemand war zu sehen, aber ein leichtes Beben der Gardine verriet ihr, dass jemand sie von dort beobachtet hatte. Nachdenklich schlenderte sie die Straße hinab. Warum wollte Don Julián nicht, dass sie das Mädchen besuchte? Sie konnte sich nicht erklären, warum man sie von so weit hatte herkommen lassen, um Isabelita dann

vor ihr zu verstecken. Allerdings hatte der Pfarrer in der Redaktion angerufen, nicht Don Julián. Was für Gründe auch immer er dafür hatte – offensichtlich teilte Don Julián nicht den Eifer des Pfarrers, die kleine Heilige über die Grenzen von Las Torres hinaus bekannt zu machen.

Ohne bestimmtes Ziel bog sie wieder in die Calle Mayor und folgte ihr bis zum Ende. Innerhalb weniger Minuten hatte sie das Dorf verlassen. Da ihr bis zu dem Telefongespräch mit Rubio viel Zeit blieb, lief sie auf dem von Buchsbäumen gesäumten Weg weiter. Zweihundert Meter vor ihr lag eine lange Mauer, und daneben duckte sich ein einstöckiges Haus. Beim Näherkommen sah sie, dass es der Friedhof war, ein umfriedetes Rechteck, aus dem zwei Zypressen aufragten.

Sie passierte ein kunstvoll geschmiedetes, aber vom Rost zerfressenes Eisengitter. Im Inneren des Friedhofs zogen sich die Grabnischen in Viererreihen an der Mauer entlang. Die Mitte wurde von einem Mausoleum beherrscht, zwei Engel mit gezücktem Schwert bewachten seinen Eingang. Ringsherum zeigten einige verstreute Steinkreuze die im Boden liegenden Gräber an. Ana erinnerte sich wieder an ihre alte Abneigung gegen Friedhöfe, die sie notgedrungen überwunden hatte, als sie ihre ersten Reportagen schrieb. Einmal hatte sie sogar, aus sicherer Entfernung, einer Autopsie auf einem Dorffriedhof beigewohnt.

Sie ging weiter, aber kurze Zeit später stand sie vor einer Schlucht. Der Weg führte so geradlinig auf den Abgrund zu, dass es schien, als sei er schon da gewesen, bevor irgendein Riese die Erde mit einem Axtschlag gespalten hatte. Ana machte kehrt. Am Friedhofseingang hielt sie an und spähte durch das Gitter. In diesem Moment öffnete sich die Tür

des kleinen Hauses, und ein schlanker, eher kleiner Mann in Hemdsärmeln schoss heraus.

«Was machen Sie hier?», fragte er, die Arme vor der Brust verschränkt.

«Nichts. Ich schaue mir nur den Friedhof an.»

«Hier gibt es nichts zu sehen. Hier gibt es nur Tote.»

«Das habe ich mir schon gedacht, aber trotzdem kann ich schauen, oder?»

Der Mann zuckte mit den Schultern. Ein kleiner Kopf mit struppigem dunklem Haar erschien im Türrahmen.

«Geh wieder rein, Junge, es ist kalt.»

Aber das Kind blieb, wo es war, und sah mit großen Augen zu ihr herüber.

«Komm nicht her. Wenn du sie störst, kommen sie dich nachts besuchen», sagte der Junge zu ihr.

«Jetzt geh endlich ins Haus.» Der Vater versuchte, ihn mit einer Hand hineinzuschieben, ohne Ana aus den Augen zu lassen.

«Nachts kommen sie raus, Vater, ich kann sie hören.»

«Was willst du schon hören! Los, rein mit dir.»

Der Junge ignorierte ihn und redete weiter. «Und sie singen. Jede Nacht. Sie singen, und manchmal heulen sie wie Hunde.»

Der Mann stierte Ana an und schien dort stehen bleiben zu wollen, bis sie gegangen war. Es war besser, ins Dorf zurückzukehren. Als sie von dem Gitter zurücktrat, folgte der Kopf des Mannes ihrer Bewegung, sein Körper hingegen blieb steif wie ein Brett. Als sie an ihm vorbeiging, roch Ana den Schnapsdunst in seinem Atem.

«Verschwinden Sie von hier», flüsterte er. Es klang nicht wie eine Drohung, eher wie eine flehentliche Bitte.

Ana blieb stehen und sah ihn an. Dann betrachtete sie das Kind, das die Worte seines Vaters nickend bekräftigte.

«Verlassen Sie dieses Dorf. Hier haben Sie nichts Gutes zu erwarten.»

«Hier wohnt ein Monster, das …», sagte das Kind.

Sein Vater brachte den Jungen mit einem Blick zum Schweigen. «Los, rein jetzt mit dir, es ist kalt.»

Ana lief weiter. Sie drehte sich nicht um, da sie wusste, dass sie ihr nachblickten. Die ersten Häuser des Ortes erschienen ihr fast anheimelnd.

Statt wieder die Calle Mayor zu nehmen, bog sie in eine Straße zu ihrer Rechten. Fünf Minuten später war sie ans Ende der Straße und damit Ende von Las Torres gelangt. Vor ihr erstreckte sich ein ödes Terrain bis hin zu einem erstarrten Pinienwald. Ana wollte sich nicht der Kälte auf dem kahlen Feld aussetzen und machte kehrt. An einer Ecke verkündete ein Schild «Calle de la Fuente Alta», Obere-Brunnen-Straße, und Ana beschloss, ihr zu folgen. Von einem Brunnen war weit und breit nichts zu sehen, aber am Ende der Straße sprang ihr ein Herrenhaus ins Auge. Es thronte über dem Ort und war von einer Mauer umgeben, hinter der sich vermutlich ein Garten verbarg. Das Haus selbst war aus hellem Stein und drei Stockwerke hoch, auf seiner Fassade prangte ein Wappen. Hinter zweien der stilisierten gotischen Fenster brannte Licht. Dies musste das Haus des Herrn von Las Torres sein, Don Julián Maestre.

Plötzlich merkte Ana, wie müde sie war, und sie beschloss, zur Pension zurückzukehren. Nach dem sonderbaren Gespräch mit diesem Mann und seinem Sohn war sie dankbar, als Aurelia sie bei ihrer Ankunft begrüßte und höflich fragte: «Haben Sie einen Spaziergang gemacht?»

«Ja, bis zum Dorfrand.»

Ana erzählte ihr von ihrer Begegnung am Friedhof.

«Das war Jesús, der Totengräber. Nehmen Sie es ihm nicht übel, er mag seltsam sein, aber er ist kein schlechter Mensch.»

«Er hat mich so merkwürdig angesehen …»

«Er hat es mit den Nerven, wissen Sie? Er hat nicht den besten Beruf für jemanden, der so empfindlich ist, aber seine Familie hat immer den Totengräber gestellt, und er hat keine Brüder. Also hat es ihn getroffen. Und dass seine Frau weggegangen ist, hat es auch nicht gerade besser gemacht.»

«Hat sie ihn verlassen?»

«Nein, nein. Sie kommt zurück. Sie ist mit der Tochter nach Tronchón gezogen, zu Verwandten, und bleibt dort ein paar Jahre. Sie besucht ihn alle zwei Wochen, und ich kaufe ihr jedes Mal einen Käse ab. Schauen Sie.»

Sie hob ein Tuch hoch, unter dem ein Laib Käse mit einem Loch wie ein Krater in der Mitte zum Vorschein kam. Aurelia schnitt ein Stück ab und bot es Ana an.

«Sie haben doch bestimmt Hunger, oder?»

«Ehrlich gesagt, ja.»

Sie wollte nicht, dass Aurelia sie für klatschsüchtig hielt, und aß daher das Käsestück, ohne weiter nach den Gründen für dieses seltsame eheliche Arrangement zu fragen. Allerdings bemerkte sie leichthin: «Aber den Jungen hat die Mutter hiergelassen.»

«Ja, damit er weiter zur Schule gehen kann.»

Die Wirtin wandte ihr den Rücken zu, um einen Teller aus dem Schrank zu nehmen.

«Der Junge wirkte auch etwas sonderbar. Er sagte etwas von einem Monster auf dem Friedhof.»

Aurelia zuckte merklich zusammen.

«Was ist?», fragte Ana.

«Oh, fast hätte ich den Teller fallen lassen. Er war feucht.»

Ohne sich umzudrehen, suchte sie nach einem Geschirrtuch und trocknete den Teller mit größter Sorgfalt ab. Dann stellte sie ihn mit gesenktem Blick auf den Tisch und sagte: «Es ist nicht erstaunlich, dass das Kind etwas sonderbar ist, es wächst ohne Mutter auf, und dann noch neben dem Friedhof.»

Sie wandte sich zum Herd und lüpfte einen Topfdeckel.

«Das Mittagessen ist schon fertig. Die Lieblingsspeise des Sargento. Ich hoffe, es schmeckt Ihnen.»

Sie griff wieder nach dem Teller, füllte ihn und trug ihn hinaus in den Speiseraum. Ohne Ana anzusehen, verschwand sie anschließend wieder in der Küche. Ana begann zu essen. Gepökeltes Lamm mit Kartoffeleintopf.

Kurze Zeit später erschien Aurelia wieder im Speiseraum, um Gläser in der Anrichte zu verstauen, und endlich sah sie Ana an, als diese sie fragte: «Wie heißt dieses Gericht?»

«Somarro. Das Fleisch wird erst gepökelt und dann gebraten.»

«Köstlich.»

Aurelia war sichtlich erfreut.

«Wieso isst der Sargento eigentlich nicht hier in der Pension? Bei der Kälte ist sein Essen sicher nur noch lauwarm, wenn er es bekommt.»

Die Wirtin blickte um sich, als wären noch weitere Gäste im Raum, doch sie waren allein. Trotzdem setzte sie sich zu Ana und beugte sich zu ihr hinüber: «Er will nichts mit den Leuten aus dem Dorf zu tun haben. Nicht fraternisieren nennt er das.»

«Wieso nicht?», fragte Ana, bevor sie sich ein Stück Kar-

toffel in den Mund schob. Wahrscheinlich war es Anas zufrieden kauendes Gesicht, das Aurelia bewog weiterzusprechen: «Er ist nicht von hier. Er ist erst im letzten Sommer hergekommen. Er stammt aus Kastilien, aus Burgos.»

«Aber es ist nicht deswegen, oder?»

«Vielleicht auch. Aber vor allem sagt er, dass er nicht hier ist, um Freunde zu finden, sondern dass er hier ist, um auch den allerletzten Maquisard zu erwischen.»

Ana nickte. Das Gebiet des Maestrazgo, dünn besiedelt, wild und unzugänglich, war eine der Gegenden, in denen die Partisanen des Maquis besonders stark gewesen war, wenngleich in den letzten Jahren ihre Zahl abgenommen hatte, weil die Guardia Civil und die lokalen Bürgerwehren, die Somatén, die Widerstandskämpfer erbittert verfolgt hatten. Aurelia sprach weiter.

«Er ist hierhergeschickt worden, um den Somatén zu leiten, wegen der Übergriffe, die es gegeben hat.»

Sie konnte sich vorstellen, was Aurelia damit meinte. Auch im Krieg hatten viele die Gelegenheit beim Schopf ergriffen und blutig ihre ganz persönlichen Rechnungen beglichen.

«Hat der Somatén viele Mitglieder?»

«Von jeder Familie ist mindestens ein Mann dabei. Selbst einer von den Tello, Domingo, der im Krieg auf der richtigen Seite war, aber es heißt, sein Bruder, Serafín, sei beim Maquis. Obwohl ich glaube, dass er mehr ein gewöhnlicher Straßenräuber ist als alles andere.»

«Also sind Leute aus dem Dorf beim Maquis?»

«So heißt es. Irgendjemand will Manuel Santos, der auch von hier kommt, gesehen haben, aber ich bin sicher, dass er längst rüber nach Frankreich ist, falls er überhaupt noch lebt. Vielleicht sagt Don Ignacio auch deswegen, dass er nicht

fraternisieren will. Obwohl, genau genommen fraternisiert er doch, wenn er der ältesten Tochter des Bäckers den Hof macht, oder nicht?» Sie lächelte maliziös und schlug dann sofort die Hand vor den Mund.

«Und – mit Erfolg?»

«Für das Mädchen war es schon lange Zeit. Sie hatte einen Verlobten, aber er ist an Wundstarrkrampf gestorben, beim Pflügen hat er sich an einem rostigen Nagel verletzt. Das ist vermutlich der Grund, weshalb sie den Sargento überhaupt anschaut. Aber die Eltern sind wenig begeistert, er ist ein Auswärtiger. Ah, Ihnen hat das Essen geschmeckt. Möchten Sie noch etwas?»

Obwohl sie satt war, konnte Ana nicht widerstehen. Auch eine Art, sich die Zeit bis zu dem Telefongespräch zu vertreiben. Aurelia holte eine weitere Portion aus der Küche, glücklicherweise nicht ganz so üppig wie die erste. Dann blieb sie am Tisch stehen. Die Lust, Dinge zu erzählen, und die Reue, sie erzählt zu haben, folgten bei der Wirtin in schnellem Wechsel aufeinander. Jetzt schlug das Pendel wieder in Richtung Reue aus: «Ich sollte über all das gar nicht reden. Don Benito sagt immer, dass die bösen Zungen irgendwann ihre eigenen Herren umbringen.»

«Aber Aurelia, Sie haben doch niemandem geschadet und auch nichts Hässliches gesagt.»

«Mag sein, aber ich hätte es nicht tun sollen.»

Ana wollte ihr mit einer Bemerkung die Gewissenbisse nehmen. Allerdings kam sie nicht dazu, da jemand an der Tür klopfte, und Aurelia ging, um zu öffnen. Die Stimme des Bürgermeisters tönte herüber: «Darf ich?»

«Kommen Sie herein, Don Onésimo.»

Der Bürgermeister trug dieselbe Kleidung wie am Morgen,

als Ana ihn fotografiert hatte, doch hatte sie ihn sichtlich durch einen harten Tag begleitet. Das Hemd war in Längsfalten zerknittert, die dicke Jacke drohte ihm von den Schultern zu rutschen, und er wand sich, als er Ana verdrossen eröffnete: «Es tut mir sehr leid, Señorita, aber Don Julián bleibt bei seinem Nein.»

Ana legte die Gabel auf den Tisch. «Wieso?»

«Das weiß ich nicht. Ich habe mit ihm in der Kaserne gesprochen, weil er dort ein Treffen mit dem Sargento hatte. Er hat mir noch nicht einmal den Grund für sein Verbot erklärt.» Letzteres schien ihn fast noch mehr zu kränken als das Scheitern der Mission, zu der er am Morgen so stolz aufgebrochen war. «Also dann, guten Appetit. Ich will Sie nicht weiter stören.» Er nutzte Anas Fassungslosigkeit, um eilends zu verschwinden.

Ana schaute Aurelia an, die lediglich kommentierte: «Er wird seine Gründe haben.»

Daraufhin ließ die Wirtin sie mit einem halbvollen Teller allein. Ana aß noch ein paar Bissen, aus Trägheit und weil man ihr beigebracht hatte, ihren Teller leerzuessen. Warum diese Ablehnung? Wer war dieser Julián Maestre, der sich über den Bürgermeister und selbst den Pfarrer stellen konnte? Ihr fiel Rubios Bemerkung wieder ein: Wunder haben einen Eigentümer. Doch dieses hier hatte offenbar gleich mehrere.

Ein neuerliches Klopfen an der Tür weckte in ihr die Hoffnung auf eine weitere Wendung.

Aurelia trat in den Speiseraum.

«Das war die Kleine von der Posthalterin, sie sagt, dass Ihre Verbindung steht.»

Ana sprang auf. «Wartet sie auf mich?»

«Nein, sie ist schon zurückgegangen, aber Sie kennen ja den Weg, oder? Ziehen Sie sich warm an.»

Kurze Zeit später stand Ana in der Poststelle. Sie durchquerte den Raum mit der Theke und wurde in ein winziges Zimmer mit einem Wandtelefon und einem imposanten Holzstuhl geführt, der mit seinen Armlehnen und seinem Brokatpolster an einen abgenutzten Thron erinnerte. Die Posthalterin ließ sie allein und zog die Tür hinter sich zu. Ana hörte sie nicht weggehen, vielleicht weil ihre Stoffschlappen kein Geräusch machten, vielleicht aber auch, weil sie vor der Tür stehen geblieben war und lauschte. Ana dachte, dass sie sich daran gewöhnen müsste, auf Schritt und Tritt beobachtet zu werden.

Sie berichtete Rubio von ihrem Problem.

«Na gut, dann kommst du einfach zurück. Heute noch, wenn du willst. Ich kann dir ein Auto von Castellón heraufschicken lassen.»

Doch auf dem Weg zur Poststelle hatte Ana eine Entscheidung getroffen.

«Nein, Chef. So schnell gebe ich nicht auf. Ich habe den ganzen Weg hierher nicht gemacht, damit sie mir die Tür vor der Nase zuschlagen. Ich bleibe dran.»

Rubio antwortete nicht. Einige Sekunden fürchtete sie, die Leitung sei unterbrochen, doch schließlich tönte seine Stimme wieder durch den Hörer.

«Bei Gott! So soll eine Reporterin des *Caso* sein. So muss sie sein. Immer auf der Jagd nach der ganzen Story.»

Bevor ihr Chef sich weiter in seine Begeisterung hineinsteigerte, versuchte Ana seine Erwartungen zu dämpfen.

«Ich werde sehen, was ich tun kann.»

«Du wirst es schaffen. Da bin ich sicher. Wenn du fer-

tig bist, rufst du mich an, und ich schicke dir das Auto. Die Rechnung bekommt Suárez.»

«Danke, Chef.»

«Du ahnst nicht, wie kalt es in Barcelona ist. Gestern hatten wir fünf Grad unter null. Und morgen soll es noch schlimmer werden. Heute sind es …»

Die Verbindung brach ab. Ana erfuhr nicht mehr, wie kalt es in Barcelona war, aber eines spürte sie in jedem Knochen: Kälter als in Las Torres war es mit Sicherheit nicht.

* * *

Sie verließ die Poststelle mit dem festen Entschluss, sich die Erlaubnis für den Besuch bei der kleinen Heiligen zu verschaffen. Der Bürgermeister hatte gesagt, dass Julián Maestre in der Kaserne der Guardia Civil war. Diese war in einer alten Villa am Dorfeingang untergebracht, Ana hatte sie vom Bus aus gesehen. Sie machte sich auf den Weg, gestärkt von ihrem Gespräch mit Rubio. Eine gute Journalistin wusste, wie sie mit Schwierigkeiten fertigwurde, sagte sie sich.

Keiner der wenigen Menschen, denen sie unterwegs begegnete, schien bereit, ihr mehr als ein kurzes Nicken und einen neugierigen Blick zu gönnen. Hinter den Fenstern der Kaserne brannte Licht. Sie trat durch die halb geöffnete Tür. Im Raum dahinter war niemand, aus einem Zimmer auf der rechten Seite klangen jedoch Stimmen.

«Wo hast du es her?», fragte eine autoritäre Männerstimme.

«Es ist meins», kam als Antwort.

«Und wofür brauchst du es?»

«Wofür wohl? Zum Jagen.»

«Ja, und wo jagst du, wenn man fragen darf?» Die Frage

wurde mit großspuriger Aggressivität gestellt und schüchterte den anderen ein, der zögernd antwortete: «Na ja, hier und da.»

«Aha, hier und da. Was jagst du denn so, hier und da?»

Schweigen.

«Nun sag schon. Ein Rehlein hier, ein Kaninchen da. Vielleicht auch mal ein kleines Wildschwein?»

«Nein, nein, kein Wildschwein. Das schwöre ich Ihnen. Wildschweine nie, ehrlich.»

«In Ordnung. Und wem gehörten das Reh und das Kaninchen?»

«Don Julián.»

«Und wenn sie Don Julián gehörten und du sie geschossen hast – meinst du nicht, dass wir da von Diebstahl sprechen können? Von Wilderei? Was denken Sie, Don Julián?»

Der Angesprochene antwortete nicht der autoritären Stimme, sondern wandte sich an den anderen: «Warum hast du sie erlegt, Antonio?»

«Na ja, die Kinder hatten Hunger. Wir hatten ein schlechtes Jahr, eine miserable Ernte, dann noch kranke Tiere …»

«Und warum bist du nicht zu mir gekommen? Helfe ich euch nicht immer, wenn es nötig ist?»

«Doch, Don Julián. Verzeihen Sie, Don Julián.»

«Schon gut, Antonio», antwortete Julián Maestre. «Wenn du etwas brauchst, kommst du zu mir, und wir sprechen darüber.»

«Danke, Don Julián. Ich schwöre Ihnen, es wird nie wieder vorkommen.»

«Darauf kannst du dich verlassen», sagte der andere, er musste der Sargento der Guardia Civil sein. «Denn das Gewehr wirst du mir jetzt sofort geben, damit ich es weg-

schließen kann. Ich dachte, ihr hättet kapiert, dass ich keine Waffen in den Häusern haben will.»

«Es gehörte doch meinem Vater, ein Erbstück, und …»

«Antonio, strapazier nicht meine Geduld.»

«Nein, Don Ignacio. Was soll ich tun, Don Julián?»

«Gib dem Sargento das Gewehr.»

«Wenn Sie meinen.»

Ana wollte gerade zu den Männern gehen, als sich eine Tür zu ihrer Linken öffnete und Mauricio mit einem Krug Wein hereinkam. Kaum hatte er Ana gesehen, strahlte er vor Freude und ließ den Krug fallen, der auf den Steinfliesen zersprang.

«Mauricio. Du elender Hornochse!» Ein Mann in Uniform trat aus dem Raum. Wegen des Dreispitzes der Guardia Civil auf seinem Kopf musste er sich unter dem Türsturz bücken. Er hatte eine breite, platte Nase und seine Lippen waren auf der rechten Seite etwas verzogen, als ob eine unsichtbare Zigarette dazwischen steckte. Als Ana sich später an das Bild erinnerte, musste sie lächeln, aber obwohl sie als Journalistin den Umgang mit den Ordnungskräften gewohnt war, spürte sie in diesem Augenblick einen Stich im Magen, wie die meisten Leute, wenn ein Beamter der Guardia Civil in typischer Haltung vor ihnen stand, die Daumen in den Gürtel geklemmt, mit den übrigen Fingern rhythmisch auf das Koppelschloss trommelnd.

«Sieh an, das muss die Journalistin aus Barcelona sein.»

Die Antwort kam von Mauricio. «Genau. Sieht sie nicht toll aus!»

Der Sargento verpasste ihm eine Ohrfeige. «Nimm das zurück.» Dann wandte er sich an Ana. «Señorita, was kann ich für Sie tun?»

«Mir wurde gesagt, dass ich Don Julián Maestre hier finde. Ich möchte ihn einen Moment sprechen.»

«Wir sind in einer Sitzung.»

«Es ist … Es ist wichtig.»

«Das wage ich zu bezweifeln. Was *wir* zu besprechen haben, ist wichtig. Ohne Ihnen zu nahe treten zu wollen, aber Journalisten gehören zu dem, was wir hier am allerwenigsten brauchen.»

Mauricio fegte mit einem Besen die Reste des Krugs zusammen. Ab und an leckte er sich den Wein von den Fingern und lachte leise.

Im Zimmer nebenan hatten die Männer aufgehört zu reden. «Was ist los, Don Ignacio?» Das war die Stimme von Don Julián.

«Nichts.»

Der Körper des Sargento versperrte ihr den Durchgang, deshalb hob Ana die Stimme.

«Don Julián, ich bin Ana Martí von *El Caso*. Ich würde gerne einen Augenblick mit Ihnen sprechen.»

Der Angesprochene kam heraus, ein Mann Anfang sechzig, das dichte graue Haar kurzgeschnitten, Wangen und Stirn von einigen wenigen tiefen Falten durchzogen. Die dunklen Augen unter den immer noch schwarzen Brauen musterten sie neugierig, während sich die vollen Lippen abwartend kräuselten.

«Ich störe Sie ungern, Don Julián, aber …»

«Ich kann mir schon denken, weshalb Sie hier sind, Señorita. Doch dies ist kein günstiger Moment, und selbst wenn er es wäre, würde ich meine Meinung nicht ändern.»

«Ich habe eine weite Reise für diese Reportage gemacht.»

«Sie können sich nicht vorstellen, wie leid es mir tut» – er

klang sogar aufrichtig –, «aber es erscheint mir nicht angebracht.»

«Nun …»

«Es hat keinen Sinn, darauf zu bestehen, Señorita. Wenn Sie uns jetzt entschuldigen wollen, wir haben noch viel zu tun.»

Hinter ihm öffnete sich die Tür zur Kaserne, und drei weitere Männer kamen herein. Sie begrüßten Don Julián mit einem Kopfnicken.

«Der Somatén kommt zusammen», erklärte ihr Don Julián.

«Komm, starr keine Löcher in die Luft», schnauzte der Sargento Mauricio an, der die Scherben inzwischen aufgekehrt hatte.

«Ich starre keine Löcher in die Luft, ich sehe die Señora an.»

Der Sargento setzte wieder zu einer Ohrfeige an, doch Don Julián hielt ihn davon ab.

«Schlagen Sie den Jungen doch nicht. Er ist ein unschuldiges kleines Tierchen. Bringst du uns den Wein, Mauricio?»

«Ja, Don Julián.»

Der Sargento drehte sich um und kehrte zu den anderen Männern zurück. Don Julián folgte ihm.

«Guten Abend, Señorita.»

Vermutlich wollten die Männer des Somatén in dieser Nacht einen Streifzug unternehmen. Den Maquis jagen. Ana ließ die Kaserne, die wichtigtuerischen Stimmen der Männer und Mauricios verzückten, einfältigen Blick hinter sich. Zügigen Schrittes machte sie sich auf den Weg zur Pension. Sie fühlte sich ohnmächtig und gedemütigt. Aber nicht besiegt, sagte sie sich, wenngleich mit wenig Überzeugung.

Aurelia empfing sie. «Sie sind bestimmt halb erfroren. Ich

habe oben im Wohnzimmer das Kohlenbecken angezündet. Sie können sich dort hinsetzen, wenn Sie möchten.»

Ana war ihr dankbar für die Fürsorge. Sie brauchte einen Moment der Ruhe – allein sein und ein Buch lesen. Sie stieg in ihr Zimmer hoch und griff nach *Trauer im Paradies*, dem Roman eines jungen Autors aus Barcelona namens Juan Goytisolo, wenngleich sie nach allem, was Beatriz ihr darüber erzählt hatte, fürchtete, dass die Handlung sie traurig machen würde. Kinder, die Krieg spielten, in derselben Grausamkeit gefangen wie ihre Eltern.

«Es ist ein sehr guter Roman. Dieser Goytisolo wird einer der ganz Großen werden», hatte ihre Cousine gesagt.

Besser, sie fing mit dem Schwierigsten an, dachte Ana. Da sie nun mehr Zeit als geplant hatte, beschloss sie, sich ein weiteres Buch von Sánchez Ferlosio, das Beatriz ihr nach ihrer Begeisterung für *El Jarama* empfohlen hatte, für später aufzuheben. *Abenteuer und Wanderungen des Alfanhui.*

«Es ist ganz anders. Ein Schelmenroman aus dem 20. Jahrhundert mit phantastischem Einschlag.»

Sie hätte mehr Bücher mitnehmen sollen. Vielleicht einen Kriminalroman. In der Pension gab es kein einziges Buch, zumindest nicht in den Räumen, die sie gesehen hatte.

Sie setzte sich und breitete eine dicke Decke über ihre Beine, dankbar für die Wärme und das ruhige Eckchen. Gäste schienen sich für gewöhnlich nicht hier aufzuhalten, es war das Wohnzimmer der Wirtin. Ana verstand, dass dieses Privileg der Dank für den Kaffee am Morgen war. Sie schlug den Roman auf und vertiefte sich in ihre Lektüre.

Nach einem einfachen Abendessen tat sie es Aurelia gleich und ging früh zu Bett. Sie wollte nicht allein im Erdgeschoss bleiben und dann mit einer Petroleumlampe zu ihrem Zim-

mer hochsteigen, denn die Glühbirne über der Treppe diente eher dazu, Schatten zu werfen, als Licht zu spenden. Überdies stellte sie mit ihrem ständigen Flackern die Anfälligkeit der Stromversorgung unter Beweis, und je häufiger Ana sich sagte, dass die Dunkelheit überall dieselbe sei, desto mehr musste sie sich eingestehen, dass in diesem Haus mit seinen seltsamen Geräuschen und dunklen Ecken alte Kindheitsängste zunehmend die Oberhand über ihre erwachsene Vernunft gewannen.

Energisch schloss sie an diesem Abend Fenster und Läden. Sie schlüpfte ins Bett und stellte mit Wohlbehagen fest, dass Aurelia einen Bettwärmer zwischen die Laken geschoben hatte. Die Wärme machte sie schläfrig. Sie hatte die Lampe schon ausgedreht, als sie vorsichtige Schritte vor ihrer Tür hörte. Die Wirtin. Der Schrank in ihrem Zimmer knarzte, als ob er sie begrüßen wollte, und ein Windstoß gegen das Fenster erinnerte sie daran, dass draußen die Kälte mit ihren spitzen Zähnen lauerte.

«Morgen werde ich versuchen, Isabel zu sehen, auch wenn alle sagen, dass es nicht geht. Niemand wird mir verbieten, mit dem Mädchen zu reden. Und dann fahre ich mit dem Auto, das Rubio mir versprochen hat, zurück nach Barcelona.»

Mit diesem tröstlichen Gedanken schlief sie ein.

7

Nach dem Frühstück machte sich Ana auf den Weg zu Isabel, fest entschlossen, mit ihr zu sprechen. Sie ging schnell, um warm zu bleiben, überquerte die Calle Mayor auf der Höhe der Kirche und gelangte in die Straße, in der das Mädchen lebte. Aus einem der Häuser schlug ihr der Geruch von Schweinemist entgegen. Kaum war sie vorbeigegangen, öffnete sich das Tor, und eine Frau kam heraus, die mit einer Rute eine riesige Sau vor sich hertrieb. Die Sau machte Anstalten, Ana zu beschnüffeln, doch die Frau versetzte ihr einen Schlag mit der Rute, und mit baumelnden Zitzen rannte das Tier die Straße hinab. Die Frau warf Ana einen schrägen Blick zu, und Ana hatte das Gefühl, dass sie ihr Vorhaben erahnte und missbilligte, denn sie schüttelte ein paarmal den Kopf, bevor sie um eine Ecke bog.

Kurz darauf stand Ana vor Isabels Haus, wie bei den anderen Häusern der Straße gab es keine Klingel. Ana klopfte.

Im Inneren schien sich etwas zu regen, daher fuhr sie sich über die Haare, setzte ein Lächeln auf und wartete. Doch niemand öffnete. Sie klopfte wieder, dieses Mal war nichts zu hören, jedoch war sie sicher, dass da jemand war, sehr nah, vielleicht direkt hinter der Tür. Sie versuchte es noch einmal. Nichts. Aus den Augenwinkeln nahm sie eine kleine Bewegung im ersten Stock wahr. Sie schaute hinauf und sah direkt

in ein inquisitorisch blickendes Augenpaar. Es gehörte einer Frau, die entschieden den Kopf schüttelte und vom Fenster verschwand, als Ana ihr mit Gesten signalisierte, dass sie mit ihr sprechen wollte.

Ana machte kehrt, sie würde eine andere Möglichkeit finden müssen, um zu der kleinen Heiligen zu gelangen. Als sie eine Seitenstraße überquerte, hörte sie Kinderstimmen und Lachen. Ein Trupp Kinder stürzte lärmend aus einem der Häuser. Ana verstand: Pause in der Dorfschule. Sie blieb stehen und betrachtete die Szene.

Am Schultor lehnte ein Mann in einer grauen Jacke, um den Hals hatte er einen dunkelblauen Schal geschlungen. Vier Kinder redeten aufgeregt auf ihn ein, sie deuteten mit den Zeigefingern aufeinander.

«Herr Lehrer, Felipe hat angefangen. Er hat mich geschubst.»

«Gar nicht wahr. Javier hat angefangen. Er hat zu mir Hosensch… – ein böses Wort gesagt.»

Einem plötzlichen Impuls folgend ging Ana auf den Mann zu. Wahrscheinlich unterrichtete er Isabel, in einem kleinen Dorf wie Las Torres gab es nur eine Schule und sicher auch nur einen Lehrer. Er könnte ihr etwas über das Mädchen erzählen, außerdem könnte sie vielleicht ein paar Aufnahmen von ihrem Klassenraum machen. Bildunterschriften formten sich in ihrem Kopf. *Das Pult der kleinen Heiligen von Las Torres. Der Klassenraum, in dem Isabelita lesen und schreiben lernte.*

Der Lehrer sah ihr entgegen, als sie auf ihn zukam. Ohne den Schülern viel Beachtung zu schenken, hatte er sich eine Zigarette gedreht und zwischen die Lippen gesteckt. Dort hing sie noch, als er ihr zulächelte. Um seine braunen Augen

herum bildeten sich feine Falten. Ein attraktiver Mann, dachte Ana.

Sie stellte sich vor und erklärte ihr Anliegen. Das Lächeln verschwand, aber er wies sie nicht ab, sondern rief einen älteren Schüler herbei, einen Jungen mit schmutzstarrendem Haarschopf und den schwieligen Händen eines Landarbeiters. Seine Glieder waren lang und dünn, an den Jackenärmeln und am Hosensaum waren Stücke aus einem anderen Stoff angesetzt worden, damit die Kleidung mit seinem Wachstum Schritt halten konnte.

«Pass mal eben auf die anderen auf. Schreib alle auf, die sich schlecht benehmen.»

Der Junge nickte eifrig und baute sich an der höchsten Stelle der Straße auf, von dort aus hatte er die anderen Kinder im Blick, die bereits begannen, ihn mit Gesten zu provozieren. Der Lehrer gab ihm einen Klaps auf die magere Schulter und führte Ana in das zweistöckige Gebäude. Hinter ihnen schallte die Stimme des Jungen über die Straße: «Alles hört auf mein Kommando. Ich schreibe alle auf, die sich schlecht benehmen.»

Ana musste grinsen. In ihrer Schulzeit hatten solche Pausenaufsichten dazu geführt, dass am Ende die ganze Klasse auf der Liste stand. Heute schien es nicht anders zu sein, denn der Lehrer murmelte: «Ich fürchte, seine Liste wird in einer halben Stunde ellenlang sein.»

Dann streckte er ihr die Hand entgegen: «Ich habe mich noch gar nicht vorgestellt. Miguel Fábrega.»

Sie schüttelten einander die Hand, und Ana folgte ihm durch einen breiten Gang in einen Klassenraum. Ein Geruch nach Holzfeuerung, Kreidestaub und ungewaschenen Kinderkörpern empfing sie.

Der Raum lag trotz des Winterlichts, das durch die kleinen Fenster fiel, im Halbdunkel. Der Lehrer drehte einen Schalter, und der schwache Schein von drei alten Deckenlampen beleuchtete sechs Pultreihen und den Lehrertisch. Ana zählte 36 Plätze. Die Luft im Raum war zum Schneiden dick, aber immerhin war es warm. An der hinteren Wand des Klassenraums stand ein Kanonenofen, neben dem sich Holzscheite türmten.

«Weil ich der einzige Lehrer hier bin, werden alle gemeinsam unterrichtet. Die Mädchen sitzen auf der Fensterseite. Das Pult dahinten, das vorletzte in der sechsten Reihe, gehörte Isabel.» Der Lehrer deutete darauf, seine Hände waren klein und feingliedrig.

Ana trat an das hölzerne Pult.

«Darf ich?»

«Sicher.»

Sie glitt auf die Bank hinter dem Pult. Die Tischfläche war im Gegensatz zu den anderen Pulten leer, die Banknachbarin hatte es nicht gewagt, es mit Heften, Füllfederhalter oder der Schiefertafel in Besitz zu nehmen.

Von dem Platz aus ließ sich fast der gesamte Raum überblicken, die Pultreihen, die Tafel mit den Flüssen und Gebirgen Spaniens darauf und dem Kreuz darüber. Von rechts schaute Franco mit milder Strenge und breiter Schärpe über dem gewölbten Bauch herunter, von links blickte José Antonio, der Gründer der spanischen Falange, etwas entrückt über sie hinweg. Ana lehnte sich zurück und spürte das harte Holz der Bank in ihrem Rücken.

Der Lehrer hatte sich an den Tisch eines Pultes zwei Reihen vor ihr gelehnt und schaute sie abwartend an. Er war nicht sehr groß, kaum größer als sie.

Anas Finger glitten in einer vertrauten Bewegung unter den Rand des Pults. Der Lehrer hatte es offenbar bemerkt, denn er sagte: «Öffnen Sie es ruhig.»

Ana gefiel es nicht, ertappt zu werden, doch ihre Neugier war größer. Sie klappte den Pultdeckel hoch und sah in den Kasten darunter. Ein Exemplar der *Enciclopedia Álvarez* und zwei Hefte, daneben eine Sammlung von Heiligenviten. Sie nahm den Band heraus und entdeckte ein mit einem schwarzen Bändchen verschlossenes Stoffsäckchen. Sie zog es hervor und hörte ein helles Klickern. Als sie das Bändchen löste, rollten klirrend einige Murmeln in ihre hohle Hand. Bei einer hatten die farbigen Schlieren in ihrem Inneren die Form eines Auges. In Anas Kindheit waren solche Murmeln die begehrtesten gewesen. Katzenaugen. Im Tausch konnte man bis zu sechs oder sieben weniger begehrte dafür bekommen, als Einsatz im Murmelspiel waren sie die Provokation schlechthin, die sofort eine Traube von Zuschauern auf dem Schulhof anzog. Ana nahm sie zwischen Daumen und Zeigefinger.

«Da sind sicher noch mehr Katzenaugen. Sie war eine Zeitlang die Meisterin beim Murmelwerfen und hat sie gewonnen. Und hat sie sich nicht wieder abnehmen lassen.»

Auf Anas fragenden Blick hin erklärte er: «Die Diskussionen darüber, wer welche Murmel gewonnen hat, sind in der Regel nicht zu überhören. Außerdem kontrolliere ich die Pulte regelmäßig.»

Ana konnte sich denken, weshalb. In ihrer Mädchenschule in Barcelona waren bei den unangekündigten Pultkontrollen regelmäßig vergammelte Orangenschalen, verklebte Bonbons und Hefte, die die Nonnen als verderbliche Lektüre bezeichneten, zutage gefördert worden. Einmal war

es sogar ein Glas mit verwesenden Kaulquappen, das eine ebenso naturbegeisterte wie zerstreute Mitschülerin dort vergessen hatte.

Sie legte die Murmeln zurück. Die Heiligenviten würden als «erbauliche Lektüre der jungen Heiligen» in ihrer Reportage erscheinen, die Murmeln würden helfen, Isabel als «ein Mädchen wie alle anderen» zu beschreiben. Sie klappte den Deckel des Pultes zu und holte ihren Notizblock hervor.

«Bitte, erzählen Sie mir mehr von Isabel. Was ist sie für ein Mädchen?»

Der Mann drehte seinen Kopf zur Seite und blickte nachdenklich aus dem Fenster. Dann richteten sich die braunen Augen wieder auf Ana, und er begann zu reden.

«Isabel war eine gute Schülerin. Intelligent und fleißig. Empfindsam. Eine Leseratte. Sehr phantasievoll, den Kopf voller gelesener und erfundener Geschichten.»

Er lächelte traurig. Ana gefiel dieses melancholische Lächeln, genauso wie die Art, in der er über seine Schülerin sprach.

«Welche Fächer mag sie?»

«Geschichte und Religion. Sie war wild auf Geschichten, besonders auf die biblischen. Jedes Jahr war sie von neuem enttäuscht, wenn sie beim Krippenspiel keine wichtige Rolle bekam. Im letzten Jahr wäre sie gerne der Erzengel gewesen, aber die Rolle hat Paulina, die Tochter des Bürgermeisters, bekommen. Auch wenn sie sich nach unzähligen Proben bei der Weihnachtsbotschaft immer noch verhaspelt hat.»

Ana verstand.

«Was sind denn Isabels Eltern von Beruf?»

«Magdalena ist Wäscherin, und Pedro, ihr Mann, arbeitet für Don Julián. Er ist Holzfäller.»

Also alles andere als wohlhabend, wie sie schon vermutet hatte, als sie das Haus gesehen hatte.

Der Lehrer musste ihre Gedanken gelesen haben. «Sie kommen gerade so über die Runden. Glücklicherweise konnte ich sie überreden, Isabel noch ein Jahr zur Schule zu schicken. Magdalena wollte, dass sie aufhört und stattdessen arbeiten geht.»

Für die ärmeren Familien waren Kinder Mäuler, die es zu stopfen galt, je eher sie auf dem Feld oder im Haus halfen, desto besser, dachte Ana.

«Bei den Mädchen reicht es schließlich, wenn sie ein bisschen Lesen, Schreiben und Rechnen lernen», bemerkte sie laut.

«So ist es. Aber glauben Sie nicht, dass es bei den Jungen viel besser aussieht. Im Sommer laufe ich immer hinter den Eltern her, damit sie sie in die Schule schicken. ‹Aber Herr Lehrer, es reicht doch, wenn sie im Winter gehen›, heißt es dann. Und wenn sie erst einmal elf oder zwölf sind, kommen sie gar nicht mehr. Bei einigen ist es wirklich schade.»

Das klang bitter. Er machte eine Pause und betrachtete die Landkarte an der Tafel. Dann wandte er sich ihr wieder zu.

«Aber Sie wollten ja etwas über Isabel hören.»

Er nahm einen Zug von seiner Zigarette und sagte nachdenklich: «Im letzten Jahr hat sie sich verändert. Besonders angetan hatten es ihr die Legenden der frühchristlichen Märtyrerinnen. Sie war gierig darauf, das Hier und Jetzt zu überschreiten, eine Gier nach Transzendenz, wenn Sie so wollen. Das schwärmerische Bedürfnis, auserwählt zu werden, ein göttliches Zeichen zu erhalten. In dem Alter ist das nichts Ungewöhnliches.»

Er schwieg einen Moment, ehe er weitersprach: «Ich habe ihre Aufsätze gerne gelesen, sie war einfallsreich. Ab und an habe ich sie gebeten, der Klasse daraus vorzulesen. Die anderen Schüler hörten dann mucksmäuschenstill zu.»

«Warum reden Sie in der Vergangenheit von ihr?»

«Ich glaube nicht, dass sie jemals wieder in die Schule zurückkehren wird.»

«Wieso nicht?»

Der Lehrer antwortete ihr mit einer Gegenfrage. «Haben Sie sie schon gesehen?»

Auch Miguel Fábrega wusste offenbar nichts von Julián Maestres Verbot. Ana überlegte einen Moment, ob sie ihn darauf ansprechen sollte, und verwarf den Gedanken schnell. Wer weiß, wenn der Lehrer davon erfuhr, würde er vielleicht nicht mehr mit ihr sprechen wollen. Daher sagte sie lediglich: «Nein, bislang noch nicht.»

«Dann stellen Sie sich Ihre Frage noch einmal, wenn Sie vor ihr stehen.»

Der Lehrer musste an Anas perplexem Gesichtsausdruck abgelesen haben, wie schroff seine Antwort geklungen hatte, denn er fügte hinzu: «Sie scheint sehr schwach zu sein. Vielleicht liegt es daran, dass sie so viel Blut verliert. Jedes Mal, wenn ich sie sehe, sieht sie schlechter aus.»

Er schien ernsthaft besorgt.

«Sie blutet also tatsächlich?»

«Ja.»

Keine aufgemalten Wundmale wie bei dieser portugiesischen Nonne. Sie fragte noch einmal, um sicher zu sein.

«Es sind wirklich Verletzungen?»

«Ja.»

«Wie kommt es, dass sie diese Wunden hat?» Sie wollte

ihn nicht direkt danach fragen, ob er an einen übernatürlichen Ursprung glaube.

Miguel Fábrega fasste die Frage allerdings anders auf, als sie gemeint war.

«Warum gerade Isabel? Ich weiß es nicht. Es gibt Menschen, die empfindsamer sind als andere, die Dinge spüren, die andere nicht spüren.»

«Was sollen das für Dinge sein? Meinen Sie die Leiden Christi?»

«Nicht unbedingt. Das eigene Leid, das Leid anderer, all das, was in dieser Welt nicht stimmt.»

Ana verstand nicht, was er sagen wollte. Deshalb fragte sie ihn nun doch geradeheraus: «Glauben Sie, dass diese Verletzungen eine übernatürliche Ursache haben?»

Er sah ihr ins Gesicht. «Sie wollen also, dass ich Ihnen sage, ob es tatsächlich ein Wunder von Las Torres gibt? Ja?»

Sie hatte ihn augenscheinlich in eine unangenehme Situation gebracht. Er atmete tief ein, bevor er antwortete: «Wunder – ja, vielleicht gibt es sie. Vielleicht ist das, was wir Wunder nennen, ein Riss in der Welt, durch den sich die Hoffnung zwängen kann. Wider alle Wahrscheinlichkeit.»

Er zuckte resigniert mit den Schultern und lächelte traurig.

Ana runzelte die Stirn. Er war ins Allgemeine ausgewichen, doch bevor sie nachhaken konnte, schaute er auf die Uhr, die über der Tafel hing.

«Entschuldigen Sie, die Pause ist gleich zu Ende.»

«Darf ich noch ein paar Fotos machen?»

«Wenn es nicht zu lange dauert.»

Ana stand auf und holte die Kamera aus ihrer Tasche. Glücklicherweise stand Isabels Bank direkt an einem der Fenster, sodass sie keinen Blitz brauchen würde.

«An Zelluloid brauchst du nicht zu sparen, Mädchen», hatte ihr Enrique Rubio erklärt. «Auf fünf schlechte Fotos kommt ein gutes. Mach also immer sechs.»

Daran hielt sie sich. Sie wählte den Blickwinkel mit Bedacht, damit das Pult gut zu erkennen war. Als sie den Saal durchquerte, um auszuprobieren, wie es sich mit einem Lichtfleck machte, der plötzlich erschienen war, fing sie den Blick des Lehrers ein.

Ana fragte: «Darf ich Sie auch fotografieren?»

«Meinen Sie, dass die Leser Ihrer Zeitschrift ein Foto von mir sehen wollen?»

«Warum nicht? Wahrscheinlich mache ich eine halbe Seite, auf der die Honoratioren des Dorfes sich über Isabel äußern.»

Von dem, was er über Isabel gesagt hatte, konnte sie vieles übernehmen, aus dem «intelligent» würde sie allerdings «klug» machen, und aus der «Gier nach Transzendenz» würde ein «tiefer Glaube» werden. Ein Foto von ihm brauchte sie nicht unbedingt, aber sie hatte große Lust, ihn zu fotografieren.

Sie richtete die Kamera auf ihn und betrachtete sein Gesicht durch den Sucher. Er hatte die Lippen zu einem halben Lächeln geschlossen. Obwohl er sie auf das Ende der Pause hingewiesen hatte, nahm sie sich Zeit, sein Gesicht durch die Linse zu betrachten. Seine Attraktivität rührte daher, dass er einerseits schüchtern und verletzlich aussah – das waren die dunklen Augen, das zarte Netzwerk der Falten, der halb spöttische, halb traurige Zug um den Mund. Andererseits waren da das fast quadratische Kinn, die massige Nase und die tiefen Falten, die sich von ihr herabzogen, obwohl er vermutlich noch keine vierzig war.

Ana drückte auf den Auslöser. Einmal, zweimal. Und noch

einmal. Dann ließ sie die Kamera sinken und bedankte sich für seine Geduld.

«Gern geschehen. Kann ich sonst noch etwas für Sie tun?»

Ana schüttelte den Kopf. «Nein, danke. Sie waren mir eine große Hilfe.»

Er blickte sie an, wieder ein halb spöttischer, halb schüchterner Blick. «Dann begleite ich Sie jetzt zum Schultor.»

Als sie auf die Straße traten, kam der schlaksige Junge auf sie zugelaufen und schwenkte triumphierend ein Stück Papier.

«Herr Lehrer, ich hab die Liste. Es sind ganz viele! Ich hab sie alle aufgeschrieben!»

Ana verabschiedete sich lachend und machte sich auf den Weg zu Julián Maestre.

8

Sie betätigte den Türklopfer, einen Eisenring, den ein spitzohriger Faun zwischen den Lippen hielt. Wenig später öffnete sich der rechte Flügel des Eingangsportals einen Spaltbreit, und ein kleines Gesicht, das Ana mit seinen Furchen und seiner Farbe an eine Walnuss erinnerte, schaute hervor. Es gehörte einer Frau, die die siebzig schon längst überschritten haben musste. Ein Paar große und immer noch klare Augen fixierte Ana. Statt einer Begrüßung brachte die Frau nur ein knappes «Ja?» hervor, das alles andere als einladend klang.

Ana lächelte sie an. «Guten Morgen. Mein Name ist Ana Martí. Ich würde gern mit Don Julián sprechen.»

«Werden Sie erwartet?»

Ana fürchtete, dass die alte Frau ihr die Tür vor der Nase zuschlagen würde, wenn sie nein sagte. Also nickte sie ungeduldig und erklärte: «Selbstverständlich.»

Ganz langsam – Ana vermutete, dass dies sowohl dem Gewicht des Holzes als auch ihrer Unwilligkeit geschuldet war – zog die alte Frau den Türflügel ein kleines Stück weiter auf, gerade genug, dass Ana durch den Spalt schlüpfen konnte.

Hinter dem Portal lag ein großer Innenhof, in dessen Mitte ein Hispano-Suiza in der schwachen Wintersonne glänzte. Weiter hinten war in einer Garage ein Seat 1400 zu sehen. Eine Luxuslimousine aus den dreißiger Jahren zum Repräsentieren, ein schlichteres und moderneres Auto zum Fahren.

Julián Maestre hatte Geld. Allein der Seat kostete zehnmal so viel, wie ein spanischer Arbeiter im Jahr verdiente.

Ein junger Mann war damit beschäftig, den silbrigen Kühlergrill des Hispano-Suiza zu polieren. Als sie an ihm vorbeigingen, hob er gerade seine rotgefrorenen Hände zum Mund und blies hinein, um sie mit seinem Atem zu wärmen. Er blickte kurz auf und machte sich grußlos wieder an die Arbeit, als er merkte, dass Ana ihn ansah.

Die alte Frau, augenscheinlich eine Bedienstete, sagte: «Don Julián ist in der Bibliothek.»

Sie betraten eine weitläufige Halle. Die Frau bat Ana um ihren Mantel, ließ ihn in einem Garderobenschrank verschwinden und forderte sie auf, ihr zu folgen. Sie stiegen eine breite Treppe hinauf und kamen zu einem Raum mit einer großen Tür aus dunklem Holz, die mit filigranem Schnitzwerk bedeckt war. Die Bedienstete klopfte an die Tür und trat ein, ohne eine Reaktion abzuwarten.

Julián Maestre saß in einem bequemen Sessel, ein Buch auf den Knien.

«Señorita Martí ist gekommen, Don Julián», kündigte die Frau Ana an.

Er schaute verblüfft auf, legte das Buch auf einen Tisch neben dem Sessel und erhob sich.

Die Bedienstete warf Ana einen vorwurfsvollen Blick zu. «Sie sagte, sie würde er…»

Ana unterbrach sie: «Entschuldigen Sie, Don Julián, dass ich einfach unangemeldet hereinplatze, aber es geht um eine Angelegenheit, die …»

Auch Ana konnte ihren Satz nicht beenden, denn Julián Maestre hob die Hand, um Stille zu gebieten. Ana hielt es für besser, der herrischen Geste Folge zu leisten.

Don Julián musterte sie von oben bis unten. Ana kannte die Art von Blick und wusste, was er sah: eine junge Frau, die etwas von ihm wollte und deren Gesellschaft ein wenig Abwechslung versprach. Bei ihrer Arbeit hatte sie gelernt, sich diese Blicke zunutze zu machen, genauso wie sie gelernt hatte, die Männer im entscheidenden Moment zu bremsen.

Julián Maestre ließ das Schweigen andauern. Ihr fielen hundert Gründe ein, die ihn überzeugen konnten, mit ihr zu reden, aber ihr war klar, dass Don Julián sich in der Rolle eines Richters gefiel, der ganz allein und in aller Ruhe entschied, ob er sie aus dem Haus warf oder ihr erlaubte zu bleiben. Also biss sie sich auf die Zunge, setzte ein selbstsicheres Lächeln auf, stützte sich mit der Hand auf der hohen Lehne eines Sessels ab, damit sie nicht wie ein verschüchtertes Schulmädchen vor ihm stand, und wartete ab. Bis er schließlich seiner Dienerin befahl: «Bring uns Kaffee und Gebäck, Cándida.»

An Ana gewandt sagte er: «Nehmen Sie doch Platz.»

Ana senkte den Kopf, um ihren zufriedenen Gesichtsausdruck zu verbergen, und setzte sich auf den Sessel, von dem sie schon während der Urteilsfindung in gewisser Weise Besitz ergriffen hatte, sodass sie einander nun gegenübersaßen, zwischen ihnen ein kleiner Tisch. Ana schaute sich im Raum um. Bücherschränke bedeckten drei Wände des quadratischen Zimmers, auch der Kamin, vor dem sie saßen, war von Regalen und Schränken umrahmt. Hinter den Glastüren erspähte Ana in Leder gebundene Bände, daneben die hellen Papprücken neuerer Werke. Zumindest was die Menge der Bücher betraf, stand er ihrer Cousine Beatriz in nichts nach.

«Sie haben eine beeindruckende Bibliothek.»

«Danke. Ich habe einen großen Teil geerbt, aber viele Werke selbst hinzugekauft.»

Ana hatte plötzlich das Gefühl, auf einem der Empfänge, über die sie für *Mujer Actual* berichtete, mit einem höflichen älteren Herrn zu plaudern. Die Frage, die ihr Don Julián nun stellte, gehörte ebenfalls in den Fundus liebenswürdiger und belangloser Floskeln: «Wie gefällt Ihnen unser Dorf?»

«Ich bin noch nicht sehr lange hier. Die Landschaft ist reizvoll, aber die Stille ist für mich ein wenig ungewohnt.»

«Das kann ich mir vorstellen. An die Stille muss man sich gewöhnen. Ich habe mittlerweile gelernt, sie zu füllen, mit fremden Gedanken» – er deutete auf die Bücher – «und mit eigenen.»

In diesem Moment sprang die Tür der Bibliothek auf und schlug gegen den nächstgelegenen Bücherschrank. Ana drehte sich um. Cándida, die Bedienstete, balancierte mit beiden Händen ein schwer beladenes Tablett in den Raum. Vermutlich hatte sie der Tür einen Tritt verpasst, damit diese möglichst weit aufschwang und sie eintreten konnte, ohne die Klinke fassen zu müssen. Sie stellte das Tablett auf einem zweiten Tischchen ab und fing an zu decken. Kaffeetassen, Silberlöffel mit eingeprägtem Wappen, ein Kännchen mit heißer Milch, eine große Schale mit Zucker, in der eine Zuckerzange den ersten Würfel zwischen ihren mattglänzenden Zähnen hielt, zwei Teller mit Gebäck. Genauso laut und ungeschickt, wie sie ins Zimmer gekommen war, hantierte die Bedienstete nun mit dem Geschirr. Tassen und Untertassen klirrten, Ana sah schon Porzellan splittern. Als sie den Kaffee einschenkte, schwappte Don Juliáns Tasse leicht über, und als sie die Zuckerstückchen in seine Tasse gab, warf sie

sie fast hinein, sodass sie mit einem Plopp auf der Oberfläche aufschlugen und Don Juliáns Manschette mit ein paar Kaffeetropfen bespritzten, bevor sie leise gurgelnd versanken. Zu Anas Erstaunen ging Don Julián schweigend darüber hinweg.

Ana nahm einen Schluck von dem dickflüssigen Kaffee, der genauso schmeckte, wie er roch: aromatisch, nicht zu bitter, aber bitter genug, um mit den zwei Stücken Zucker in ihrer Tasse eine köstliche Mischung zu ergeben.

«Der Kaffee ist ausgezeichnet, Don Julián.»

«Danke. Ich lasse ihn mir aus einer Rösterei aus Valencia kommen. Kosten Sie doch von dem Gebäck. Cándida hat gelernt, französische Patisserien zu machen, probieren Sie.»

Er hielt ihr eine Porzellanplatte mit hellen und dunklen Gebäckstücken hin, die in zwei konzentrischen Kreisen angeordnet waren. Ana ignorierte die mit Zuckerguss, ihr Blick hing am dunklen Glanz der Schokoladenglasur. Sie nahm ein Éclair und steckte es sich in den Mund. Mit geschlossenen Augen genoss sie den Geschmack von echtem Kakao.

Julián Maestre beobachtete sie erfreut. «Wenn Cándida schon derartige Köstlichkeiten mit unseren bescheidenen Zutaten backen kann, was würde sie erst in Paris vollbringen!»

Auch mit viel Phantasie konnte sich Ana die tollpatschige und schlechtgelaunte Cándida nicht in Paris vorstellen. Sie nahm einen Schluck Kaffee und fuhr sich mit der Zunge über die Lippen, um etwaige Schokoladenreste zu beseitigen, bevor sie sprach: «Don Julián, erlauben Sie mir, auf den Anlass meines Besuches …»

«Einen Moment, ich möchte Ihnen zuvor noch etwas zeigen.»

Ehe Ana etwas sagen konnte, war er aufgesprungen und

auf einen seiner Schränke zugegangen. Trotz seiner sechzig Jahre bewegte er sich flink und behände.

«Kommen Sie», sagte er.

Offenbar hatte er beschlossen, ihr seine Schätze vorzuführen. Allzu häufig hat er vermutlich kein Publikum, dachte Ana.

Sie erhob sich ebenfalls und trat zu dem Schrank, hinter dessen Glastüren die Klassiker des Goldenen Zeitalters versammelt waren. Alle waren sie da: Garcilaso, Cervantes, Quevedo, Calderón, Góngora. Ihr stach eine Ausgabe von Lope de Vegas *Fuente Ovejuna* ins Auge. Aber Julián Maestre deutete auf einen anderen Bücherschrank. Dort standen die Schriften der französischen Aufklärer. Er wies auf ein mehrbändiges Werk, hellbraune, in Leder gebundene Bände.

«Schauen Sie. Ich habe hier eine Ausgabe der *Encyclopédie* von Diderot und d'Alembert. Die Erstausgabe.» Er drehte den Schlüssel um und öffnete beide Türen des Bücherschranks. «Was für ein Unterfangen – sie haben versucht, das gesamte Wissen ihrer Zeit zu sammeln und ihren Lesern zur Verfügung zu stellen. Gegen den Aberglauben, gegen die Dummheit. Für das Licht der Vernunft und den Fortschritt.»

Er zog einen der Bände hervor und strich mit seinen gepflegten Händen über den Rücken.

«Wissen Sie, wie die Autoren versucht haben, die Zensur in ihrer Zeit zu umgehen?»

Ana wusste, was sie tun musste, um die Zensur ihrer eigenen Zeit zu umgehen, und antwortete prompt.

«Sie machten Andeutungen, verwendeten den einen oder anderen Euphemismus und versteckten leise Kritik unter dick aufgetragenem Lob.»

Don Julián lachte, ein dunkles, wohlwollendes Lachen.

Ana dachte unwillkürlich, dass so früher ein König über einen gelungenen Scherz seines Hofnarren gelacht haben musste.

«Kompliment – Sie scheinen sich gut auszukennen. Diderot tat noch etwas anderes. Sehen Sie hier.» Er schlug den Artikel über Menschenfresser auf und deutete auf die Verweise unter dem Text. → *Eucharistie*, → *heilige Kommunion*, las Ana und musste lächeln. Der Verfasser schlug per Verweis eine Brücke von den Kannibalen zu einem der Sakramente der katholischen Kirche.

Ana bedankte sich im Geiste bei Beatriz für die Donnerstagnachmittagsvorträge in ihrer Wohnung, bei denen es einmal um die *Encyclopédie* gegangen war. So konnte sie nun gelassen sagen: «Genutzt hat es ihm nicht viel, er wurde kurz nach dem Erscheinen der ersten Bände verhaftet.»

Ein leichtes Lächeln erschien auf den vollen Lippen, der Herr über Las Torres schien sich zu amüsieren. Ana hielt dies für ein gutes Zeichen und beschloss, auf ihr Anliegen zu sprechen zu kommen.

«Da wir gerade über die Pressefreiheit reden – warum ist es Ihnen nicht recht, dass ich Isabel besuche?»

Don Julián schloss das Buch.

«Glauben Sie mir, es ist keine gute Idee.»

«Warum nicht?»

Er zog seine Brauen unwillig zusammen und trat wieder zu dem Tisch.

«Noch eine Tasse Kaffee?»

Ana fing an, sich zu ärgern. Er wusste genau, dass sie nicht gekommen war, um mit ihm Kaffee zu trinken oder über seine wunderbare Bibliothek zu sprechen. Sie warf einen Blick auf die Bände der *Encyclopédie*. Als Verehrer der Aufklärer war er sicher kein Anhänger von Wundern und Aberglauben.

War dieses Gerede über seine Bücher ein Wink mit dem Zaunpfahl?

Sie schluckte den Ärger hinunter und folgte ihm an den Tisch. Während seine Augen auf den schwarzen Kaffeestrahl gerichtet waren, den er mit weitaus mehr Geschick als Cándida in ihre Tasse lenkte, bemerkte sie leichthin, als wollte sie an ihre Plauderei anknüpfen: «Die Grenze zwischen Glaube und Aberglaube ist sicherlich nicht immer leicht zu ziehen.»

Don Julián warf ihr einen durchdringenden Blick zu, bevor er sich wieder dem Kaffee widmete.

«Sicher.»

Er klang abwartend. Ana verstand, dass sie mit dem nächsten Zug an der Reihe war, auch wenn ihr die Regeln des Spiels nicht klar waren. Don Julián setzte die Kaffeekanne ab. Beide führten sie die Tasse zum Mund, doch Ana trank kaum ein paar Tropfen. Sobald er seine Tasse wieder abgestellt hatte, sagte sie: «Es ist wohl immer zweifelhaft, ob etwas, das für ein Wunder gehalten wird, tatsächlich eines ist.»

Offensichtlich hatte sie ins Schwarze getroffen, denn Julián Maestre lächelte boshaft.

«Zweifelhaft scheint mir ein recht milder Ausdruck zu sein, wenn Sie mir den Kommentar erlauben.» Er hüstelte. «Ich glaube nicht, dass Isabel mit ihrer Geschichte der Rede wert ist. Ein junges Mädchen mit seltsamen Vorstellungen, mehr steckt nicht dahinter.»

Julián Maestre war der Erste in diesem Dorf, der ihr offen zu verstehen gab, dass er nicht an Isabels Stigmata und das Wunder von Las Torres glaubte.

«Immerhin ist eine ganze Reihe von Leuten davon überzeugt, dass die Wundmale echt sind, und viele halten sie für eine kleine Heilige.»

Don Julián lehnte sich in seinem Sessel zurück und legte die Hände übereinander. Er erinnerte Ana an ihre Cousine Beatriz, wenn sie zu einem ihrer Vorträge ansetzte.

«Sehen Sie, die einfachen Leute sind von der Komplexität der Welt überfordert. Sie brauchen Vorschriften, Gesetze und Traditionen, die ihnen sagen, was sie tun sollen. Es sind schlichte Gemüter, die klare und eindeutige Zeichen brauchen. Und für alles, was sie nicht begreifen, suchen sie eine übernatürliche Erklärung. Deshalb benötigen sie Heilige und Wunder. Und sie brauchen ihren Schutz. Die heilige Barbara bewahrt sie vor Blitzschlag und Feuer, der heilige Isidor schützt ihr Vieh vor der Maul- und Klauenseuche, der heilige Christophoros sorgt dafür, dass ihnen unterwegs nichts geschieht, und wenn sie etwas verloren haben, soll ihnen der heilige Antonius helfen, es wiederzufinden. Und auch wenn sie es oft erst spät tun, so können sich unglückliche Ehefrauen doch jederzeit an die heilige Librada wenden, die ihrer Ehe durch Fasten entkam und der danach sonderbarerweise ein langer Rauschebart wuchs. Die heilige Lucia wurde als Spezialistin für Augenleiden auserkoren, ihre besondere Eignung für diese Aufgabe besteht darin, dass ihr selbst die Augen herausgerissen wurden. Soll ich fortfahren? Ein gebildeter und vernünftiger Mensch kann doch kaum daran glauben, oder?»

Ana musste grinsen. Nach all dem, was sie in den letzten Tagen über Isabel und ihre Wunder gehört hatte, war Julián Maestres Spott über die Vielzahl an Heiligen und ihre wunderbaren Eigenschaften eine Wohltat.

«Das Ganze ist eine Art religiös eingefärbter Aberglaube», schloss Don Julián.

«Gewiss, aber bei Isabel geht es um etwas anderes, nicht

wahr? Sie ist keine Heilige, die vor Hunderten von Jahren gelebt hat, sondern ein Mädchen aus dem Dorf, an dem sich angeblich ein Wunder vollzieht. Es scheint ja, als würde Isabel tatsächlich aus Händen und Füßen bluten.» Amüsiert dachte Ana, dass sie kurz davor war, zu einer Verteidigerin des Wunders von Las Torres zu werden.

Don Julián zuckte mit den Schultern. «Selbst wenn sie wirklich bluten sollte – wer sagt uns, dass die Wunden nicht einen ganz irdischen Ursprung haben?»

«Sie glauben also nicht an ein Wunder?»

«Glauben Sie etwa daran?»

Ana dachte nicht daran, ihren eigenen Standpunkt zum Gegenstand des Gesprächs zu machen, daher griff sie auf ein Zitat zurück: «Es gibt mehr Dinge zwischen Himmel und Erde, als unsere Schulweisheit sich träumen lässt.»

«Oh, der ehrwürdige Hamlet. Nun, wenn man gerade den Geist seines toten Vaters gesehen hat und dieser einem erzählt hat, er sei von seinem Bruder vergiftet worden und die eigene Frau habe dabei geholfen, glaubt man an so manches. Aber», seine Stimme klang nun nüchtern, «hier haben wir ein junges Mädchen, das plötzlich an den Stellen blutet, an denen vor knapp 2000 Jahren jemand ans Kreuz genagelt wurde. Mir scheint, da gibt es eine Reihe von Erklärungen, für die man nicht irgendwelche geheimnisvollen Dinge zwischen Himmel und Erde bemühen muss.»

Ana sah ihre Chance gekommen. «Sehen Sie, genau deshalb bin ich hier. Bevor ich etwas über Isabel schreibe, möchte ich herausfinden, inwieweit die Geschichte der Wahrheit entspricht. Und dazu möchte ich Isabel besuchen.»

«Ich habe Ihnen bereits gesagt, dass Isabels Geschichte keinen Bericht lohnt.»

«Meinen Sie nicht, dass die Presse selbst entscheiden kann, was interessant ist und was nicht? Oder halten Sie mich für unfähig, es zu beurteilen?»

«Das habe ich nicht gesagt. Aber Sie kennen die Verhältnisse hier nicht und können sich nicht vorstellen, was Sie mit Ihrem Bericht anrichten könnten.»

«Ich glaube nicht, dass unsere Artikel irgendwelchen Schaden anrichten können. Schließlich wurden wir sogar gebeten herzukommen, um über Isabel zu berichten.»

«Ich weiß. Don Benito hat mit diesem Anruf bei Ihrer Zeitung auf eigene Faust gehandelt, ohne mit irgendjemandem Rücksprache zu halten.»

Ana begriff: Er hatte vor allem nicht mit Don Julián Rücksprache gehalten. Vielleicht hatte Don Julián einfach ihren Besuch bei Isabel verboten, um Don Benito klarzumachen, wer hier das Sagen hatte.

Don Julián lächelte spöttisch. «Don Benito hat allen Grund, an das Wunder von Las Torres zu glauben. Aber wie schreibt Voltaire? ‹Das Interesse, das ich habe, an eine Sache zu glauben, ist kein Beweis für die Existenz ebendieser Sache.› Manchmal frage ich mich allerdings, ob der Priester überhaupt selbst an dieses Wunder glaubt.»

Ana schwieg. Don Julián lag mit seiner Einschätzung sicher nicht falsch, aber sie würde sich hüten, in einem Gespräch über Glauben oder Unglauben von Don Benito zu spekulieren. Julián Maestre konnte es sich leisten, über den Pfarrer seines Dorfes herzuziehen, aber sie hatte nicht dasselbe Recht.

Was Isabel anging, war er sehr wortkarg gewesen, doch mit weitaus mehr Vergnügen schien er über Don Benito zu reden, der sich mit seinem Anruf bei *El Caso* seinen Unmut

zugezogen hatte. Da Ana schwieg, fuhr er fort: «Kennen Sie Miguel de Unamunos *San Manuel Bueno, Märtyrer*?»

Ja, sie kannte die Erzählung von dem charismatischen Priester, der den Glauben verloren hatte, dies jedoch vor seinen Pfarrkindern verbarg, um ihnen die Angst vor dem Tod zu nehmen und sie vor der Verzweiflung zu bewahren, die er selbst angesichts einer Welt ohne Gott empfand.

Sie begnügte sich mit einem Nicken, da Don Julián wie jemand klang, der von seinem Gegenüber keine Antwort erwartet, sondern darauf brennt, seine eigene Sicht der Dinge kundzutun. Und so war es.

«Don Benito erinnert mich manchmal an Manuel Bueno. Wie Manuel Bueno spielt unser Pfarrer seiner Gemeinde einen Glauben vor, den er selbst nicht hat. Dabei ist er ebenso erfolgreich wie Unamunos Priester. Vor allem die Frauen im Ort hängen an seinen Lippen. Allerdings muss man sagen, dass seine Beweggründe weitaus weniger edel sind als die Manuel Buenos.»

Ana unterdrückte ein Grinsen. Was Julián Maestre über den Priester sagte, war nicht weit entfernt von dem, was sie selbst über Don Benito dachte. Aber das würde sie Julián Maestre nicht auf die Nase binden.

Lass die Leute reden und halte dich selbst zurück – das war eine weitere Maxime ihrer Arbeit, die sie schon bei ihren Artikeln für die *Vanguardia* beherzigt hatte.

Sie begnügte sich mit einer Frage: «Sie meinen, er verfolgt eigennützige Ziele?»

Don Julián nahm wieder einen Schluck Kaffee. «Gewiss. Benito ist ein typischer jüngerer Sohn aus einer nicht allzu wohlhabenden Familie, der, wie es sich gehört, ins Priesterseminar geschickt wurde. Nach seiner Weihe bekommt er

eine typische Gemeinde für jüngere Söhne, in einem abgelegenen Dorf, das niemanden interessiert und das niemals im Mittelpunkt der Aufmerksamkeit stand. Schon der Cid ist daran vorbeigeritten und hat sich nicht die Mühe gemacht, es zu erobern. Und plötzlich hat dieses Dorf, hat diese unbedeutende Kirche etwas ganz Besonderes – eine eigene Heilige, ein eigenes Wunder. Und unser Benito wittert seine Chance.»

Warum erzählte er ihr das alles? Weil er sich über den Pfarrer ärgerte, der eigenmächtig gehandelt hatte? Um sie zu überzeugen, dass es kein Wunder gab? Oder um sie davor zu warnen, sich vor den Karren eines ehrgeizigen Priesters spannen zu lassen?

«Nehmen wir an, Sie haben recht, Don Julián. Aber müsste nicht Don Benito auch das Risiko abschätzen, das ein Betrug mit sich bringt? Stellen Sie sich vor, seine Heilige wird bei einer Überprüfung durch die Amtskirche entlarvt.»

«Ich würde sagen, er versucht, dem vorzubauen. Er hat seinen Bischoff übrigens auch nicht darüber informiert, dass er Ihre Zeitung angerufen hat.»

Ana verstand, worauf er anspielte, und ihr wurde trotz des Feuers in Don Juliáns Kamin kalt. Ein schlauer Priester, hatte sie damals gedacht, als Enrique Rubio ihr aufgetragen hatte, über Isabel zu berichten. Ein schlauer Priester, der dafür sorgte, dass sein Anliegen eine gute Presse bekam, bevor sich die Kirchenoberen darum kümmerten.

Ana begriff auch, dass der schlaue Priester alles auf eine Karte gesetzt hatte. Und diese Karte war sie, besser gesagt: ihre Reportage. Wenn sie begeistert über die kleine Heilige von Las Torres berichtete, würde Isabel in ganz Spanien bekannt werden, und Don Benito hätte gegenüber seinen

Vorgesetzten leichteres Spiel. Es wäre wesentlich schwerer, das Wunder von Las Torres in Frage zu stellen, wenn erst Scharen von Pilgern in das Dorf strömten.

Doch wenn sie gar nichts schriebe oder gar Isabel als Betrügerin entlarvte, würde aus Don Benitos Plänen nichts werden. Ohne Artikel keine berühmte Heilige. Im schlimmsten Fall, wenn sie von einem Betrug schreiben würde, ein Skandal, eventuell sogar eine Amtsenthebung. Aber sie saß nicht hier, um sich Gedanken um Don Benito zu machen. Energisch schob sie ihre Überlegungen beiseite und richtete ihre Aufmerksamkeit auf Julián Maestre.

«Sie haben vorhin erwähnt, dass ein Bericht in *El Caso* dem Ort schaden könnte. Was meinen Sie damit?»

«Nehmen wir an, dass Sie über ein Wunder schreiben. Die Massen von Gläubigen, die dann in unser Dorf kämen, würden nichts als Unruhe stiften. Schon jetzt gibt es wegen Isabel Streit. All das wird noch schlimmer werden.» Seine Stimme klang dunkel, als er hinzufügte: «Und wenn sich dann noch herausstellt, dass Isabels Wunder fauler Zauber ist, wird Las Torres zum Gespött von ganz Spanien. Don Benitos Karriere wäre damit beendet, was ich persönlich nicht bedauern würde, aber …», sein Ton wurde anklagend, «für das Dorf wäre es eine Katastrophe! Sie werden dann nicht mehr hier sein. Doch ich muss miterleben, wie die Wellen der Empörung und der Enttäuschung hochschlagen, ich muss miterleben, wie sich der Zorn der Menschen hier gegen irgendwen oder irgendetwas entlädt.»

Darauf wollte er also hinaus. Dem konnte sie entgegentreten.

«Bevor wir über etwas berichten, überprüfen wir den Wahrheitsgehalt der Geschichte. Meine Zeitung ist nicht

daran interessiert, sich mit einer Falschmeldung lächerlich zu machen.»

«Tatsächlich? War es nicht Ihre Zeitung, die über ein Ufo berichtet hat?»

Sie antwortete ihm so würdevoll, wie sie konnte, wenngleich er treffsicher einen wunden Punkt gefunden hatte: «Wir sind stets um korrekte Berichterstattung bemüht.»

Und dann fügte sie mit Nachdruck hinzu: «Erst recht, wenn es um so heikle Dinge geht wie in diesem Fall.»

«Heikel» war ein Wort, das sie in ihrem beruflichen Alltag andauernd benutzte. Alles, was politisch problematisch war, alles, was gegen die engen Moralvorstellungen des Regimes verstieß, alles, was zu einem Konflikt zwischen verschiedenen Interessengruppen führen konnte – all das war «heikel». Man sagte «heikel» und überließ es dem Gegenüber zu erahnen, welche Art von Schwierigkeiten dahintersteckte.

Auch in Don Juliáns Augen blitzte Verständnis auf.

«Das heißt, Sie möchten bestimmten Leuten keine offene Flanke bieten. Daher müssen Sie genau überprüfen, was Sie schreiben.»

Ana erinnerte sich an ihr Gespräch mit Enrique Rubio. Die Gefahr, dass sich jemand über Falschmeldungen zu grünen Männchen vom Mars beschwerte, war gering. Wenn sich hingegen kirchliche Würdenträger beklagten, dass *El Caso* sich in ihre Angelegenheiten einmischte und das Treiben von Betrügerinnen als Wunder verkaufte, ließe sich daraus ein wunderbarer Vorwand konstruieren, um die Schließung der Zeitung anzuordnen.

«So ist es. Natürlich würde es mir die Sache leichter machen, wenn ich Isabel zu Hause besuchen könnte.»

«Was würden Sie tun, wenn Sie zu dem Schluss kämen, dass die Stigmata, sagen wir, ein Irrtum sind?»

«In diesem Fall wird es keinen Artikel geben», erklärte Ana schnell. «Wie Sie selbst sagten, ist ein junges Mädchen mit sonderbaren Vorstellungen nicht der Rede wert. Auch nicht für meine Zeitung.»

Don Julián strich sich mit der Hand über sein sauber rasiertes Kinn und lächelte sichtlich zufrieden. «Don Benito wäre sehr enttäuscht.»

Umso mehr, wenn er erfahren würde, dass die Journalistin, die er selbst herbeigerufen hatte, seine Pläne durchkreuzte. Don Julián sah hier offenbar die Möglichkeit, dem anmaßenden Priester mit Anas Hilfe eins auszuwischen. Der Herr von Las Torres ließ einige Momente verstreichen, bevor er sagte: «Ich glaube, Isabel wird Sie morgen empfangen. Ich bin sehr neugierig, was Sie mir über den Besuch berichten können.»

Langsam, ganz langsam. Damit das Gitter keinen Krach macht und er nichts mitkriegt. Vermutlich kriegt er sowieso nichts mit, weil er zu Hause ist und schläft. Bestimmt ist er wieder betrunken. Er ist ein Säufer, sagt Mutter. Den Schnaps macht er sich in der Hütte, wo die Schaufeln und Eimer und der Zement für die Grabnischen liegen. Er macht den Schnaps selbst, und er trinkt ihn selbst. Nie mit den anderen zusammen. Er trinkt alles alleine, und jetzt ist er bestimmt betrunken und schläft, aber es ist besser, wenn ich keinen Krach mit dem Gitter mache. Wenn er mitkriegt, dass ich reingehe, macht er vielleicht ein Schloss dran, und ich kann nicht mehr rein.

Einmal hätte er mich fast erwischt. Weil es sehr dunkel war und ich gestolpert bin und Lärm gemacht habe. Der Totengräber hat die Haustür aufgerissen und geschrien: «Wer da?»

Mutter sagt, dass ich die Erwachsenen immer grüßen soll, aber in dem Moment habe ich lieber nichts gesagt. Ich habe mich hinter ein dichtes Gebüsch geduckt und mich versteckt. Und er hat wieder geschrien: «Wer da?»

Aber ich bin ganz leise gewesen und habe den Kopf zwischen die Arme gesteckt. Nicht weil ich Angst hatte, ich habe keine Angst vor ihm, er ist ein Feigling, und ich bin stärker als er. Sogar mit nur einer Hand. Ich habe den Kopf zwischen die Arme gesteckt, weil Vollmond war. Eugenia hat gesagt, dass blonde Haare im Mondlicht leuchten.

Eugenia ist das schlauste Mädchen im Dorf. Sie ist überhaupt

der schlauste Mensch im Dorf. Gut, da ist noch der Lehrer, aber wenn sie groß ist, wird Eugenia schlauer sein als der Lehrer. Und sie ist meine Freundin. Sie erklärt mir Dinge, die ich nicht verstehe. Sie weiß, dass Jesús nachts nie auf den Friedhof geht, weil er Angst vor den Toten hat.

«Er ist so dumm wie ein Hirte, der Angst vor Schafen hat», sagt Eugenia.

Wie lustig! Ich bin nicht der einzige Dumme im Dorf. Es gibt noch einen. Und stimmen muss es, denn Tante Aurelia sagt das auch: «Wo hat man schon mal einen Totengräber gesehen, der Angst vor den Verstorbenen hat?»

«Verstorbene», hat mir Eugenia erklärt, bedeutet «Tote», aber es ist respektvoller.

Weil der Totengräber also Angst vor Verstorbenen hat, ist er sofort wieder ins Haus gegangen. Er ist wirklich dumm! Vielleicht wohnen deshalb seine Frau und seine Tochter nicht mehr hier. Sie haben ihn mit dem Sohn und den Toten allein gelassen und sind in ein anderes Dorf gezogen. Vielleicht weil hier das Monster lebt. Das habe ich auch Tante Aurelia gesagt, und sie hat mich ganz merkwürdig angeschaut. Fast hätte sie geweint. Ich mag es nicht, wenn Tante Aurelia weint.

Heute Nacht kommt er nicht raus, es gibt viele Wolken, und man kann den Mond nicht sehen. Und sicher ist er betrunken, weil er Angst hat. Feigling. Ich habe keine Angst. Aber wie dunkel es ist! Zum Glück brauche ich kein Licht. Ich kenne alle Wege und weiß genau, wer wo liegt. In den Nischen rechts liegen Tante Antonia, Señor Jesús, der Vater von Jesús, der auch Totengräber war, und die Großmutter von Eugenia, alle übereinandergestapelt. Die Großmutter war böse. Sie hat mich immer geschlagen, als ich klein war. Ganz böse! In dem Häuschen mit den Engeln werden die Maestres begraben. Und hier die Kinder. Ich bin schon

zu groß dafür. Mir wird keiner weiße Blumen bringen wie die, die Tante Aurelia macht.

«Pili, ich bin da. Ich habe dir viel zu erzählen. Ganz viel. Weißt du was? Eine Señora aus Barcelona ist gekommen. Sie sieht toll aus! Groß ist sie. Und sie hat eine moderne Frisur, wie die Schauspielerinnen auf den Fotos. Und wie sie riecht! Sie riecht so gut wie die vielen Blumen bei deiner Beerdigung. Sie riecht wie Allerheiligen, aber ohne Kerzen. Sie ist gekommen, um Isabel zu sehen. Ich glaube, sie ist gekommen, weil Isabel bald sterben wird. Arme Isabeliiita!»

Oje, das ist mir jetzt rausgerutscht. Ich darf nicht schreien, aber es ist mir rausgerutscht. Ob der Totengräber es gehört hat? Er wird denken, es war ein Hund. Oder ein Gespenst. Er ist ein Feigling. Angsthase, Pfeffernase.

«Woher ich weiß, dass sie bald stirbt? Don Benito sagt es. Und dass wir sie dann um noch mehr Sachen bitten können. Denn wenn sie tot ist, ist sie näher beim lieben Gott. Ich verstehe nicht, warum ich dich nicht um etwas bitten kann. Du bist doch auch tot und nah beim lieben Gott. Aber irgendwie ist Isabelita näher. Wegen der Wunden. Aber weißt du, sie soll nicht hier bei dir begraben werden. Don Benito sagt, dass sie neben der Kirche begraben wird und eine Kapelle gebaut wird, extra für sie. Die Leute werden kommen, und sie wird Wunder tun. Aber du brauchst nicht eifersüchtig zu sein. Ich komme weiter zu dir. Oh, Pili, sieh mal! Es schneit. Und der Schnee bleibt liegen. Er schmilzt nicht. Es schneit richtig doll. Wie schön!»

9

Freitag. Endlich würde sie die kleine Heilige besuchen. Als sie die Fensterläden aufstieß, sah sie die dicke Schneeschicht, die Dachziegel, Fensterbänke und Straßen zudeckte. Auch die Sonne war nicht zu sehen, tiefhängende, milchige Wolken hatten sich davorgeschoben.

Ana wusch sich und rieb sich wieder mit Kölnischwasser ab, um warm zu werden. Dann frühstückte sie. Ein letztes Mal Brei und Kaffee mit der Wirtin in der Pension. Nach dem Mittagessen würde das Auto kommen, das Rubio ihr versprochen hatte. Aurelia hatte angeboten, zur Telefonvermittlung zu gehen und dem Fahrer Bescheid zu geben.

«Sie werden sicher Amancio hochschicken», erklärte sie ihr. «Er ist von hier, aber er lebt unten in Castellón. Etwas Besseres kann Ihnen nicht passieren. Er kennt die Straße in- und auswendig und weiß, wie er die steilen Kurven zu nehmen hat. Auch bei Eis und Schnee. Die Straße ist sogar im Sommer gefährlich, da sind schon einige verunglückt.»

Wie gut, dass Rubio mir nicht das Auto überlassen hat, dachte Ana.

«Sie könnten natürlich auch erst morgen mit dem Samstagsbus hinunterfahren.»

Ana wollte Aurelia nicht kränken, deshalb sagte sie ihr nicht, wie sehr sie sich danach sehnte, nach Hause zurückzukehren, und dass jeder Tag im Dorf für sie ein verlorener Tag war. Sie rechnete damit, am Nachmittag in Castellón an-

zukommen. Selbst wenn sie den Zug nach Barcelona nicht mehr erwischen sollte und dort übernachten müsste, wäre sie zumindest wieder in einer Stadt und am Samstag zurück in Barcelona.

«Zu Hause wartet viel Arbeit auf mich.»

«Wenn man keinen Mann hat, ist es gut, etwas zu tun zu haben.»

Ana konnte nicht an sich halten: «Und wenn man einen hat, dann auch.»

«Ja, natürlich.»

Sie hatte die Wirtin brüskiert und versuchte nun, es wiedergutzumachen. «Ich lasse Ihnen den restlichen Kaffee da, und dann schicke ich noch ein Päckchen aus Barcelona.»

«Das ist sehr freundlich, aber …»

«Bitte, nehmen Sie es an, tun Sie mir den Gefallen, Aurelia.»

In Aurelias Gesicht zeigte sich wieder diese Freude, die aufblitzte und dann abrupt wieder verschwand, Ana vermutete, dass es mit ihrer Witwenschaft und dem Tod ihrer Tochter zu tun hatte.

«Wo habe ich nur meinen Kopf! Die Haushälterin von Don Benito hat eine Nachricht für Sie vorbeigebracht. Er erwartet Sie bei Isabel.»

«Ach so? Ich dachte, er würde mich abholen und wir würden gemeinsam dorthin gehen.»

Aurelia lächelte maliziös. «Don Benito hat immer große Angst um seine Schuhe. Um hierherzukommen, müsste er mit seinen feinen Schühchen ein gutes Stück durch den Schnee laufen.»

«Aber Aurelia!» Ana tat, als sei sie schockiert.

Obwohl sie allein waren, sah Aurelia sich um. Dann wisperte sie:

«Ich glaube, er wäre gerne berühmt. Wie der Pfarrer aus dem Radio, Venancio Marcos.»

«Der aus dem Sonntagsprogramm?» Der wortgewandte Prediger war ein Rundfunkstar, der in einer religiösen Ratgebersendung bei *Radio Nacional de España* seinen Hörern allwöchentlich moralische Lektionen erteilte.

«Genau der. Haben Sie gemerkt, was für eine Stimme Don Benito hat?»

«Ja, das ist mir aufgefallen.»

«Man hört ihn und ist wie verzaubert. Das weiß er genau, und es gefällt ihm. Und dann sein Katechismusunterricht! Die Mädchen gehen zweimal in der Woche dorthin, und jedes von ihnen ist eine Heilige.»

«Eine Heilige?»

«Ja, Don Benito gibt jedem der Mädchen eine Schutzpatronin, der es nacheifern soll.»

«Und die Jungen?»

«Für sie gilt dasselbe. Aber Don Benito kümmert sich mehr um die Mädchen. Wir Frauen brauchen ja mehr Führung.»

Ana zog die Augenbrauen hoch. «Welche Heilige hat denn Isabel?», fragte sie dann.

«Santa Lucia.»

So weit Ana sich erinnerte, hatte Santa Lucia keine Stigmata gehabt, aber sie war mit dreizehn, in Isabels Alter, zu Tode gequält worden.

«Schade, dass Sie nicht länger bleiben. Seine Sonntagspredigten sind phantastisch. Die Frühmessen sind auch gut, aber sonntags übertrifft er sich selbst.»

«Wirklich schade, ein andermal. Womöglich höre ich ihn eines Tages im Radio.»

Sie wechselten einen komplizenhaften Blick und kicher-

ten, dann wurde Aurelias Miene schlagartig wieder ernst. «Erschrecken Sie nicht, wenn Sie das Mädchen sehen. Die Wunden sind furchtbar.»

Sie würde es aushalten, dachte Ana. In den letzten Jahren hatte sie viel gesehen. Auch das Schlimmste, das, was selbst den abgebrühtesten Profi erschütterte: ein totes Kind. Sie dachte an das dreijährige Mädchen, das sein Onkel aus Gründen, nach denen niemand zu fragen wagte, ermordet hatte. Unter den Händen seiner weiblichen Verwandten hatte es sich in einen kleinen Engel verwandelt, einen sauberen, weiß gekleideten Engel, der inmitten von weißen Blumen in einem ebenfalls weißen Sarg ruhte, umringt von der gesamten Familie, die sich in Trauerkleidung für ein Foto um ihn geschart hatte.

Nein. Sie glaubte nicht, dass Isabels Wunden sie schockieren würden. Was Ana in diesem Moment verspürte, war vor allem journalistische Neugier.

* * *

Als sie eine Weile später auf die Straße trat, war die dichte, behäbige Wolkendecke einem wilden Schneetreiben gewichen. Anas Füße versanken in der weißen Masse, und die Augen musste sie wegen der Flocken, die ihr der Wind ins Gesicht trieb, halb geschlossen halten. Langsam und unbeholfen stapfte sie die Straße hinunter. Beim Einbiegen in die Calle Mayor zwang sie ein Windstoß, das Gesicht abzuwenden und die Augen komplett zu schließen. Als sie sie wieder öffnete, fuhr sie zusammen, denn nur wenige Zentimeter vor ihr stand ein Mädchen und starrte sie an. Ana wich einen Schritt zurück, das Mädchen ebenso.

Sie war vom Kopf bis zur Taille in einen Wollschal eingemummt, nur ihr Gesicht schaute heraus. Unter dem grauen Rock, der einer doppelt so dicken Frau gehört haben musste, ragten zwei streichholzdünne Beine in groben Wollstrümpfen hervor, die Füße sahen dagegen riesig aus, weil auch die Schuhe viel zu groß waren. Das Mädchen strahlte sie an und fragte: «Bist du die Journalistin aus Barcelona? Du gehst Isabel besuchen, stimmt's? Soll ich dich hinbringen?»

Als das Mädchen einen Schritt näher kam, fiel Ana auf, dass sie schielte. Das rechte Auge blickte sie an, das linke war auf einen Punkt irgendwo am Boden gerichtet.

«Ich weiß schon, wo sie wohnt, vielen Dank.»

«Egal, ich begleite dich trotzdem. Ich heiße Eugenia. Und du?»

«Ich glaube, das weißt du auch schon längst.»

Das Mädchen senkte beschämt den Kopf und machte Anstalten fortzugehen. Ana hielt sie zurück.

«Komm, du kannst mit mir gehen, wenn du mir sagst, wie ich heiße.»

Wie bei Rumpelstilzchen. «Wenn du mir sagst, wie ich heiße, darfst du dein Kind behalten.» Allerdings war ihr Name kein Geheimnis. Eugenia antwortete, ohne den Kopf zu heben: «Du heißt Ana. Und du kommst aus Barcelona und wohnst bei Aurelia und trinkst Kaffee und liest Bücher und sorgst dafür, dass Isabel berühmt wird, und du machst Fotos und …»

«Genug, das reicht. Gehen wir, Don Benito wartet schon.»

Das Mädchen lief neben ihr her, ohne den Blick von ihr abzuwenden. Ana wusste nicht, was sie von ihrem Gesichtsausdruck halten sollten, Entzücken und Begeisterung, die durch das Schielen seltsam verzerrt wurden.

Eugenia zeigte auf Anas Tasche. «Ist da die Kamera drin?»

«Ja.»

«Machst du auch ein Foto von mir?»

«Wenn ich noch genug Film habe, ja.»

«Was soll ich anziehen?»

«Was du willst.»

«Komm ich dann auch in die Zeitung?»

«Das kann ich dir nicht versprechen.»

Eugenia machte ein enttäuschtes Gesicht.

«Ich weiß nicht, wie viele Fotos ich hineinsetzen kann», erklärte Ana. «Und der Platz ist eher für die wichtigsten Personen in dieser Geschichte reserviert, verstehst du?»

«Aber ich bin sehr wichtig in dieser Geschichte.» Sie sagte es stolz und mit vorgerecktem Kinn.

«Ah ja? Und warum?»

«Das darf ich nicht sagen.»

«Gut, dann wirst du verstehen, dass dein Foto ganz unten auf der Liste steht.»

Eugenia dachte nach. Falls sie wirklich etwas zu sagen hatte, was Ana bezweifelte, hatte sie entschieden, es nicht zu verraten, denn sie wechselte das Thema: «Stimmt es, dass in der Stadt die Laternen die ganze Nacht brennen? Ich würde so gern die Häuser mit den vielen Stockwerken sehen. Ist es wahr, dass man dort hinauffahren kann und nicht die Treppen hochsteigen muss? Und die Kinos! Gehst du ins Kino? Wie viele Kinos gibt es? Bestimmt tausend. Weißt du, dass wir hier auch einmal einen Film gesehen haben?»

«Welchen denn?»

«*Marcelino – Brot und Wein.* Der Pfarrer hat ihn mitgebracht. Wir haben ihn in der Pension angeschaut.»

«Hat er dir gefallen?»

«Ja, es ist einer, wo man viel weinen muss. Aber eines Tages will ich einen Liebesfilm sehen, einen, wo die Leute auch singen. In Barcelona gibt es bestimmt viele davon. Weißt du, warum ich einen Film sehen möchte, in dem gesungen wird?» Eugenia wartete Anas Antwort nicht ab. «Weil ich selbst gut singe. Ich kann jedes Lied singen, sobald ich es einmal gehört habe. Wenn du möchtest, singe ich dir eins vor, eins aus dem Radio. Welches willst du hören?»

«Im Moment fällt mir keins ein.»

Der Schnee fiel noch dichter, und das Gerede des Mädchens beunruhigte Ana, ohne dass sie sich erklären konnte, warum.

«Na gut, dann suche ich ein Lied aus, einverstanden? Magst du Luis Mariano? Ich mag ihn sehr. Er ist Spanier, auch wenn er aus Frankreich kommt, wusstest du das?»

Eugenia sang die ersten Töne von «La violetera». Sie hatte in der Tat eine schöne Stimme, die beim Singen immer klarer und feiner wurde. Ana konnte sich ein Lächeln nicht verkneifen, als sie sah, wie das Mädchen die Enden ihres Schals nahm und trotz des knöcheltiefen Schnees begann, im Rhythmus des Liedes über die Straße zu walzen. Jedes Mal, wenn sie die Worte sang, die Luis Mariano schmalzig in die Länge zog, neigte sie kokett den Kopf zur Seite. Als sie in Isabels Straße einbogen, verstummte Eugenia schlagartig, schlug die Hand vor den Mund und blieb wie versteinert stehen.

Don Benitos Ungeduld hatte offenbar die Oberhand über die Sorge um seine Schuhe gewonnen, er war Ana entgegengegangen und stand nun mit verschränkten Armen vor ihnen.

Wütend funkelte er das Mädchen an: «Wie oft habe ich

dir schon gesagt, dass du diese unanständigen Lieder nicht singen sollst.»

«Aber es ist doch ein ganz harmloses Lied», versuchte Ana sie zu verteidigen.

«Diese Liedchen mögen harmlos wirken, Señorita Martí, tatsächlich aber stecken sie voll wollüstiger Verheißungen.» Er wandte sich zu Eugenia und schrie sie an. «Wollust! Und? Gegen die Wollust?»

«Keuschheit», antwortete sie mit gesenktem Kopf.

«Was hast du im Katechismus über anstößige Lieder gelernt?»

«Dass sie unkeusche Regungen und sinnliche Begierden befördern», zitierte Eugenia.

«Los, geh nach Hause, tu Buße!» Mit erhobenem Zeigefinger wies er ihr den Weg.

«Ja, Don Benito.»

Sie drehte sich um und rannte wortlos davon.

Don Benitos Stimme hatte wieder ihren üblichen melodiösen Ton, als er Ana sagte: «Sie ist nicht verdorben, aber man muss ständig ein Auge auf sie haben. Sie hat Sie hoffentlich nicht belästigt? Sie ist viel zu neugierig, immer steckt sie ihre Nase überall hinein.»

«Nein, keine Sorge, sie hat mich nur ein Stück begleitet», erwiderte Ana, obwohl Eugenia ihr tatsächlich ein wenig seltsam vorgekommen war.

«Die Neugier ist das Laster der Frauen.»

Ana musste grinsen, gegenüber einer Journalistin war dies eine geradezu törichte Bemerkung. Auch Don Benito schien es aufgefallen zu sein, er wechselte schnell das Thema.

«Gehen wir, wenn es Ihnen recht ist, Isabelita wartet darauf, Sie zu empfangen.»

Der Pfarrer rieb sich die Hände, vielleicht wegen der Kälte, vielleicht weil er wie Eugenia dachte, dass Ana Isabel bald berühmt machen würde.

Als sie vor Isabels Haus standen, brauchten sie nicht zu klopfen. Jemand musste hinter der Tür auf sie gewartet haben, denn diese öffnete sich sofort. Sie traten ein.

10

Die Soutane des Pfarrers verschmolz mit der Dunkelheit des Hausflurs. Als sich ihre Augen an das spärliche Licht gewöhnt hatten, entdeckte Ana eine schwarz gekleidete Frau, die hinter der Tür gestanden hatte. Der Pfarrer stellte sie als «Magdalena, die Mutter unserer Isabel» vor. Es war die Frau, die Ana am Tag zuvor vom Fenster aus beobachtet hatte. Sie war klein und mager. Mit ihren hohlen Wangen, dem strengen Haarknoten und den ergeben vor dem Bauch gefalteten Händen erinnerte sie Ana an die Bilder asketischer Büßerinnen. Ihre Augen allerdings sagten etwas anderes. Die Augen von Isabels Mutter glänzten vor Stolz. Als der Pfarrer sie miteinander bekannt machte, kroch der Stolz auch in ihre leicht nach oben gezogenen Mundwinkel. Dann löste sie die gefalteten Hände und bat sie mit einer Geste in den ersten Stock.

«Kommen Sie, Isabel erwartet Sie schon.»

Ana folgte ihr über eine enge, steile Treppe nach oben. Don Benito, der hinter ihr hinaufstieg, konnte seine Ungeduld kaum beherrschen, zweimal trat er ihr in die Hacken.

«Verzeihung, Verzeihung», murmelte er beide Male.

Oben empfingen sie ein Schwall warmer Luft und gedämpfte Frauenstimmen. Sie betraten einen Raum mit einer niedrigen, von dunklen Holzbalken durchzogenen Decke, der das Esszimmer der Familie sein musste. Die Mitte des Zimmers nahm ein quadratischer Tisch mit vier abgenutzten Stühlen ein. Rechts gingen zwei niedrige Türen ab, eine da-

von stand offen und ließ einen goldenen, flackernden Lichtschein in den Raum, der sich mit dem milchigen Winterlicht mischte, das durch das gegenüberliegende Fenster fiel.

Magdalena führte sie zu der offenen Tür. Die Wärme, die Ana anfangs dankbar zur Kenntnis genommen hatte, wurde intensiver, genauso wie der Geruch nach Weihrauch und Wachs. In dem Zimmer, in dem die kleine Heilige sie erwartete, verband er sich mit dem Mief feuchter Wolle, der aus der Kleidung der sechs Frauen neben Isabels Bett, drei an jeder Seite, kam.

Als Ana in das Zimmer trat, unterbrachen die Frauen ihren Rosenkranz. Sie hoben die Köpfe und schauten sie aus halb geschlossenen Augen an. Wiederum gleichzeitig richteten anschließend alle ihre Augen erneut auf das Bett und lenkten auch Anas Blick dorthin. Auf der breiten Bettstatt ruhte ein Mädchen, die Arme zur Seite ausgestreckt. Wie eine Braut war sie in Weiß gekleidet, eine barfüßige Braut, denn ihre Füße waren nackt auf ein weißes, von einem feinen Spitzentuch bedecktes Kissen gebettet. Auf dem Fußspann meinte Ana dunkle Flecken auszumachen. Die Hände lagen mit den Innenflächen nach oben ebenfalls auf Kissen, die Tücher darunter waren fleckig von dem Blut, das aus den tiefen Wunden quoll. Nackte Hände und Füße, zur Besichtigung freigegeben. Genauso nackt und bloß war das von einem traditionellen Spitzenschleier umrahmte Gesicht des Mädchens. Es war schmal und bleich, die braunen Augen versanken zwischen dunklen Brauen und violetten Augenringen. Es war das Gesicht einer Statue, denn das Mädchen blinzelte kaum, doch seine Brust hob und senkte sich rasch, wie die eines kleinen Vogels. Es atmete durch die Nase, die Lippen waren grau und blutleer wie der Rest des Gesichts.

Auf eine Handbewegung des Priesters hin senkten die Frauen den Kopf und nahmen ihr Gebet bei den *Doloris mysteria* wieder auf. Die Perlen der Rosenkränze klackerten.

Zahlreiche Kerzen waren im Raum verteilt. Auf einem Tischchen beleuchteten sie eine Figur der heiligen Lucia, die das Tablett mit ihren herausgerissenen Augen in den Händen hielt. Die Kerzen, die betenden Frauen und der keuchende Atem des Mädchens schienen der Luft in dem fensterlosen Raum allen Sauerstoff zu entziehen. Ana hatte das Gefühl zu ersticken. Sie holte tief Luft, und ihre Lungen füllten sich mit einer Mischung aus Rauch, Schweißdunst und einem beißenden Geruch, den sie nicht kannte. Einen Moment lang fürchtete sie, in Ohnmacht zu fallen. Doch der Schwindel ging vorüber, ohne dass jemand etwas bemerkt hätte, mit Ausnahme der kleinen Heiligen, die Ana anstarrte, seit sie das Zimmer betreten hatte. Ihre Lippen verzogen sich zu einem angedeuteten Lächeln, ihre Augen schienen Ana spöttisch anzusehen. Machte sie sich über ihren Schwächeanfall lustig?

Nein. Das, was zu Beginn wie ein Lächeln ausgesehen hatte, verwandelte sich in eine schmerzerfüllte Grimasse. Das Mädchen begann sich zu bewegen, sie wand sich und trat mit ihren Beinen ins Leere, während sich ihre Augen mit Tränen füllten. Sie legte ihre Arme darüber, die Hände ragten in die Luft, und ihre Finger krümmten sich. Sie hatte sich die Mantille vom Kopf gerissen und ihr langes, schweißnasses Haar breitete sich auf dem Kopfkissen aus. Ana trat überrascht einen Schritt zurück. Die Wunden auf den Händen des Mädchens sahen aus wie zwei dunkle, blutige Augen, die die Blicke aller Anwesenden einzufangen suchten. Die Frauen bekreuzigten sich mehrmals, dasselbe taten der

Pfarrer und Magdalena. Ana klammerte sich am Türrahmen fest. Das Bett schwankte unter den Bewegungen des Mädchens, sie trat um sich, als wollte sie auf diese Weise ihren Schmerzen Einhalt gebieten. Ihr Mund war zu einem Schrei aufgerissen, doch sie brachte keinen Laut hervor, bis sie tief einatmete und die Luft in einem einzigen, langen Klagelaut entweichen ließ.

«Welch ein Schmerz!», sagte eine der Frauen auf der linken Seite des Bettes.

«Wie sie leidet!», sekundierte eine andere von rechts.

«Das arme Ding», murmelte eine dritte.

«Welche Gnade!», rief Don Benito aus.

Die Gesichter leuchteten vor Entzücken, einige Frauen lächelten, während ihnen die Tränen über die Wangen liefen.

Ana warf einen Blick auf die Mutter. Warum unternahm sie nichts, um die Schmerzen ihrer Tochter zu lindern? Warum nahm sie sie nicht in den Arm oder legte ihr einen kühlen Umschlag auf die Stirn, um das Fieber zu senken?

Magdalena stand am Fußende des Bettes und betrachtete regungslos, die Hände wieder vor dem Bauch gefaltet, den von Krämpfen geschüttelten Körper ihrer Tochter.

Dann klopfte es an der Tür. Magdalena verließ eilig das Zimmer.

«Die Besucher», flüsterte Don Benito Ana zu. «Wir sollten gehen, damit sie allein mit ihr sein können.»

Die sechs Frauen blieben im Raum.

Als ob er der Hausherr wäre, bot der Priester ihr einen Platz am Esstisch an. Ana setzte sich, und wenig später zog die Reihe der wartenden Besucher an ihr vorüber. Die Schlange führte von Isabels Zimmertür an der Wand des Esszimmers entlang bis zur Treppe, die Stufen hinab und musste

den Stimmen zufolge, die von unten herauftönten, bis ins Erdgeschoss reichen. Ana erntete von den Hilfesuchenden erstaunte Blicke, manche schien ihre Anwesenheit zu stören, andere schienen sie als schmeichelhaft zu empfinden.

«Das ist die Journalistin aus Barcelona», erklärte der Pfarrer immer wieder.

Ana hatte das Gefühl, dass auch sie hier ausgestellt wurde und Don Benito den Platz am Esstisch mit Bedacht für sie ausgewählt hatte – in angemessener Distanz zu den Wartenden, aber gut sichtbar.

Sie betrachtete ihrerseits die Menschen in der Schlange. Ein Mann, dessen Bein zwischen zwei Krücken kraftlos herunterhing, eine Frau mit von Verbrennungen entstelltem Gesicht. Eine andere trug einen Jungen mit Wasserkopf auf dem Arm, eine Greisin wurde auf einer Trage die Treppe heraufbalanciert und auf einem der Stühle in das Zimmer der kleinen Heiligen getragen. Darauf folgte ein junges Mädchen mit leerem Blick, der Pfarrer raunte Ana zu, sie sei mit zehn Jahren an Meningitis erkrankt und seither nicht mehr richtig im Kopf.

Ana hörte Husten, das Wimmern von Kindern, Schluchzen und ab und an leises Schimpfen, weil jemand sich vordrängeln wollte oder einem anderen zu nahe gekommen war.

Bevor die Besucher das Zimmer betraten, betete der Priester mit ihnen. Da er keine Heiligenbilder von Isabel hatte, überreichte er ihnen Porträts der heiligen Lucia und anderer junger Märtyrerinnen. Die Besucher blieben jeweils ein paar Minuten im Zimmer und verließen es dann sichtlich bewegt. Ana beobachtete fasziniert, wie sich Gesichter und Körperhaltungen verändert hatten.

Gegen ein Uhr teilte Magdalena den letzten Wartenden

mit, dass ihre Tochter erschöpft sei und niemanden mehr empfangen könne. Ein Protestgemurmel erhob sich, das Don Benito mit freundlichen Worten zu beschwichtigen suchte. Von der Treppe her klang eine Frauenstimme herüber: «Ich habe einen Marsch von 30 Kilometern hinter mir. Bei diesem Schnee! Ihr könnt mich nicht einfach nach Hause zurückschicken, ohne dass ich die kleine Heilige gesehen habe.»

Don Benito wechselte einen Blick mit Magdalena, diese nickte und geleitete die Frau hinein. Die übrigen verließen das Haus, weder der Pfarrer noch die Mutter ließen sich von weiteren Bitten erweichen.

Als die Frau das Zimmer wieder verlassen hatte, verschwanden auch die sechs Frauen in Schwarz, die die ganze Zeit betend neben dem Bett gesessen hatten. Magdalena blieb im Zimmer, und Don Benito setzte sich müde zu Ana an den Tisch.

«Das arme Geschöpf ist am Ende seiner Kraft. Aber sie hat sich bereit erklärt, noch diese bedauernswerte Frau zu empfangen. Ihr Mann ist sehr krank, und sie hofft, dass unsere Isabelita sich für seine Gesundheit verwenden kann.»

Ana, die sich unauffällig Notizen gemacht hatte, fragte ihn: «Sind es jedes Mal so viele Besucher?»

«Ja, und es werden immer mehr.»

«Kommen die Leute von weit her?»

«Die meisten kommen aus den Nachbardörfern, aber Isabels Ruf verbreitet sich über unsere Region hinaus. Und wenn dann erst Ihre Reportage ...»

Die Tür zu Isabels Zimmer ging langsam auf, und Magdalena trat zu ihnen an den Tisch. Sie legte den Zeigefinger an die Lippen.

«Die Kleine muss schlafen.»

«Blutet sie noch?», fragte Don Benito.

«Ein bisschen. Ich bringe Ihnen gleich die Tücher.»

Auf Anas fragenden Gesichtsausdruck hin erklärte der Pfarrer: «Sonntags in der Messe zeigen wir die Tücher mit dem Blut der Wundmale.»

«Und was machen Sie danach mit ihnen?»

«Wir heben sie auf. In einer Truhe in der Sakristei.»

«Wann sind denn die Stigmata zum ersten Mal aufgetreten?»

«Vor zwei Monaten. Obwohl wir nicht ganz ausschließen können, dass es früher begonnen hat, ohne dass das Mädchen es gemerkt hat.»

Ana notierte das Datum und überschlug die Zahl der Tücher, die in der Truhe liegen mussten.

«Schreiben Sie ‹seit Weihnachten›.» Don Benito deutete mit dem Finger auf die Stelle, wo Ana das ungefähre Datum, die erste Dezemberwoche, aufgeschrieben hatte.

Sie sah ihn verblüfft an. Dann, in einer Art Reflex, schlug sie ihm mit dem Bleistift auf den Zeigefinger, wie einem unartigen Kind.

«Das ist noch keine zwei Monate her.»

Don Benito zog den Finger weg. Der Ausdruck unschuldiger Begeisterung, mit dem er ihr bislang begegnet war, wich aus seinem Gesicht. Hinter den dicken Brillengläsern wurde sein Blick kalt und die weichen Wangen verhärteten sich. Ana spürte, wie wütend er war, doch er beherrschte sich.

«Denken Sie nicht, dass ich Tatsachen verzerren möchte, ich habe mir nur erlaubt, eine kleine poetische Freiheit vorzuschlagen.»

Magdalena sah ungläubig von einem zum anderen, möglicherweise schämte sie sich für die Szene, die sich soeben vor

ihren Augen abgespielt hatte. Mit gesenktem Blick ging sie zur Feuerstelle und setze einen Wassertopf auf.

«Ich mache Isabelita einen Tee.»

Im Raum war es still geworden, nur das Knistern der Glut im Ofen und ein unterdrücktes Schluchzen aus dem Zimmer der kleinen Heiligen waren zu hören. Magdalena starrte unverwandt auf die Zimmertür, während sie neben dem Herd darauf wartete, dass das Wasser zu kochen begann. Der Priester blickte in dieselbe Richtung. Ana machte sich Notizen, und da sie vermutete, dass Don Benito versuchen würde, ihre Aufzeichnungen zu lesen, schrieb sie in Kurzschrift. Stenographie lernt man sicher nicht im Priesterseminar, dachte sie. Trotzdem hütete sie sich, ihre Eindrücke niederzuschreiben – das Entsetzen angesichts der Schmerzen des Mädchens; ihr Befremden über den religiösen Fanatismus, den diese Schmerzen entfesselten; das Gefühl, das sie schon bei ihrem ersten Treffen gehabt hatte, dass nämlich Don Benitos Interesse am Bekanntwerden der Stigmata alles andere als uneigennützig war.

Der Pfarrer wartete, bis Magdalena mit einer Tasse Kräutertee im Zimmer ihrer Tochter verschwunden war, bevor er sich wieder an Ana wandte: «Gibt es noch etwas, was Sie gern wissen möchten?»

«Gibt es noch etwas, das Sie mir gern erzählen möchten?»

Für einen Moment flackerte der Zorn in Don Benitos Augen wieder auf. Er erlosch, als Anas ernster Gesichtsausdruck ihn davon überzeugte, dass ihre Entgegnung keine Provokation, sondern eine schlichte Frage war.

«Vielleicht ist es von Interesse, dass Isabelita manchmal eine Sprache spricht, die niemand hier verstehen kann.»

«Sie auch nicht?»

«Es ist weder Latein noch Griechisch. Es ist bekannt, dass manche Menschen, denen die Gnade der Stigmata zuteilwurde, Aramäisch sprachen. Leider bin ich nicht in der Lage, diese Sprache zu erkennen.»

«Und das Mädchen erinnert sich nicht daran, was sie gesagt hat?»

«An nichts. Sie erinnert sich auch nicht daran, ob sie eine Erscheinung hatte.» Plötzlich stieß der Priester hervor: «Die Fotos!»

Sie hatte vergessen, Isabel zu fotografieren. Obwohl sie die Kamera dabeihatte, hatte der Anblick des Mädchens in ihr nicht den Jagdinstinkt der Reporterin geweckt, sondern eine Mischung aus Bestürzung und Mitleid hervorgerufen. Jetzt wollte sie nur noch das Haus und das Dorf verlassen. Mit oder ohne Fotos. Ihre Leser würden sich mit einem Foto der Haustür oder der Kirche begnügen müssen. Außerdem hatte sie die Bilder von dem Bürgermeister, und sie könnte vielleicht noch die Mutter fotografieren. Oder den Priester. Und vielleicht, da sie sich sehr darüber freuen würde, die Kleine mit dem Silberblick, diese Eugenia.

Dann warf sie sich ihren Mangel an Professionalität vor.

Don Benito blickte betroffen auf die Tasche, in der er die Kamera vermutete.

«Warten Sie», sagte er.

Er erhob sich und trat in das Zimmer des Mädchens. Die Tür zog er hinter sich zu. Ana hörte ihn mit Magdalena reden, wenngleich sie ihre Worte nicht verstand.

«Nein», rief Isabel.

Don Benitos Antwort war wieder unverständlich.

«Ich will nicht mehr. Ich habe Hunger.» Die Stimme des Mädchens klang heiser.

«Bitte, Isabelita», hörte sie Magdalena sagen.

«Ich will keine Fotos, ich will keinen Kräutertee.»

«Isabel, es reicht jetzt», schimpfte die Mutter.

«Ich will nicht mehr», wiederholte das Mädchen weinend.

Trotz der geschlossenen Tür hörte Ana, dass sie sie bewegten. Das Mädchen schluchzte. Ana stand auf, um ihnen zu sagen, dass die Fotos nicht notwendig waren. Doch dann trugen ihr Gewissen und ihr Ehrgeiz wieder einmal einen ungleichen Kampf aus, der schnell entschieden war: Ana zog die Kamera aus ihrer Hülle und überprüfte, wie viele Bilder noch übrig waren. Es waren acht. Sie würde sie alle hier machen, denn das Licht im Zimmer war schlecht, und sie wollte sichergehen, dass sie das Foto von der kleinen Heiligen auch tatsächlich im Kasten hatte. Das verfluchte Foto.

Das Weinen wurde schwächer und ging in einen Schluckauf über. Wenig später öffnete sich die Tür. Don Benito und Magdalena erwarteten sie, rechts und links standen sie neben dem Bett des Mädchens. Sie hatten Isabel in dieselbe Position gebracht, in der sie bei Anas Ankunft gelegen hatte: die bloßen Füße auf dem Kissen, die Arme wie eine Gekreuzigte ausgebreitet, die Mantille auf dem Haar. Ihre Hände bluteten nicht mehr, aber die tiefen schwarzen Wunden waren deutlich zu sehen. Der Blick des Mädchens allerdings hatte sich verändert: Er war nicht mehr neugierig, sondern voller Groll.

11

Anas Aufbruch glich einer überstürzten Flucht. Mit ungeschickten Fingern stopfte sie die Kamera in das Lederetui, und da sie keine Zeit damit verlieren wollte, sie in ihrer Tasche zu verstauen, hängte sie sie sich um den Hals und hastete die Treppen hinunter, während der Apparat vor ihrem Bauch hin und her schaukelte. Don Benito schien ihre Verwirrung nicht zu bemerken und folgte ihr munter plaudernd die Stufen hinab.

Im Erdgeschoss bemerkte sie am hinteren Ende des Raums einen Tisch, den sie bei ihrer Ankunft übersehen hatte. Eine Vielzahl von Dingen, zweifellos Geschenke, türmte sich darauf: Würste, Käse, Eier, kleine Körbe mit Kartoffeln, Tongeschirr, selbst weiße Tücher wie die, die Magdalena benutzte, um das Blut der Wundmale aufzufangen.

Don Benito fühlte sich zu einer Erklärung verpflichtet.

«Gaben, mit denen die Gläubigen ihren Dank ausdrücken.»

«Geben sie der Familie auch Geld?»

«Manchmal, wobei Magdalena alles der Kirche spendet, für unsere Armen. Aber die meisten bringen ein kleines Geschenk, vor allem, wenn ihnen eine Gnade zuteilgeworden ist.»

Er zeigte auf eine Reihe von Votivgaben aus Wachs, die wie frisch erlegte Hasen an einer Wand baumelten. Zwei Beine und ein Arm von Erwachsenen, zwei Kinderärmchen

und ein kompletter Säugling, der Ana mit erschreckendem Realismus an den Fötus erinnerte, den ein Straßenkehrer in einem Abfallbehälter mitten auf den Ramblas gefunden hatte.

«Wissen Sie von einer Bitte, die nachprüfbar erfüllt worden ist?»

Sie vermied absichtlich das Wort «Wunder». Der Priester registrierte die Distanz, die in ihrer Frage mitschwang, und antwortete gereizt, wenngleich er seinen Ärger mit einem jovialen Lächeln zu kaschieren versuchte: «Haben Sie hier nicht genug Beweise?» Mit einer schwungvollen Handbewegung deutete er auf die Votivgaben.

Ana sparte sich eine Erwiderung. Sie wollte die Tür aufziehen, doch Don Benito hinderte sie daran, indem er seine Hand auf das Holz des Türblatts legte.

«Wann wird Ihre Reportage erscheinen?»

«Wenn alles gutgeht, in der nächsten Nummer.»

Don Benito gab ein zufriedenes Murmeln von sich, doch den Ausgang blockierte er immer noch.

«Ich bin sicher, sie wird ausgezeichnet sein. Ich gestehe, dass mir Zweifel gekommen sind, als ich feststellen musste, dass Señor Rubio nicht persönlich gekommen ist, auch will ich nicht verhehlen, dass Ihr Geschlecht in mir eine gewisse Skepsis geweckt hat. Doch all meine Vorbehalte sind geschwunden, als Sie erreicht haben, dass Don Julián seine Meinung ändert.»

Don Benitos blasse Hände flatterten vor Anas Augen herum. Im trüben Licht sahen sie so bleich aus wie die wächsernen Votivgaben an den Wänden.

«Na ja, er ist ein vernünftiger Mensch», sagte Ana.

«Vernünftig, vernünftig.» Das Wort schien dem Priester nicht recht zu gefallen. Er legte die Hände vor dem Mund

aufeinander und schlug sich sachte mit den Zeigefingern auf die Lippen. «Ich würde eher sagen – bei allem Respekt, schließlich ist er eine angesehene Persönlichkeit –, dass er zu rationalistisch ist, ich fürchte sogar, dass er ein Skeptiker ist, wenngleich auf sehr diskrete Weise, zumindest versucht er nicht, andere Abtrünnige für sich zu gewinnen. Daher beruhigt es mich ungemein, ihn auf meiner Seite zu wissen. Ich bin überzeugt, dass es ein großes Vergnügen sein wird, Ihre Reportage zu lesen, Señorita Martí.» Sein Blick ging in die Ferne. Vor seinem geistigen Auge sah er sich vermutlich Anas Reportage vorlesen, vor sich ein fasziniert lauschendes Publikum, das ihm an den Lippen hing. «Was werden Sie denn schreiben?»

«Nun, das, was ich heute gesehen habe.»

«Gewiss. Verzeihen Sie meine Neugier. Für mich ist es ein großer Augenblick.»

Ana griff nach der Türklinke. «Darf ich?»

Der Priester wich langsam zur Seite, so langsam, als ob etwas in seinem Inneren – vermutlich der Wunsch herauszubekommen, was sie schreiben würde – Widerstand leistete. Jedoch fand er keinen Grund, um sie noch länger zurückzuhalten, und Ana trat auf die Straße. Der Priester schenkte ihr ein seliges Lächeln und schloss die Tür.

* * *

Es hatte aufgehört zu schneien, und die Temperatur war noch weiter gefallen. Ihre Kleidung schien nicht viel dicker als Papier zu sein, denn die frostige Luft drang ihr sofort bis in die Knochen. Ana machte sich auf den Weg. Ihre Lippen waren trocken, und sie machte den Fehler, mit der Zunge

darüberzufahren. Als sie am Ende der Straße angelangt war, hatten sich ihre Zehen in schmerzende Eiswürfel verwandelt. Sie verwünschte sich dafür, ohne Handschuhe aus dem Haus gegangen zu sein, denn obwohl sie ihre Hände in den Manteltaschen vergraben hatte, waren sie steif vor Kälte. Sie ging so schnell, wie es der Schnee erlaubte, getrieben von dem Wunsch, noch etwas Warmes zu essen, bevor sie packte und der Fahrer sie abholte.

Die Wunden des Mädchens waren tatsächlich beeindruckend. Mit den aufgemalten Stigmata der portugiesischen Nonne, von der Beatriz gesprochen hatte, hatten sie nichts gemein. Ana hatte bei ihrer Arbeit genügend Wunden gesehen, um zu wissen, dass es echtes Blut war und aus den Händen des Mädchens stammte. Aber sie glaubte nicht an Wunder oder heilige Stigmata. Dahinter musste ein Mensch stecken: der Priester, die Mutter oder das Mädchen selbst.

Don Benito hatte ein gewisses Charisma, mit seiner Stimme und seiner Beredsamkeit bezauberte er die Menschen, besonders Frauen und Mädchen. Er strebte eine Karriere an und gierte danach, berühmt zu werden. Ging sein Ehrgeiz so weit, dass er der Urheber der Wundmale sein konnte? Sicher nicht im materiellen Sinn, Ana konnte sich kaum vorstellen, dass der Priester, der sich so große Sorgen um seine Schuhe machte, selbst Hand angelegt hatte. Vielleicht hatte er seinen Einfluss auf die Mutter genutzt. Aber welche Mutter würde so etwas tun? Eine Fanatikerin, geblendet von Heilsversprechen. Oder von der Aussicht auf Reichtum. Nein. Keine Mutter würde es ertragen, ihrer Tochter solche Schmerzen zuzufügen. Allerdings war es etwas anderes, wenn sie glaubte, dass sie Zeichen göttlicher Gnade waren. Sie erinnerte sich mit Grauen an Magdalenas verzückten Blick. Das Mädchen

selbst? Ausgeschlossen. Die Augen des Mädchens, ihr Klagen und Weinen erweckten nicht den Anschein, als habe sie die Situation selbst herbeigeführt. Und vor allem, warum sollte sie sich selbst Derartiges antun? Wenn sie nur mit ihr allein hätte sprechen können, aber die Mutter und der Priester hatten es nicht zugelassen und würden es auch nie zulassen. Man durfte das Mädchen ansehen. Mehr nicht.

Sie begegnete niemandem auf der Straße und fragte sich, wo all die Menschen geblieben waren, die am Morgen die kleine Heilige besucht hatten. In der Pension fand sie die Antwort auf ihre Frage. An drei Tischen im Speiseraum saßen Leute, die Ana bei Isabelita gesehen hatte. Auswärtige, dachte sie, aber längst nicht so auswärtig wie sie selbst, denn bei Anas Eintritt brachen die Gespräche ab, und alle blickten zu ihr herüber. Sie lächelte etwas eingeschüchtert, aber niemand lächelte zurück.

Nur die junge Frau, die als Kind an Meningitis erkrankt war, stieß ein hohles Lachen aus und fing an, mit ihrem Stuhl hin und her zu wippen, bis eine Frau, vermutlich ihre Mutter, sie zwang innezuhalten. Das Wippen hörte auf, stattdessen schüttelte sie jetzt den Kopf und zeigte Ana ein zahnloses Grinsen.

«Hallo, hallo», stotterte sie.

Da Ana nicht antwortete, wiederholte sie es lauter.

«Sei still», befahl der Mann neben ihr.

«Hallo, hallo.»

Der Mann schlug mit der Faust auf den Tisch. Das Mädchen senkte den Kopf und fing an zu wimmern, ohne Ana dabei aus den Augen zu lassen. Ana durchquerte den Speiseraum und ging in die Küche, die Blicke, die ihr folgten, ignorierte sie.

Aurelia trat hinter ihr durch die Tür. «Nehmen Sie es ihnen nicht übel, die Leute sind einfach neugierig. Himmel, Sie zittern ja vor Kälte. Wollen Sie etwas essen?»

«Sehr gerne, ja. Haben Sie den Fahrer erreichen können?»

«Ich habe in der Poststelle Bescheid gesagt, damit sie Amancio anrufen und ihm sagen, dass er um drei hier sein soll. Warum setzen Sie sich nicht nach oben, ins Wohnzimmer? Dort haben Sie mehr Ruhe. Das Essen bringe ich Ihnen gleich hoch.»

Aurelia hatte offenbar schon Vorkehrungen getroffen, denn in dem Becken unter dem Tisch glühten Kohlen. Ana stellte ihre Schuhe neben das Feuer und setze sich fröstelnd. Kurz danach trat die Wirtin mit einem Tablett ein.

«Don Benito ist ganz begeistert von Ihnen.»

«Wie kommen Sie darauf?»

«Der Bürgermeister trinkt unten ein Glas Wein, er erzählt, er habe ihn auf der Straße getroffen, quietschfidel wie ein Paar Kastagnetten.»

Während sie den Eintopf vertilgte, diesmal Stockfisch mit Kartoffeln, dachte sie über die gegensätzlichen Erwartungen nach, die sie erfüllen sollte. Der Pfarrer war darauf aus, dass ihre Reportage in *El Caso* den Kult um das Mädchen im ganzen Land verbreitete. Für ihn war sie ein nützliches Werkzeug bei seinem Aufstieg in der kirchlichen Hierarchie. Auf der anderen Seite Julián Maestre. Genau wie sie selbst betrachtete er das Wunder von Las Torres mit Skepsis, doch auch für ihn war sie Mittel zum Zweck: Er hatte ihr erlaubt, das Mädchen zu besuchen, damit sie den Betrug, die Manipulation oder was auch immer es war, entlarvte und damit der Verehrung des Mädchens ein Ende setzte. Beide wollten etwas von ihr, und beide würde sie höchstwahrscheinlich enttäuschen.

Wenn alles auf einem schlichten Trick beruhen würde, wäre es einfacher. In diesem Fall würde eine kurze Meldung über das falsche Wunder erscheinen, die dem Pfarrer große Probleme bereiten würde, zumal er augenscheinlich nicht die Kirchenoberen informiert hatte. Don Julián dagegen wäre entzückt – keine Pilger mehr im Ort und vor allem der Betrug aufgedeckt. Doch so einfach war es leider nicht. Denn Isabels Wunden waren echt.

Sie wusste nicht, was sie davon halten sollte. Verletzungen, Blut, Schmerzen. Das hatte sie gesehen. Doch was steckte dahinter? Falsch. Die Frage war noch simpler. Was hatte sie in Wirklichkeit gesehen? Alle sprachen von Stigmata, heiligen Wunden, wie die Wunden Christi am Kreuz. Das war es nicht, was sie gesehen hatte. Sie hatte ein Mädchen mit Verletzungen an Händen und Füßen gesehen, über deren Ursprung sie nichts wusste. Ein ausgemergeltes Geschöpf, das vor Schmerzen weinte, während alle es anstarrten. Sie empfand Mitleid und zugleich Abscheu vor denjenigen, die sich an ihrem Leiden erbauten.

Den Ort so schnell wie möglich zu verlassen, kam ihr deshalb vor wie eine Flucht. Eine Flucht, die sich für eine Journalistin eigentlich nicht gehörte. Denn schließlich ging es darum, den Dingen auf den Grund zu gehen, den Betrug aufzudecken, auch wenn sie nicht einmal den geringsten Beweis hatte. Eine feige Flucht, dachte Ana. Sie ließ das Mädchen im Stich, wenngleich sie nicht recht wusste, wie sie ihr helfen könnte.

«Aber trotzdem werde ich fahren», sagte sie laut. Und in Gedanken fügte sie hinzu: Wir Journalisten klären weder Fälle auf, noch lösen wir die Probleme der Menschheit. Wir berichten, und die Leute ziehen ihre eigenen Schlüsse daraus.

Was sollte sie schreiben? Am besten gar nichts. Möglicherweise konnte sie Rubio überzeugen, das Thema zu vergessen. Und sich eine gute Geschichte entgehen zu lassen? «Exklusiv, Ana, exklusiv!» Worin bestand denn diese Geschichte? Ein Mädchen blutete an Händen und Füßen und löste eine Welle frommer Verehrung aus. All das hatte sie bereits gewusst, bevor sie nach Las Torres gekommen war. Der einzige Unterschied war, dass sie es jetzt selbst erlebt hatte. Weiter war sie nicht gekommen.

In einer knappen Stunde würde der Fahrer sie abholen. Sie hatte genug Zeit, um sich aufzuwärmen, den Koffer zu packen und sich von Aurelia zu verabschieden. Danach ein letztes Mal die beißende Kälte spüren, durch den Schnee stapfen und ertragen, dass die Dorfbewohner sie bestenfalls neugierig, schlimmstenfalls feindselig anstarrten. Die Reise nach Barcelona würde wieder lang und mühselig sein. Doch das war ihr gleichgültig, sie wollte nur noch nach Hause, an ihrem eigenen Tisch schreiben und in ihrem Bett schlafen. Sie wollte das Quietschen der Straßenbahnen hören, die Stimmen im Lichthof ihres Hauses, das Läuten der Telefone; die Menschenmassen aus der Metro strömen sehen, die Leuchtreklamen der Kinos, die Schaufenster der großen Kaufhäuser, der Konditoreien. Und weit, ganz weit weg von diesen steilen und verlassenen Straßen, den Häusern mit den geschlossenen Läden, der Stille und den blutenden Händen der Kleinen sein, auch wenn sie wusste, dass ihr schlechtes Gewissen wegen des Mädchens sie bis nach Barcelona verfolgen würde.

***

Kurze Zeit später brachte Aurelia ihr mit betretener Miene einen Kaffee. «Ich fürchte, ich habe schlechte Nachrichten. Die Landstraße ist gesperrt, wegen des Schnees.»

«Dann ist der Wagen für mich nicht gekommen?»

«Nein. Zwei von den Auswärtigen, die die kleine Heilige besucht haben, sind eben wieder zurückgekommen. Sie wollten mit einem Karren hinunter und sind umgekehrt. Mit Mühe haben sie es bis hierher geschafft. Ich glaube, heute Nacht werde ich ein volles Haus haben.»

«Aber ich muss nach Barcelona!»

«Das ist heute unmöglich. Und wie der Himmel aussieht, wird es noch mehr Schnee geben.»

Aurelia stellte eine kleine Zuckerdose aus weißem Porzellan vor sie, aus der der Stiel eines silbernen Löffelchens ragte. Ana verstand, dass die Wirtin sie auf diese Weise ein wenig für die Unannehmlichkeit entschädigen wollte.

«Auch aus der Aussteuer?»

«Ja. Und sehen Sie», sie hob den Deckel an, «Zucker. Ich hebe ihn schon lange auf. Jetzt muss ich aber hinunter, zu den Gästen.»

«Vielen Dank, Aurelia. Kommt es oft vor, dass das Dorf eingeschneit ist?»

«Fast jeden Winter ein- oder zweimal.»

«Und was machen Sie dann?»

«Was sollen wir schon machen? Dasselbe wie immer.»

«Ja, sicher.»

Ana blickte gedankenverloren auf die Tasse mit dem dampfenden Kaffee, die Zuckerdose mit dem frisch polierten Löffelchen und dem Zucker, den Aurelia gehütet hatte wie einen Schatz. Sie trank den Kaffee mit der Feierlichkeit, die Aurelias freundliche Geste verdiente. Ihr Widerwille

dagegen, noch weitere Tage im Dorf verbringen zu müssen, wurde allerdings nicht kleiner. Wie viele Tage mochten es werden? Sie gönnte sich einen Löffel Zucker, um die von ihrem Magen aufsteigende Beklemmung zu beschwichtigen. Jetzt, da sie gezwungen war zu bleiben, würde sie vielleicht herausfinden, was es mit den Wundmalen auf sich hatte.

* * *

Eine Stunde später verließ sie die Pension, dieses Mal mit Handschuhen und einem Schal, den ihr Aurelia geliehen hatte. Ich fange an, mich zu tarnen, dachte sie, während sie, den Schal um den Kopf geschlungen, durch den Schnee zur Poststelle stapfte. Zumindest sollte Rubio wissen, dass das Dorf eingeschneit war und sie mit ihm.

Sie stieß die Tür auf. Wieder die Glocke, wieder erschien die dicke Frau mit dem zur Acht geschnürten Körper.

«Wenn Sie telefonieren wollen, muss ich Sie enttäuschen: Die Verbindung ist unterbrochen. Wahrscheinlich ist wieder ein Mast unter dem Schnee zusammengebrochen.»

Sie verließ den Laden.

Ein paar Kinderstimmen brachten sie auf andere Gedanken. Trotz der Kälte tummelte sich eine Gruppe von Mädchen auf dem kleinen Platz. Sie spielten Fangen und sangen dabei. Ana kannte die Melodie, aber der Text war ihr neu.

Das Monster, so hässlich, liebt Rosen voller Pracht,
es rupft sie, es zupft sie, es pflückt sie in der Nacht.
Versteck dich, versteck dich und rühr dich besser nicht.
Wer sich versteckt, der kommt davon und wird heut nicht erwischt.

Das Monster, so hässlich, liebt Rosen voller Pracht.
Weiß frisst es sie am Abend, rot spuckt es sie bei Nacht.
Versteck dich, versteck dich und rühr dich besser nicht.
Wer sich versteckt, der kommt davon und wird heut
nicht erwischt.

Ihr fiel auf, dass sie das Wort «rot» benutzten, das zu den vom Regime verbotenen Wörtern gehörte. Aber vielleicht war man damit auf dem Land nicht so streng. Oder sie sangen es nur, wenn keine Erwachsenen in Sicht waren. Die übliche Ersetzung – karmesin – hatte schließlich zwei Silben mehr und fügte sich nicht in den Rhythmus. Die Mädchen sangen im Chor, sie hielten sich bei den Händen, und als das Lied zu Ende war, rannten drei los, während eine stehen blieb und es noch einmal im Eiltempo sang, bevor sie losstürzte, um die anderen zu fangen, die aufgeregt kreischten: «Das Monster, das Monster.»

Sobald die Verfolgerin eine andere abschlug, blieb diese stehen, sang das Lied in einem Affenzahn und versuchte dann ihrerseits, eins der Mädchen zu fangen. Ana sah ihnen eine Weile von der Tür der Poststelle aus zu. Eines von ihnen war Eugenia, das schielende Mädchen, das sie am Morgen angesprochen hatte. Sie war gerade das Monster, als sie Ana bemerkte. Sofort ließ sie von dem Mädchen ab, dem sie gerade nachlief, und rannte stattdessen auf Ana zu.

«Hast du Isabel gesehen? Hast du Fotos von ihr gemacht?»

Die übrigen Mädchen waren ebenfalls stehen geblieben und beobachteten sie aus der Entfernung.

«Klar, ich habe ziemlich viele Fotos gemacht.»

Sie setzte sich in Bewegung. Die drei Mädchen rührten sich nicht vom Fleck. Ana überquerte den Platz, auf dem

plötzlich drei Statuen zu stehen schienen, die sie mit Blicken verfolgten. Eugenia dagegen hüpfte im Seitgalopp neben ihr her und schaute sie unentwegt an.

«Gibt es in Barcelona Schnee?»

«Normalerweise nicht. Dort ist es nicht so kalt wie hier.»

«Bestimmt gehen die Leute am Strand baden.»

«Na ja, im Februar nicht. Im Moment ist es auch dort sehr kalt.»

Das Mädchen verfolgte das Thema verträumt weiter. «Und die Leute ziehen sich spezielle Kleidung an, um im Meer zu baden, und danach setzen sie sich in den Sand, in die Sonne.»

Nichts kam Ana weiter entfernt vor als ein Sommertag am Strand. Sie stellte sich den Strand der Barceloneta vor, die Wellen gefroren, im Heranrollen erstarrt, die Kämme filigran wie Tortenspitze, der Sand unter einer Schneedecke verborgen, an der Wasserlinie die gefrorenen Abdrücke nackter Füße. Ihre eigenen waren nass, Schnee war in die Schuhe gedrungen.

«Stimmt es, dass die Jungen in kurzen Hosen baden, so kurz?» Eugenia markierte auf ihrem Oberschenkel eine Stelle auf halbem Weg zwischen Leiste und Knie.

«Ja, das stimmt.»

«Hast du es selbst gesehen?»

Ana nickte. Das Mädchen musste kichern. Wen es sich wohl in einer Badehose vorstellte?

Eugenia hopste neben ihr auf und ab, begierig darauf, noch mehr zu erfahren. Sie hielt keinen Moment still, aber eines ihrer schielenden Augen war immer auf Ana gerichtet. Sie waren an der Straßenecke angelangt.

«Weißt du, dass Isabelita meine beste Freundin ist?», flüsterte sie und warf einen Blick zurück auf ihre Spielkameradinnen.

Ana beging den Fehler, ebenfalls nach hinten zu schauen, und stolperte über einen Bordstein, der unter dem Schnee nicht zu sehen war. Sie fiel der Länge nach hin. Die drei Mädchen auf dem Platz lachten wie eine kleine Schar junger, boshafter Krähen. Eugenia lachte nicht, sie streckte ihr die Hand hin, um ihr aufzuhelfen. Ana lehnte ihre Hilfe verärgert ab.

«Warum spielst du nicht wieder mit deinen Freundinnen», knurrte sie, während sie aufstand und sich den Schnee von den Kleidern klopfte.

Das Mädchen blickte sie gekränkt an und entfernte sich. Die anderen drei rannten davon.

«Das Monster! Das Monster!»

Ana drehte sich um und schlug den Weg zur Pension ein.

* * *

Den Rest des Nachmittags verbrachte sie in Aurelias kleinem Wohnzimmer, sie las und schaltete hin und wieder das Radio ein. Wenn am Samstag die Straße noch immer gesperrt war, würde sie Don Julián bitten müssen, ihr etwas zum Lesen zu leihen. Etwas Leichtes, der Sinn stand ihr weder nach den Klassikern des Goldenen Zeitalters noch nach den französischen Aufklärern.

Gegen sieben fiel der Strom aus. Die Lampe erlosch, und der Radiosprecher brach mitten im Satz ab. Im Dunkeln tastete Ana nach der Kerze, die Aurelia in einem Leuchter auf den Tisch gestellt hatte, zündete sie an und wartete einen Moment, doch der Strom kam nicht wieder.

Trotzdem blieb sie in dem Zimmer, bis es Zeit zum Abendessen war. Als sie hinunterkam, stellte sie fest, dass der

Speiseraum voll war. Unter den Gästen war auch die Familie mit der jungen Frau, die bei der kleinen Heiligen Hilfe gesucht hatte.

«Hallo, hallo», grüßte diese sie mit tiefer Stimme.

Eine der Frauen versuchte sie mit einem Zischen zum Schweigen zu bringen und warf dabei einen ängstlichen Blick auf einen Mann, dem die Stimme sichtlich missfiel.

Ana setzte sich allein neben das Feuer, mit dem Rücken zu den übrigen Gästen. Wenn sie sie anstarren wollten, sollten sie es tun. Mauricio half Aurelia, die Gäste zu bedienen. Er strahlte, sobald er ihrer ansichtig wurde, und brachte ihr einen vollen Teller. Da er den Blick nicht von ihr wenden konnte, hielt er den Teller schräg, und eine Kartoffel landete auf ihrem Schoß. Aurelia schalt ihn, doch das hielt ihn nicht davon ab, Ana weiter anzustrahlen. Seine Nase vibrierte auf merkwürdige Weise, als würde er schnuppern.

Kurze Zeit später schlüpfte Ana ins Bett. Nachdem sie die Kerze gelöscht hatte, umgab sie vollkommene Dunkelheit. Im Haus dagegen ging es noch recht laut zu. Mehrere Gäste stiegen mit dumpfen Schritten die Treppe hinauf, die heisere Stimme der jungen Frau verlangte laut rufend nach etwas, eine andere Frauenstimme wies sie zurecht, dann fiel eine Tür zu, ein Bettgestell quietschte, und schließlich hörte Ana ein leises Grunzen.

Dann war es still im Haus, und Ana schlief ein.

***

Sie wurde von einem Geräusch in ihrer Nähe geweckt. Noch halb im Schlaf, meinte sie ein Knarren und danach langsame, schwere Schritte zu hören. Sie öffnete die Augen, schwaches

Mondlicht fiel durch die Fensterscheiben. Der Eindringling stand in der Mitte des Zimmers. Bevor sie die unbewegliche Silhouette ausmachen konnte, nahm sie das hastige Atmen war, jeder Atemzug endete in einem seltsamen Schnauben. Ana rührte sich nicht. Zögernd näherte sich die Gestalt ihrem Bett. Anas Körper war vor Angst starr, aber ihr Geist arbeitete fieberhaft, um sich an einen Gegenstand im Zimmer zu erinnern, mit dem sie sich verteidigen könnte.

Die Gestalt blieb am Fußende des Bettes stehen. Ana spürte eine alte Furcht aus ihrer Kindheit: Ihre Füße fühlten sich unendlich weit entfernt an und waren dem Eindringling, der sich nun auf ihr Bett setzte, schutzlos ausgeliefert. Sie zog die Beine an. Nun konnte sie nicht mehr so tun, als ob sie schliefe, denn die Gestalt hatte ihre Bewegung bemerkt:

«Hallo, hallo», sagte sie mit tiefer Stimme.

Obwohl sie die junge Frau sofort erkannte, konnte Ana den Schrei nicht unterdrücken. Das Mädchen erschrak und schrie ebenfalls. Ihre Angstschreie wechselten mit nahezu fröhlichen «Hallo, hallo»-Rufen, sodass es schien, als seien gleich zwei Personen in das Zimmer eingedrungen.

Kurz darauf fiel Kerzenlicht durch die offenstehende Tür, und über den Flur kam eine Frau auf sie zu.

Sie rief leise: «Was machst du denn? Was hast du jetzt wieder angestellt?»

Das Mädchen hörte nicht auf zu schreien. Die Frau trat ein, und das Licht ihrer Kerze beleuchtete die Szene. Ana sah, dass das Mädchen ein viel zu langes und weites Nachthemd trug. Sie war barfuß, ihr schwarzes Haar stand zerzaust in alle Richtungen. Die Frau stürzte auf sie zu und packte sie beim Arm. Inzwischen waren andere Gäste aus ihren Zimmern gekommen und versammelten sich an Anas Tür, um

sich das Spektakel anzuschauen. Ein Mann bahnte sich einen Weg durch die Zuschauer, um der Frau zu helfen, das Mädchen aus dem Zimmer zu zerren. Es wehrte sich mit solcher Kraft, dass die Frau es kaum von der Stelle bewegen konnte. Doch der Mann hatte einen Gürtel in der Hand und schlug ihn knallend auf den Boden. Das Mädchen hielt sofort inne, aber das schien dem Mann nicht zu reichen, denn er hob den Riemen wieder, und dieses Mal traf er das Mädchen.

Die Frau schrie:

«Um Gottes willen! Es ist deine Tochter!»

«Meine Tochter? Meine Tochter ist tot. Das da ist ein Stück Vieh, das bloß aussieht wie ein Mensch!»

Mit hängendem Kopf verließ das Mädchen das Zimmer.

Ana stand auf und trat auf den Mann zu, der Anstalten machte, das Mädchen auf dem Flur noch einmal zu schlagen.

«Sie hat mich doch nur erschreckt. Kaum der Rede wert», beeilte sie sich zu sagen.

«Sie muss lernen», entgegnete der Mann. «Die ganze Reise umsonst. Jetzt müssen wir weiter mit diesem Unheil leben.»

Bei seinen letzten Worten fing die Frau an zu weinen.

«Schließen Sie die Tür ab, Señorita», riet er ihr im Weggehen.

«Sie hat mich doch nur erschreckt», sagte Ana noch einmal.

«Morgen reisen wir ab, selbst wenn wir dabei draufgehen, falls ich sie nicht vorher persönlich in einen Abgrund stoße.»

Die Frau folgte ihm hastig. Die übrigen Gäste verschwanden ebenfalls in ihren Zimmern. Nur Aurelia blieb noch im Flur. Sie hatte noch nicht geschlafen, denn sie trug immer noch dieselbe Kleidung wie beim Servieren und war aus dem kleinen Wohnzimmer gekommen. Mit einer Geste bat sie Ana um Entschuldigung.

Aus dem Zimmer der Familie waren Schreie und das Geräusch weiterer Gürtelhiebe zu hören.

Aurelia achtete nicht darauf. Sie drehte sich um, und bevor sie in das Zimmer zurückging, aus dem sie gekommen war, wandte sie sich an Ana: «Schließen Sie die Tür ab.»

Das tat sie auch.

Ein paar Minuten später hörten Schläge und Schreie auf. Wieder war es still im Haus, doch Ana fand keine Ruhe. Schließlich wiegte sie das Lied in den Schlaf, das die Mädchen auf dem Platz gesungen hatten: *Das Monster, so hässlich, liebt Rosen voller Pracht. Es rupft sie, es zupft sie, es pflückt sie in der Nacht.*

12

Am Samstagmorgen war die Schneedecke noch höher geworden und an manchen Stellen hartgefroren. Auch an diesem Tag würde niemand das Dorf verlassen können.

Nach dem Frühstück setzte sich Ana mit ein paar Büchern und ihrem Notizblock in das kleine Wohnzimmer. Wenn sie die Geschehnisse der letzten Tage durchginge, würde sie vielleicht verstehen, wer oder was hinter den Wundmalen steckte. Sie notierte ihre Gespräche mit Don Julián, dem Priester und dem Lehrer, sogar die Gesprächsfetzen, die sie im Haus der kleinen Heiligen aufgeschnappt hatte, und füllte Seite um Seite in der Hoffnung, dass ihr eine Lösung entgegenspringen würde. Nach mehreren Stunden vergeblicher Mühe beschloss sie, an die frische Luft zu gehen.

Aurelia war überrascht. «Bei der Kälte? Warten Sie, ich leihe Ihnen ein Wolltuch, damit Sie mir nicht als Eiszapfen zurückkommen.»

Ana trat auf die Straße, um Kopf und Schultern ein dickes schwarzes Wolltuch gehüllt. Sämtliche Essensgerüche aus der Pension hatten sich darin festgesetzt, doch das störte sie nicht, ganz im Gegenteil, das Tuch kam ihr wärmer vor, als hing mit dem Geruch auch die Hitze der Töpfe und Pfannen darin.

Sie kam nur mühsam voran, auch wenn die Nachbarn einen Teil der Straße geräumt hatten. Im Schnee auf der Fahrbahn sah sie mehrere Fußabdrücke, die Radspuren eines

Karrens und die Hufspuren des Tieres, das das Gefährt gezogen haben musste. Der Schnee unter ihren Sohlen knirschte, und das Geräusch erinnerte sie an das Gefühl, das sie als Kind gehabt hatte, als sie einmal beim Weben einen Wollfaden abbiss.

«Nimm doch die Schere, Aneta», hatte ihre Mutter sie ermahnt. Sie musste sehr klein gewesen sein, denn die Szene hatte sich in der großen Wohnung am Paseo de San Juan abgespielt, wo sie gelebt hatten, bevor ihr Vater politisch in Ungnade fiel und lange bevor ihr Bruder von einem Erschießungskommando hingerichtet wurde und ihre Mutter zu einer fanatischen Katholikin wurde, welche ihre Lebensaufgabe darin fand, Buße für all die Sünden zu tun, die ihrer Ansicht nach zum Niedergang der Familie geführt hatten.

«Ich kann sie nicht finden», hatte sie damals gesagt und den Wollfaden durchgebissen. Die gleiche Gänsehaut wie damals der pelzige Wollfaden in ihrem Mund verschaffte ihr nun das Knirschen des Schnees unter den Füßen.

Auf einmal hatte sie den Eindruck, Schritte hinter sich zu hören, und blieb stehen. Sie wandte sich um, doch niemand war zu sehen, und auch das Geräusch war verstummt. Mit gespitzten Ohren ging sie weiter. Tatsächlich stapfte nicht weit hinter ihr ein zweites Paar Füße durch den Schnee. Ana beschleunigte das Tempo, bog um die nächste Ecke und blieb unvermittelt stehen. Sie hatte sich nicht geirrt, hinter ihr hielt jemand abrupt an. Sie fuhr herum und konnte eben noch einen kleinen Schatten sehen, vielleicht einen Schuhabsatz, der in einem Hauseingang verschwand.

Sie setzte ihren Weg fort, bis sich ihr in einer steilen Straße eine Gestalt in den Weg stellte.

«Señorita Martí, wie schön, Sie zu sehen!»

Don Benito war gerade aus einem der Häuser getreten, eine schwarze Baskenmütze auf dem Kopf und das Gesicht gerötet vor Hitze.

«Wohin gehen Sie?», fragte er.

«Ich gehe nur ein wenig spazieren.»

«Wenn Sie mögen, begleiten Sie mich, und ich zeige Ihnen unsere Kirche. Wenngleich sie dringend renoviert werden müsste, werden Sie feststellen, dass es ein beeindruckender Bau ist, welcher vom Reichtum und der Bedeutung zeugt, die dieser Gegend einmal zu eigen waren.»

Warum nicht, dachte Ana. Sie würde die Gelegenheit nutzen, um Don Benito ein paar Fragen zu stellen.

In freundlichem Plauderton sagte der Priester: «Ich komme gerade von einer Letzten Ölung. Bei dieser Kälte sind es viele, die von uns gehen. Die arme Benigna kommt sicher nicht über den Winter.»

Ana wusste nicht, was sie darauf erwidern sollte.

Kaum waren sie einige Schritte gegangen, fragte Don Benito: «Was macht unser Artikel?»

«Ich werde ihn vermutlich erst in Barcelona schreiben.»

«Da Sie ja nun noch einige Tage bei uns sind, können Sie ihn doch auch hier verfassen! Ich würde ihn sehr gern lesen, und, wer weiß, vielleicht kann ich ja auch eine Kleinigkeit dazu beitragen.» Er schlug wieder denselben jovialen Ton wie bei ihrem ersten Gespräch in der Pension an. «Ich weiß, ich verstoße gegen das Gebot der Bescheidenheit, aber ich fühle mich wie der einfache Landmann, der die Saat des Glaubens in diesem Geschöpf ausgebracht hat. Was sage ich, im ganzen Dorf ausgebracht hat! Sie können sich nicht vorstellen, mit welcher moralischen Verwahrlosung ich es hier am Anfang zu tun hatte. Mein Vorgänger, möge er in Frieden ruhen,

war ein alter Mann, und ihm fehlte die nötige Kraft, um es mit den rohen Bräuchen dieser Menschen aufzunehmen. Sie waren gewissermaßen allesamt verwildert. Ich habe hart gearbeitet, um die Jungen zu guten Messdienern zu machen und die Mädchen dazu zu bewegen, am Katechismusunterricht teilzunehmen. Eine mühselige Arbeit auf steinigem Acker, aber mit der kleinen Heiligen trägt sie die schönsten Früchte.»

Ana tat so, als beobachte sie interessiert einen Vogel, der sich auf dem Vordach eines Hauses niedergelassen hatte. Ihr Blick ruhte dankbar auf der schwarzen, glänzenden Gestalt, der einzigen, die sich in dem in weißes Tuch gehüllten Dorf bewegte. Dann durchschnitt ein Krächzen die glasklare Luft, und auch der Pfarrer bemerkte den Vogel.

«Eine Krähe. Im Frühling hören wir Amseln und Drosseln, ihr Gesang ist weitaus melodischer, und wenn Sie zur Einsiedelei von Pinares hinaufsteigen, können Sie sogar Gänsegeier sehen. Übrigens war der Bürgermeister am Anfang gar nicht überzeugt.»

«Überzeugt? Wovon?»

«Davon, bei Ihnen anzurufen. Aber ich habe ihm begreiflich gemacht, welchen Gewinn das Dorf daraus ziehen wird. Und jetzt ist er so begeistert wie niemand sonst im Ort, wenngleich ich fürchte, dass sein Enthusiasmus nicht ganz frei von finanziellem Interesse ist. Er hat mich gefragt, ob ich den Inhalt Ihrer Reportage kenne, und ich habe gesagt: ‹Keine Sorge, Don Onésimo, Señorita Martí wird zweifellos etwas Wunderbares über Isabel und das Dorf schreiben.›»

Die Krähe schrie noch einmal, breitete die Flügel aus und flog davon. Beide blickten sie ihr nach, bis sie verschwunden war.

«Ich habe ihm auch gesagt, dass Sie nun, da Sie ja gewissermaßen im Dorf gefangen sind, noch mehr schreiben können.» Er lachte allein über seinen Witz, Ana blieb das Lachen im Halse stecken. «Beispielsweise können Sie sie morgen in der Sonntagsmesse sehen, das ist die einzige Gelegenheit, zu der Isabel das Haus verlässt, seit sich die Stigmata gezeigt haben. Unsere Kirche ist ihre wahre Heimstätte. Don Onésimo kann so viel planen, wie er will, aber die Kapelle für das Mädchen wird in der Kirche errichtet und sonst nirgends.»

Ana stellte dieselbe Frage wie schon bei ihrer ersten Begegnung. «Aber dafür ist es nötig, dass sie seliggesprochen wird, nicht wahr? Und Seligsprechungen erfolgen doch erst nach dem Tod, oder? Sie rechnen doch nicht etwa damit, dass …»

«Das liegt nicht in unserer Hand, Señorita. Genauso wenig wie es in der Hand der weltlichen Autoritäten liegt, über höhere Angelegenheiten zu entscheiden, über kirchliche, göttliche Angelegenheiten. Sie unterliegen nicht denselben Gesetzen.»

Don Benito hatte ihr den Anknüpfungspunkt für die nächste Frage auf einem Silbertablett präsentiert.

«Und die kirchlichen Autoritäten, was halten sie davon? Sie sind sicher genauso glücklich wie Sie, oder?», fragte Ana unschuldig.

Der Pfarrer hüstelte. «Ich denke schon, ja … nun ja, sie werden es zu gegebener Zeit sein.»

«Zu gegebener Zeit?»

«Es gilt noch ein wenig zu warten, Vorsicht walten zu lassen, ehe man die Glocken läutet.»

Ana bohrte weiter: «Dann ist es Ihnen vielleicht auch lie-

ber, wenn wir den Bericht erst veröffentlichen, wenn Sie das Plazet Ihrer Vorgesetzten haben.»

«Nein, nein. Das eine ist vom anderen unabhängig.»

Sie waren an der Plaza Mayor angelangt. Die Häuser, die den trapezförmigen Platz säumten, sahen neben dem dreischiffigen Renaissancebau der Kirche winzig aus. Die reich verzierte Fassade mit ihren Säulen, Friesen und Pinakeln zeugte, wie der Priester gesagt hatte, von einem vergangenen Wohlstand, der kaum noch vorstellbar war.

Sie traten ein. Anas Augen brauchten eine Weile, bis sie sich an die Dunkelheit gewöhnt hatten. Durch die Seitenfenster fiel nur ein kleiner Teil des Tageslichts in den Innenraum. Auch wenn die Bänke im Mittelschiff nur schattenhafte Umrisse waren, konnte Ana überschlagen, dass die gesamte Dorfbevölkerung dort Platz haben musste. In den Seitenschiffen machte sie vier Kapellen aus. In dreien flackerten vereinzelte Kerzen, die vierte dagegen, die auf der rechten Seite lag, schien von den zahlreichen Flammen in ihrem Inneren nahezu zu glühen.

Eine ältere Frau war dabei, abgebrannte Kerzen wegzuräumen und von der Hitze verbogene geradezurichten. Als sie Ana und den Pfarrer bemerkte, kam sie auf sie zu. Don Benito stellte sie als seine Haushälterin und die Küsterin der Dorfkirche vor. Die Frau grüßte Ana mit einem Kopfnicken und wandte sich dann an den Priester.

«Don Benito, wir sollten noch ein paar Kerzenhalter aufstellen, damit das Wachs nicht auf den Boden tropft.»

In diesem Moment hörte Ana, wie sich die Kirchentür öffnete und mit einem Krachen wieder zufiel. Ein Junge rannte durch den Seitengang auf sie zu: «Don Benito, kommen Sie schnell, es geht ihr auf einmal viel schlechter, sie stirbt.»

Der Junge hatte keinen Mantel an, sondern lediglich eine Wolldecke übergeworfen.

Der Pfarrer verabschiedete sich und eilte mit dem Jungen davon. Seine Soutane war am Saum feucht von geschmolzenem Schnee und waberte um seine Beine.

Als sie allein waren, starrte die Küsterin Ana aus blanken Mauseaugen wütend an.

«Hören Sie gut zu. Die kleine Heilige gehört uns. Nicht alle hier freuen sich darüber, dass Leute von auswärts sie besuchen!»

Nachdem sie dies hervorgestoßen hatte, drehte sie Ana den Rücken zu und machte sich davon.

Ana stand allein in der halbdunklen Kirche. Vom Licht angezogen wie eine Motte, strebte sie auf die Seitenkapelle mit den vielen Kerzen zu. Die Kerzen erhellten das Bild einer jungen Heiligen, die in der linken Hand einen Palmzweig hielt und mit der rechten ein goldenes Tablett balancierte. Es war Santa Lucia, die Heilige, die Don Benito Isabel zugedacht hatte.

Plötzlich hatte sie den Eindruck, erneut leise Schritte hinter sich zu hören. Die Schritte einer Frau, dachte sie. Sie fuhr herum, doch da ihre Augen sich an das helle Kerzenlicht gewöhnt hatten, sah sie nichts als Dunkelheit. Dann hörte sie wieder Schritte und dazu ein unterdrücktes Kichern.

Ana verließ die Kapelle. Aus der benachbarten Nische warf ihr ein von Pfeilen durchbohrter heiliger Sebastian einen leiderfüllten Blick zu. Der Luftzug, den ihr Rock im Vorbeigehen erzeugte, ließ die Flammen der wenigen Kerzen vor der Statue erzittern. Die Schatten auf dem halb offenen Mund vergrößerten sich und schrumpften wieder, sodass es schien, als würde der Heilige mit ihr reden. Sie hörte ein

Rascheln hinter sich, das jäh abbrach, als sie sich umdrehte. Und abermals ein Kichern. Ana hatte genug. Den Blick fest auf die Kirchentür gerichtet, steuerte sie auf den Ausgang zu.

Erleichtert seufzte sie, als sie wieder auf dem Platz stand. Es war Mittag, aber es war dunkler geworden, eine dichte graue Wolkendecke lag über dem Ort.

Sie machte sich auf den Rückweg. Bevor sie den Platz verließ, drehte sie sich ein paarmal um, doch sah sie niemanden aus der Kirche kommen. Vornübergebeugt und den Mantel fest um sich gezogen, lief sie durch die verlassenen Straßen.

Den Nachmittag würde sie mit Lesen verbringen. Hoffentlich hatte Aurelia wieder das Kohlenbecken mit Glut gefüllt. Wenn es keinen Stromausfall gab, könnte sie sich bis zum Abend in ein Buch vertiefen.

Wieder knirschte hinter ihr der Schnee. Ihre Vernunft sagte ihr, dass sie schnellstens in die Pension zurückkehren sollte. Die Neugier hielt dem entgegen, dass es niemanden hier gab, der ihr etwas Böses wollte. Oder dachten viele Leute so wie Don Benitos Haushälterin und wollten sie nicht im Dorf sehen?

Ana ging weiter und tat, als hätte sie nichts bemerkt. Ihr fiel ein, dass auf ihrem Weg, gerade hinter der nächsten Straßenecke, ein Haus mit einem breiten und tiefen Eingang lag. Als sie dort angelangt war, versteckte sie sich darin und wartete. Einen Moment später bog ihr Verfolger um die Ecke und blieb stehen, da er sie nirgendwo entdecken konnte. Ana sprang aus ihrem Versteck. Ein Schrei, und der Verfolger fiel zu Boden. Eugenia.

«Hast du in der Kirche hinter mir herspioniert?»

Hastiges Nicken.

«Darf ich erfahren, warum du mir nachgehst?»

Die Augen des Mädchens schienen außer Rand und Band zu sein. Sie bewegten sich von einer Seite zur anderen, nach oben, nach unten. Schließlich richtete sich eins von ihnen fest auf Ana. Ana reichte ihr die Hand.

«Warum stehst du nicht auf?»

Eugenia blickte beschämt zu Boden. «Ich habe mir vor Schreck in die Hose gemacht.» Sie klang so zerknirscht, dass Anas Wut verschwand.

Das Mädchen erhob sich und schüttelte sich den Schnee von den Kleidern. «Darf ich dich ein Stück begleiten?»

«Glaubst du nicht, dass du dir eine Erkältung holst?»

Keine Antwort. Gemeinsam liefen sie zur Pension. Eugenias Schweigen hielt genau drei Schritte an.

«Sag mal, stimmt es, dass es in Barcelona Theater gibt, wo nackte Frauen tanzen?»

«Wo hast du das denn her?»

«Martín hat es erzählt, der Sohn vom Bäcker, er war dort beim Militär. Stimmt es?»

«Na ja, wirklich nackt sind sie nicht, aber sehr leicht bekleidet.»

«Und bewegen sie sich so?»

Eugenia fing an, sich in einer Art laszivem Tanz in den Hüften zu wiegen, während ihre Beine mit großen Schritten die Schneehaufen umgingen. Ana musste daran denken, dass unter den Röcken des Mädchens der Urin langsam kalt wurde.

«Eugenia, hör auf. Wenn dich Don Benito so sieht …»

Der Tanz brach sofort ab. Eugenia heftete sich wieder an ihre Seite und nahm zu Anas Überraschung ihren Arm.

«Eugenia, ist es wahr, dass du Isabels Freundin bist?»

«Ihre *beste* Freundin.»

«Und was hältst du als ihre beste Freundin von dem, was Isabel passiert?»

Ana wollte nicht direkt die Wundmale oder Isabels angebliche Wunder ansprechen. Der Griff des Mädchens wurde fester. Eugenia sah sie nicht an, sondern lief, den Blick nachdenklich auf den Boden gerichtet, neben ihr her.

«Na ja, ich weiß nicht», sagte sie schließlich.

«Was weißt du nicht? Ist es ein Geheimnis?»

Sie bogen in die Straße, in der die Pension lag. Eugenia hob den Kopf und stellte sich auf die Zehenspitzen, um ihr etwas ins Ohr zu flüstern, und Ana beugte sich hinab.

«Hast du keine Angst, in Aurelias Pension zu übernachten?»

Ana war verblüfft. Wie kam sie jetzt darauf? Vielleicht hatte ihr jemand von der vergangenen Nacht erzählt, von dem Mädchen, das in ihr Zimmer gekommen war.

«Warum sollte ich Angst haben?»

«Weil dort jemand gestorben ist.»

«In vielen Häusern ist jemand gestorben.»

«Ja, aber dort hat sich einer umgebracht.»

«Was meinst du damit? Wer hat sich umgebracht?»

«Señor Luis, Aurelias Mann, hat sich in dem Haus umgebracht. Er hat sich aufgehängt, der Señor Luis. Und weißt du, wo?»

Ana wollte es gar nicht wissen, aber Eugenia war nicht zu bremsen, wenn sie einmal mit einer Geschichte angefangen hatte. «Er hat sich an einem Balken auf dem Dachboden aufgehängt, da, wo Aurelia die Schinken zum Trocknen hinhängt.»

Das Bild war grotesk, aber es weckte ihre journalistischen Reflexe. Automatisch fragte sie: «Wann war das?»

«Vor drei Jahren. Nachdem Pili gestorben war.» Flüsternd fügte sie hinzu: «Und manchmal kommt er zurück, weil er noch etwas zu erledigen hat, verstehst du? Er kommt zurück, um Pilis Mörder zu bestrafen.»

«Sie wurde getötet?»

Eugenia nickte ernst. «Es war das Monster.»

«Das Monster?»

Das Mädchen ignorierte die Frage. «Und wenn er es findet, wird er es bestrafen und in die Hölle mitnehmen. Denn Selbstmörder kommen ja in die Hölle und deshalb … Oh, ich muss gehen» sagte sie abrupt, als die Pension vor ihnen auftauchte.

Sie ließ Anas Arm fahren und rannte los. Der Grund für die überstürzte Flucht war offensichtlich Aurelia, die vor ihrem Haus Schnee schippte.

«Oh, dieses Mädchen.» Aurelia stöhnte. «Ein Klatschmaul ersten Ranges, nehmen Sie sich in Acht … Kommen Sie, ich hab Ihnen das Zimmer schon geheizt.»

Ana zog sich in ihrem Zimmer die feuchte Kleidung aus, an ihren Wollstrümpfen hingen kleine Eisklümpchen, und ihr Rocksaum war stellenweise steif, weil der Schnee dort geschmolzen und wieder gefroren war. Sie nahm ihre Bücher und den Notizblock und setzte sich in das kleine Wohnzimmer. Kerzen und Streichhölzer lagen auf dem Tisch und dem kleinen Schreibtisch, Aurelia hatte Vorkehrungen für einen erneuten Stromausfall getroffen. Die Kohlenglut hatte das Zimmer gewärmt, doch bevor Ana sich niederließ, betrachtete sie noch einmal die Fotos von Pilar. Aurelias Tochter blickte sie ernst an. Das Mädchen mochte zehn oder elf Jahre alt gewesen sein, obwohl ihr Gesichtsausdruck und das streng zurückgekämmte Haar mit dem perfekt gezogenen

Scheitel sie weit älter aussehen ließen, fast wie eine junge Frau. Dieselbe Frisur trug sie auch auf dem anderen Foto, auf dem sie in einem weißen Sarg lag, zurechtgemacht für die Beerdigung.

Ana hörte Aurelia kommen, stellte das Foto zurück und setzte sich an den Tisch mit dem Kohlenbecken. Ohne genau hinzusehen, schlug sie eines der Bücher auf.

«Heute sind wir wieder allein», bemerkte Aurelia, als sie ins Zimmer trat. «Die übrigen Gäste sind in ihre Dörfer zurückgekehrt, sobald sie konnten.»

Ana war nicht klar, ob sie sich darüber freute oder es bedauerte, weil ihre Einnahmen sich damit verringerten.

«Ich wollte Sie fragen, ob ich Ihnen etwas waschen soll. Da Sie ja länger als geplant hierbleiben, dachte ich, dass Sie vielleicht frische Wäsche brauchen.»

«Wenn Sie mir sagen, wo ich waschen kann, mache ich es selbst.»

«Nein, nein, ich bin froh, wenn ich etwas zu tun habe.»

Aurelias Stimme war nicht anders als sonst, aber die Bemerkung nahm in Anas Ohren nach allem, was Eugenia ihr erzählt hatte, einen dramatischen Ton an. Wenn es denn stimmte, aber danach würde sie die Wirtin nicht fragen.

«Na ja, wenn es Ihnen wirklich nichts ausmacht …»

«Ich setze das Wasser auf. Bringen Sie mir die Wäsche in einer halben Stunde, dann habe ich alles vorbereitet.»

Nachdem Aurelias Schritte auf der Treppe verklungen waren, stand Ana auf und nahm die Fotos wieder in die Hand. Wenn Aurelias Tochter tatsächlich getötet worden war, warum hatte es niemand erwähnt? Eugenia hatte gesagt, dass es drei Jahre her war. 1953 hatte sie selbst noch nicht für *El Caso* gearbeitet, aber falls es eine polizeiliche Ermittlung gegeben

hatte, würde Rubio das wissen. Oder die Kollegen in Madrid. Aber weder den einen noch die anderen konnte sie jetzt danach fragen. Im Dorf hatte niemand auch nur eine Anspielung gemacht. Und auf ein Gerücht, das ihr ein etwas überspanntes Mädchen erzählt hatte, wollte sie die Leute hier auch nicht ansprechen. Vielleicht wollte Eugenia sich nur interessant machen. Allerdings war sie die einzige Quelle, auf die Ana zurückgreifen konnte. Jetzt war sie es, die Eugenia verfolgen musste, um mehr zu erfahren.

* * *

Ana ließ es nicht zu, dass Aurelia ihre Wäsche allein wusch, und ging ihr zur Hand. Kurze Zeit später hängten sie sie gemeinsam vor dem Feuer im Speiseraum auf. Während sie schweigend die Wäschestücke an der Leine festklammerten, vernahmen sie Schritte in der Küche. Aurelia wusste, zu wem sie gehörten. «Mauricio! Was hast du in der Küche zu suchen?»

«Nichts, Tante Aurelia. Ich will das Essen für Don Ignacio holen.»

«Hör auf, mich anzuschwindeln! Es ist noch viel zu früh. Geh ein bisschen auf der Straße spielen. Und dass ich dich nicht noch mal beim Spionieren erwische!» Dann sagte sie an Ana gewandt: «Man glaubt es nicht, wenn man ihn sieht, aber wenn er sich anschleicht, ist er leise wie eine Maus. Was hat er mich schon erschreckt!»

Hinter der Tür erklang Mauricios ersticktes Lachen.

«Mauricio, wenn du nicht sofort rausgehst, kannst du was erleben.»

«Ja, Tante.»

Die Tür schlug zu.

«Im Grunde ist er recht brav. Und reinlich ist er auch, dafür sorgt seine Mutter. Mir kommt er manchmal wie ein riesiger Engel vor, so groß und stark, wie er ist. Seine Kraft kann er manchmal nicht kontrollieren, er ist ein Kind in einem Männerkörper. Einmal hat die Katze der Metzgersfrau Junge gehabt. Und da Mauricio Tiere mag, hat sie ihm eins schenken wollen, bevor sie die anderen ertränkt hat. Er durfte sich ein Kätzchen aussuchen. Er hat es hochgenommen, und vor lauter Freude hat er es totgedrückt. Danach war er kreuzunglücklich, wir konnten ihn kaum trösten.»

Ein Schluchzen aus der Küche unterbrach sie. «Armes Kääätzchen!»

Er hatte sie hinters Licht geführt, war im Haus geblieben und hatte sie belauscht. Aurelia stand auf, stürzte in die Küche und kehrte mit Mauricio zurück, den sie am Ohr gepackt hatte.

«Wie kann jemand nur so dumm und gleichzeitig so raffiniert sein!»

Mauricio war zwei Köpfe größer als sie, aber er ließ sich von ihr ausschimpfen und bestrafen wie ein kleines Kind. Er wimmerte, bis er Ana bemerkte. Sein Ausdruck veränderte sich abrupt, strahlend zeigte er seine auseinanderstehenden Zähne.

«Du siehst toll aus.»

Das trug ihm einen weiteren Rüffel und eine Ohrfeige ein.

«So, du bleibst jetzt hier und hilfst mir, bis du wirklich Don Ignacio das Essen bringen musst.»

«Ich muss aber gehen, Tante Aurelia.»

«Ach, auf einmal musst du gehen! Was versteckst du da?»

«Nichts.»

«Zeig her.»

Aurelia zwang ihn hervorzuholen, was er in seiner Jacke versteckt hatte. Einige gelbe Ringe fielen zu Boden.

«Zuckerkringel! Mauricio, du stiehlst meine Zuckerkringel. Bekommst du daheim nichts zu essen?»

«Sie sind nicht für mich.»

«Für wen sind sie dann?»

«Das kann ich nicht sagen. Es ist ein Geheimnis.»

Er legte den Zeigefinger an die Lippen.

«Du weißt, was mit Dieben passiert, ja?», fragte Aurelia, während sie die Kringel aufhob.

«Sie kommen in die Hölle», antwortete er folgsam und etwas verängstigt.

Aurelia sammelte den letzten Zuckerkringel ein und schaute ihren Neffen mit einer Mischung aus Resignation und Zuneigung an.

«Hier, nimm. Ich schenke sie dir. Jetzt sind es keine gestohlenen Kringel mehr. Aber das machst du nie wieder, versprochen? Ich hole ein Tuch, darin kannst du sie einwickeln.»

Sie ließ sie im Speiseraum allein. Mauricio stand vor ihr, die Süßigkeiten in den ineinandergelegten Händen, und sah Ana verzückt an.

«Du siehst toll aus», sagte er wieder.

«Danke.»

«Und du riechst gut. Ich würde dir gern einen Kringel schenken, aber sie sind nicht für mich.»

«Für wen sind sie denn?»

«Das ist ein Geheimnis.» Er blickte sich nach allen Seiten um.

Ana ging auf ihn zu und flüsterte ihm ins Ohr: «Mir

kannst du es ruhig sagen. Ich kann ein Geheimnis für mich behalten.»

Mauricio begann zu kichern, während er schnuppernd die Nase hob. «Sie sind für Isabelita.»

«Für Isabel?»

«Ja. Sie hat nämlich Hunger. Ihre Mutter gibt ihr nichts zu essen. Damit sie früher in den Himmel kommt, verstehst du?»

«Und du bringst ihr Essen?»

«Ich weiß, wie ich ins Haus komme. Aber das ist auch ein Geheimnis.»

«Ich sag's keinem weiter.»

Der Junge hielt immer noch die Zuckerkringel in den Händen wie einen kostbaren Schatz. Das waren sie tatsächlich, dachte Ana und gab ihm gerührt einen Kuss auf die Wange.

«Du bist wirklich ein guter Freund, Mauricio.»

Der Junge lachte so fröhlich, dass Aurelia ihn verblüfft ansah, als sie mit einem Tuch zurückkam.

«Was für einen Unfug machst du jetzt schon wieder?»

Mauricio konnte nicht sprechen, er lachte, verschluckte sich und stieß kurze, spitze Glücksschreie aus, während seine Tante kopfschüttelnd die Süßigkeiten in das Tuch packte.

«Geh in die Küche. Ich habe das Essen für Don Ignacio bereitgestellt. Verabschiede dich von der Señorita und hör auf herumzukaspern.»

«Auf Wi-wi-wiedersehen», stotterte Mauricio.

Kurze Zeit später aßen die beiden Frauen im Schein einer Petroleumlampe zu Abend. Aurelia sagte wenig, und Ana war ebenfalls nicht nach Reden zumute. Sie hatte verstanden, was Mauricios Dieberei bedeutete: Das Mädchen

wurde regelrecht ausgehungert. Ana erinnerte sich an Isabels Klagen und an ihre Mutter, die ihr lediglich einen Kräutertee brachte. Eine Mutter, die ihr Kind verhungern ließ, damit es eine Heilige wurde. Die Idee war so ungeheuerlich, so widernatürlich, dass Ana für einen Moment die Stigmata vergaß. Jetzt stellte sich ihr vor allem eine Frage: Wer steckte dahinter? Je deutlicher das Bild wurde und je mehr Teile sie erkennen konnte – den Hunger, die Wunden, die betenden Frauen, die blutgetränkten Tücher, die in der Sakristei gesammelt wurden –, desto klarer wurde ihr, dass die Mutter nur ausführte, was derjenige ihr auftrug, der davon am meisten profitierte. Und das war zweifellos Don Benito. Der Pfarrer, der heuchlerisch den Bürgermeister für seinen Plan kritisierte, eine Gaststätte neben der Kapelle zu eröffnen. Don Benito hatte sich weit vorgewagt, als er *El Caso* ohne Erlaubnis seiner Vorgesetzten eingeschaltet hatte. Ana begriff, welches Spiel er spielte und welche Rolle ihr darin zugedacht war: Ihr Artikel sollte dafür sorgen, dass das Mädchen mit den Wundmalen so bekannt wurde, dass nach ihrem Tod viele ihre Seligsprechung fordern würden. Tot war ihm das Mädchen zweifellos nützlicher. Lebend war es eine Kuriosität, und früher oder später würde es eine kirchliche Überprüfung geben, um das angebliche Wunder zu untersuchen. Dabei würde vermutlich der Betrug aufgedeckt werden. Und diskret unter den Teppich gekehrt werden. Mit einem toten Mädchen dagegen war alles viel einfacher.

Während Ana die Mahlzeit beendete, ohne zu merken, was sie aß, fasste sie einen Entschluss: Sie würde das Mädchen nicht seinem Schicksal überlassen und es vor Don Benito in Sicherheit bringen. Dabei musste sie umsichtig vorgehen, auf den richtigen Moment warten. Nicht jetzt, während das

Dorf von der Welt abgeschnitten war. Vermutlich konnte sie mit der Unterstützung von Julián Maestre rechnen, dem der Kult um die kleine Heilige ein Dorn im Auge war. Ansonsten würde ihr aus dem Dorf kaum jemand helfen. Vielleicht Miguel, der Lehrer. Aurelia? Die Wirtin war aufgestanden und räumte gedankenverloren die Küche auf. Im Moment würde sie Aurelia nicht ins Vertrauen ziehen, beschloss Ana.

«Wasch dir das Gesicht. Und wasch dich auch hinter den Ohren.»

Ich weiß. Aber Mutter sagt es jedes Mal. Sonntags muss man schön sauber in die Kirche gehen und die Kette mit dem Kreuz umhängen. Aber erst nach dem Frühstück. Ich mag Sonntage. Ich kann ausschlafen, und wenn ich aufstehe, sind Vater und die Brüder schon fort. Das ist gut, dann machen sie sich nicht über mich lustig, und Vater sagt keine hässlichen Sachen über mich wie: «Wir sollten ihn oben auf dem Dachboden einsperren oder bei den Tieren im Stall.»

Mutter wird wütend, wenn er so etwas sagt. Sie streicht mir dann übers Haar und sagt, dass ich ihr Sonnenschein bin und ein lieber Junge. Die Brüder sind gar nicht lieb, sie werfen mit Steinen nach mir. Die anderen Kinder machen das auch, aber sie sind nicht meine Brüder. Brüder dürfen nicht mit Steinen nach ihren Brüdern werfen. Sagt Mutter. Aber wenn sie nicht hinsieht, tun sie es trotzdem. Einmal habe ich sie verpetzt, und Mutter hat sie geschlagen. Aber danach hat Vater mich geschlagen, weil ich gepetzt habe. Also sage ich nichts mehr. Niemand mag Petzen.

«Beeil dich, Mauricio, wir gehen.»

Die Messe fängt bald an. Ich gehe immer mit Mutter hin, weil es im Dorf Leute gibt, die mich nicht mögen. Leute, die sagen, dass ich nicht auf die Straße gehöre. Sie werfen keine Steine nach mir. Sie sehen mich bloß komisch an. Und sagen Sachen über mich. Aber wenn Mutter dabei ist, sagen sie nichts.

«Zieh den Mantel an, Mauricio.»

«Mir ist aber nicht kalt.»

Mir ist fast nie kalt.

Heute bringen sie wieder Isabelita in die Kirche. Die Arme. Sie tut mir leid, weil sie diese Wunden hat. Sie blutet, und sie weint, weil es weh tut. Und weil sie immer noch Hunger hat, wo ich ihr doch so viel bringe, wie ich kann. Vorher, als sie noch keine Heilige war, war sie nett zu mir. Wie Eugenia. Wie Tante Aurelia. Und sie wurde wütend, wenn die anderen Kinder Steine nach mir geworfen haben oder Maultierkacke oder mir Ameisen in den Mund gestopft haben und Stacheln in die Hose.

Aber jetzt kann Isabelita Wunder tun. Ich werde sie heute darum bitten. Eugenia wird wütend, wenn ich es ihr sage: «Ich werde sie bitten, meine Hand in Ordnung zu bringen.»

«Du solltest sie lieber darum bitten, deinen Kopf in Ordnung zu bringen.»

Das werde ich machen. Noch einmal. Vielleicht bin ich ja bald an der Reihe.

Und wenn ich heute nicht an der Reihe bin, kann ich wenigstens den Weihrauch und die Kerzen riechen. Und wenn die Señora aus Barcelona da ist, kann ich auch sie riechen. Wie toll sie aussieht! Sie hat mich geküsst und gesagt, dass ich lieb bin. Sicher nimmt sie mich mit.

«Hast du das Kreuz?»

«Ja, Mutter.»

13

Am Sonntagmorgen war der Kaffee dünner, Aurelia hatte offenbar begonnen, ihn zu rationieren.

«Sie gehen doch zur Messe, oder?»

Ana nickte. Es war eine Gelegenheit, Isabelita zu sehen und zu überlegen, wie sie ihr helfen könnte. Unterstützen konnte sie dabei wahrscheinlich Julián Maestre. Ana nahm sich vor, ihn noch an diesem Tag anzusprechen und ihm zu erzählen, was sie vermutete. Sie brauchte unbedingt einen Verbündeten, und jemand Besseren als ihn gab es im Dorf nicht. Sie fuhr sich mit der Hand über den Kopf.

«Ich würde mir gern vorher die Haare waschen.»

«Dann mache ich Ihnen Wasser heiß. Ich helfe Ihnen, wenn Sie möchten.»

Ohne eine Antwort abzuwarten, stellte Aurelia eine Waschschüssel auf den Küchentisch und einen großen Wasserkessel auf den Herd. Sie ging hinaus und kam mit Handtüchern und einem Stück Seife zurück.

«Sie ist noch von meiner Tochter. Sehr gute Seife, aus Marseille. Riechen Sie mal!»

Sie hielt Ana das Seifenstück hin, es duftete immer noch nach Lavendel.

«Ich habe sie bei einem Händler gekauft, der einmal im Monat mit seinem Laster von der Stadt zu uns hochkommt. Meine Tochter mochte sie sehr.»

Ihr Ton war sachlich. Sie entfaltete einige Handtücher mit

dunkelblau gestickten Initialen. P.M. – Pilar Mendívil, ihre Tochter.

«Am besten knien Sie sich auf den Hocker hier, bei Ihrer Größe komme ich nicht an Ihren Kopf, wenn Sie auf einem Stuhl sitzen.»

Ana zog den niedrigen Schemel heran, der neben dem Herd stand, kniete sich darauf und stützte die Arme auf den Tisch. Aurelia legte ihr ein Handtuch um die Schultern, nahm einen Topf mit einem langen Holzstiel, füllte heißes Wasser hinein und mischte es mit kaltem, bis es die richtige Temperatur hatte.

«So, jetzt beugen Sie den Kopf nach vorn.»

Das Wasser floss über ihre Haare.

«Gut so?»

«Ja», sagte Ana.

Der Rest der Prozedur lief schweigend ab. Ana schloss die Augen. Während sie mit gesenktem Kopf und freiliegendem Nacken den Lavendelduft roch und den warmen Wasserdampf an ihren Wangen spürte, fühlte sie sich unter Aurelias kräftigen Fingern, die ihre Kopfhaut massierten, wieder wie ein Kind. Mit den sicheren Bewegungen derjenigen, die es Dutzende Male gemacht hatte, feuchtete Aurelia ihre Haare an, knetete sie, bis die Seife schäumte, und spülte sie aus. Schließlich wickelte sie ihr ein Handtuch um den Kopf.

«Setzen Sie sich neben das Feuer, sonst erkälten Sie sich.»

Ana nahm folgsam Platz, während Aurelia die Waschschüssel mitnahm, um sie im Abort auszuleeren. Als sie zurückkam, zog sie einen Kamm aus ihrer Schürzentasche und machte sich daran, Ana vorsichtig die Haare zu kämmen. Obwohl sie es schon wusste, fragte diese: «Isabelita kommt heute auch zur Messe, oder?»

«Ja, sonntags wird sie auf einem Stuhl zur Kirche getragen.»

Der Kamm blieb in einem Knäuel von Knoten stecken. Mit ein paar kräftigen Kammstrichen löste Aurelia es auf. Ana beschwerte sich nicht.

«Auf einem Stuhl? Warum? Kann sie nicht allein gehen?»

«Ach, Ana. Fragen Sie mich nicht! Wahrscheinlich aus verschiedenen Gründen. Wegen der wunden Füße und weil es schöner ist, wenn sie hereingetragen wird.»

«Möglicherweise auch, weil sie so schwach ist, denn …»

Aurelia unterbrach sie. «Fragen Sie mich nicht danach!»

Der Kamm war stecken geblieben, und die Zinken bohrten sich in ihre Kopfhaut.

«Warum?»

«Weil ich nicht darüber reden will.» Aurelias Ton war schneidend, und der Druck des Kamms auf Anas Kopf signalisierte: basta.

«Entschuldigen Sie, ich wollte nicht aufdringlich sein.»

Der Kamm bewegte sich wieder, Aurelia hatte ihre Entschuldigung akzeptiert.

«Bis die Messe beginnt, ist es trocken.»

Aurelia widmete sich wieder ihrer Hausarbeit, und Ana blieb, wie die Wirtin gesagt hatte, am Feuer sitzen, trotz des Kaffees nickte sie ein.

Aurelias Stimme weckte sie auf. «Eine Mantille haben Sie nicht dabei, oder?»

«Nein.»

«Kommen Sie mit, ich leihe Ihnen eine.»

Zum ersten Mal betrat sie Aurelias Zimmer. Im Gegensatz zu dem kleinen Wohnzimmer herrschte hier eisige Kälte. Ein Bett mit einer dunklen Tagesdecke, ein Kleiderschrank, ein Stuhl und eine Kommode, das war alles. Keine Fotos, keine

Vasen, keine Figürchen, nichts zierte die nackte Oberfläche der Kommode. Auch die Wände waren leer, abgesehen von einem Kruzifix über dem Bett. Aurelia zog eine der Schubladen der Kommode auf und reichte ihr einen schwarzen Schleier aus Häkelspitze.

«Was für eine feine Spitze», bemerkte Ana.

Einige weiße Blüten leuchteten zwischen den dunklen Tüchern in der Schublade hervor.

«Die sind auch selbstgemacht», sagte Aurelia.

«Was ist das?»

«Lilien. Für Pili. Dienstags gehe ich immer zur Frühmesse und dann auf den Friedhof. Ich bringe ihr Blumen. Wenn es wie jetzt keine gibt, mache ich sie selbst.»

«Ist sie an einem Dienstag gestorben?» Ana hatte instinktiv leiser gesprochen.

«Wir haben sie an einem Dienstag beerdigt.»

Das Übliche wäre gewesen, ihr den tatsächlichen Todestag zu nennen, doch Aurelia ließ eine Lücke, als ob die folgende Zeile auf der Partitur nicht ihre wäre und sie bis zu ihrem nächsten Einsatz die Takte zählen würde.

Ana sagte: «Sie sind sehr schön.»

«Gefallen Sie Ihnen? Nehmen Sie eine.»

«Oh, nein. Danke. Sie machen bestimmt viel Arbeit und sind für Ihre Tochter.»

«Ich mache noch mehr davon. Wenn ich etwas zur Genüge habe, dann ist es Zeit. Ich mache ohnehin immer reichlich, denn sie werden mir aus der Nische gestohlen.»

* * *

Den Weg zur Kirche legten sie schweigend zurück. Ana wusste nicht, was sie von Aurelias abwesender Miene halten sollte, ob sie ihr mit den Fragen über Isabelita zu nahe getreten war oder ob die Wirtin in Erinnerungen an ihre Tochter versunken war. Auf dem Platz war der Zugang zur Kirche freigeschaufelt, ein kleines Gebirge aus Schnee flankierte den Weg, auf dem die Gläubigen unter Glockengeläut zur Kirche strömten.

Es hatte wieder begonnen zu schneien, der starke Wind wirbelte die Flocken durch die Luft, bis sie niederfielen und Teil der dicken weißen Decke auf Straßen und Dächern wurden. Gesenkten Hauptes und die Mäntel fest um sich gezogen, eilten die Leute auf die Kirche zu. Onésimo Sandoval hingegen, der Bürgermeister, stand aufrecht wie ein Wachsoldat am Eingang und begrüßte die Kirchgänger, die sich den Schnee aus Mänteln und Tüchern schüttelten. Aurelia und Ana wurde eine besonders herzliche Begrüßung zuteil.

Seine Augen glänzten. Wahrscheinlich dachte er an die Gaststätte, die er und seine Frau eröffnen wollten. Hinter dem Bürgermeister, aber ein Stück entfernt von ihm, rauchte der Sargento der Guardia Civil eine Zigarette. Er grüßte sie distanziert, indem er lässig, die Zigarette zwischen den Fingern, an seinen Dreispitz tippte. Danach warf er die Kippe neben sich und drückte sie mit dem Schuh in den Schnee. Er trat nach ihnen ein.

Anders als bei Anas letztem Besuch war die Kirche erleuchtet. In allen Seitenkapellen brannten Kerzen, die die Heiligenbilder in ihrem Inneren anstrahlten, aber im Mittelschiff schluckte die schwarze Kleidung der Besucher das Licht. Vermutlich hatte sich das gesamte Dorf hier versammelt. Alle Bänke waren voll, obgleich die Frauen dichter

saßen als die Männer, die immer noch eine Handbreit Abstand zum Banknachbarn wahrten. Ana war froh, dass sie mit Aurelia gekommen war, denn aus der dunklen Masse erhoben sich unzählige bleiche Ovale, die sich ihr zuwandten, als sie eintrat. Wer getuschelt hatte, unterbrach sein Geflüster, wer geschwiegen hatte, fing an zu tuscheln.

Sie sollten bloß nicht denken, dass sie sie einschüchtern konnten, dachte Ana, nahm die Menge fest in den Blick und grüßte mit einem Nicken. Einige wenige wandten die Augen ab, die meisten jedoch starrten sie aus der Anonymität des Halbdunkels hemmungslos an.

Ana hätte sich gern an den Rand gesetzt, doch Aurelia zeigte auf den Platz neben einer alten Frau, die ein Stück für sie zur Seite gerückt war. Auch wenn Aurelia zierlich war, saßen sie so dicht gedrängt nebeneinander, dass Ana auf der einen Seite die weichen Hüften der Wirtin und auf der anderen die spitzen Knochen der alten Frau spürte. Sie wusste, dass alle Blicke auf ihr ruhten und das Murmeln, das den weiten Raum mit einem Geräusch wie Papierrascheln füllte, nicht von Gebeten stammte. Die Frauen auf der Bank vor ihnen gaben vor, Aurelia zu begrüßen, um sich umdrehen zu können.

«Das ist die Journalistin aus Madrid», sagte die Greisin mit kindlicher und zittriger Stimme.

«Das wissen sie schon, Tante Nita», erklärte ihr Aurelia. «Und sie kommt nicht aus Madrid, sondern aus Barcelona.»

Die Greisin schaute Ana mit neu erwachtem Interesse an und lächelte ihr zu, als wolle sie ihr zu verstehen geben, dass auch dies in Ordnung sei. Ähnliches las Ana in den eher wohlwollenden Blicken, die sich auf sie richteten. In den weniger wohlwollenden las sie dasselbe Misstrauen wie das

der Frau, die zu ihr gesagt hatte: «Die kleine Heilige gehört uns.»

Sie sah zu den Bänken der Männer hinüber. Auch von dort wurde sie beobachtet, auch dort fand sie die gleiche Mischung aus wohlwollender Neugier und feindseliger Ablehnung. Als sie ihren Blick über die Bankreihen wandern ließ, stieß sie auf zwei freundliche Augenpaare. Aus der dritten Reihe lächelte der Lehrer sie an und nickte ihr zu. Vor den Bankreihen saß Julián Maestre in seinem eigenen Kirchenstuhl und grüßte sie ebenfalls mit einem Nicken, als ihre Blicke sich trafen.

Kurze Zeit später erfüllte das Raunen aufgeregter Stimmen das Kirchenschiff: «Die kleine Heilige! Sie kommt! Die kleine Heilige kommt!»

Ana drehte sich wie alle Übrigen rechtzeitig um, um zu sehen, wie sich die Kirchentür öffnete und zwei Männer Isabel hereintrugen. Sie saß auf einem Stuhl aus hellem Holz, die Sitzfläche war aus Rohr, aber die Männer hatten ihn wie einen Thron geschultert, und im Licht der unzähligen Kerzen in der Kirche glänzte er golden. Isabel sah blass aus, sie war in eine dicke Wolldecke gehüllt, aus der nur ihr Gesicht, die Hände und die bloßen Füße herausschauten, die Wunden zwei schwarze Punkte auf marmorweißer Haut.

Sie hielt die Hände im Schoß gefaltet, während die Männer sie langsam, wie bei einer Osterprozession, durch den Mittelgang nach vorn trugen. Alle Blicke folgten ihnen, die dem Gang am nächsten Sitzenden streckten die Arme aus, ohne es zu wagen, Isabel zu berühren, selbst die Träger wurden nicht einmal gestreift. Dagegen küssten und umarmten einige Frauen Magdalena, die hinter ihrer Tochter einherschritt, ganz in Schwarz und im Haar einen Zierkamm, der

die ebenfalls schwarze Mantille hielt. Hinter ihr ging ein Mann mit gesenktem Kopf, der Vater des Mädchens, vermutete Ana.

Vor dem Altar beugten die Träger die Knie. Bevor sie den Stuhl neben die erste Bank der Frauen stellten, wo eine Lücke in den Reihen den Platz der Mutter markierte, drehten sie das Mädchen auf seinem Stuhl zum Publikum hin. Isabel nahm die Hände auseinander, hob sie bis auf Brusthöhe und zeigte die blutenden Wundmale. Ein ehrfürchtiges Raunen erfüllte die Kirche. Die Träger drehten sie wieder um und platzierten den Stuhl mit Blick auf den Altar.

Dann erschien Don Benito, und die Messe begann. Von Isabels Anwesenheit an einem exponierten Platz abgesehen, verlief sie ganz gewöhnlich, bis Don Benito zu predigen begann. Wie wohltönend seine Stimme sein konnte, wusste Ana, nun erlebte sie ihre Macht. Es waren nicht seine Worte, die schaurigen Beschreibungen, mit denen er den Anwesenden jede Phase des Martyriums der heiligen Lucia vor Augen führte, auch nicht die blumigen Adjektive, mit denen er die junge Märtyrerin beschrieb, und ebenso wenig die Dialoge, die sich anhörten wie aus einem der erbaulichen Heiligenfilme. Es war vielmehr die Vielzahl der Stimmen, die aus seinem Mund tönten. Es schien, als sei ein ganzes Ensemble von Schauspielern am Werk: Eine angenehme, tiefe Stimme erzählte das Leben der Heiligen bis zu ihrem Martyrium, sie wich einer hohlen Stimme, die tief aus seinem Körperinneren zu kommen schien, wenn er jedes Detail der Torturen aufzählte, die die Märtyrerin erleiden musste. Ihren Körper musste er nicht beschreiben, denn einigen lieferte die zarte Gestalt auf dem Bildnis in einer Seitenkapelle das Modell, andere konnten es nicht vermeiden, Isabel anzuschauen, vor

allem, als die Stimme des Pfarrers wieder sanft, aber fest wurde, um die heilige Lucia im Dialog mit ihren Folterern darzustellen: «Nichts wird mich davon abbringen, mich diesen Prüfungen zu unterwerfen und meinem allerhöchsten Herrn zu dienen.»

Das Pathos seiner Stimme drang bis in die letzte Bank. Zwar vermochten Lucias Worte ihre Peiniger – Don Benito gab ihnen eine martialische und etwas metallisch klingende Stimme, die Ana an die Nachrichtensprecher im Radio erinnerte – nicht zu erweichen, doch berührten sie seine Zuhörer. Sogar unterdrücktes Schluchzen war zu hören, als Don Benito triumphierend den Ruhm beschrieb, der die kleine Heilige im Paradies erwartete.

«Dort warten deine Schwestern im Leiden auf dich: die heilige Águeda, die heilige Eulalia, die heilige Lucia, die heilige Isabel, die heilige Maria Goretti und alle kindlichen Märtyrer, die den Himmel mit ihrem Lachen und Spielen erfüllen, nachdem sie in ihrem Leben Qual und Folter mit festem Glauben ertragen haben.»

Nach diesem Satz schluchzte Magdalena laut auf und umarmte das Mädchen. Auch Ana war erschrocken. Kündigte Don Benito tatsächlich öffentlich Isabels baldigen Tod an?

Als der Pfarrer wenig später zur heiligen Kommunion rief, kam es zu einer seltsamen Szene. Don Julián wollte aufstehen, beherrschte sich aber offenbar im letzten Moment und ließ Isabel vorangehen. Das Mädchen erhob sich mühsam und wickelte sich aus der Decke. Sie trug dasselbe weiße Kleid wie am Freitag, und eine Haube bedeckte ihre Haare. Unter dem Kleid zeichnete sich ein abgemagerter Körper ab, spindeldünne Arme, spitze Schulterknochen. Sie musste nur ein paar Schritte gehen, aber diese waren so schmerzhaft,

dass sie bei jedem einzelnen ein Wimmern ausstieß, das die Gemeinde aufnahm und wiederholte.

«Isabeliiiiita, du Ärmste!»

Mauricios raue Stimme übertönte die Ausrufe, bis jemand ihm befahl zu schweigen.

Das Mädchen nahm die Hostie und drehte sich mit gesenktem Kopf um. Die Wunden bluteten, sie versuchte, auf Zehenspitzen zu gehen, und konnte sich kaum auf den Beinen halten. Schließlich war sie wieder an ihrem Platz angelangt, ihre Mutter hüllte sie in die Wolldecke. Danach war Don Julián an der Reihe. Er machte aus seinem Ärger über die veränderte Reihenfolge keinen Hehl. Auch wenn der Großgrundbesitzer sich als aufgeklärter Skeptiker gezeigt hatte, schien er doch Wert auf seinen privilegierten Platz bei der Zeremonie zu legen.

14

Als sie aus der Kirche traten, lag eine neue Schneeschicht auf dem Platz. Der Wind dagegen war schwächer geworden. Vielleicht würde sie bald das Dorf verlassen können.

Eine Männerstimme in ihrem Rücken machte Anas Hoffnung zunichte: «Dieser Himmel da gefällt mir gar nicht. Das sieht nach einem Unwetter aus.»

Obwohl die Temperatur in der Zwischenzeit weiter gefallen war, bildeten sich kleine Grüppchen auf dem Platz. Die Verabschiedungen zogen sich in die Länge, als ob es den Menschen schwerfiele, sich von der Wärme der anderen zu trennen, und die Aussicht sie schreckte, dass sie, einmal zu Hause angelangt, dort wegen des schlechten Wetters festsitzen würden. Auch Aurelia hatte sich einer Gruppe von Frauen zugesellt, mit denen sie sich lebhaft unterhielt. Die Tür der Pension war nicht verschlossen, doch Ana schien es unhöflich, nicht auf die Wirtin zu warten.

Jemand streifte sie von hinten. Ana drehte sich um. Dicht vor ihr stand Mauricio, den Kopf mit der schnuppernden Nase vorgestreckt. Bevor sie etwas sagen konnte, tauchte Eugenia auf und stieß Mauricio sanft zur Seite. «Mauricio, geh den Leuten nicht auf die Nerven.»

«Aber sie riecht doch so gut.»

Eugenia schob ihn noch ein Stück weg.

«Sie riecht wie Pili», schwärmte Mauricio.

«Erzähl keinen Unsinn!», schalt ihn Eugenia.

«Es ist aber die Wahrheit.»

Eugenia legte den Zeigefinger auf die Lippen, und Mauricio gehorchte murrend.

In diesem Moment wurde die kleine Heilige herausgetragen.

«Isabeliiiita. Die Ärmste», rief Mauricio und rannte zur Kirchentür.

«Das stimmt», sagte Eugenia. «Arme Isabel.»

«Wegen der Schmerzen, oder?», fragte Ana.

Eugenia nickte.

«Kürzlich hast du mir gesagt, dass du ihre beste Freundin bist.»

«Das bin ich.»

«Und da du ihre beste Freundin bist, könntest du mir vielleicht etwas über sie erzählen. Für meinen Artikel.»

«Klar. Ich weiß alles. Aber», sie fing an, auf den Fußspitzen hin- und herzuwippen, «dafür musst du mir etwas von Barcelona erzählen. Etwas Neues.»

«Was du willst. Warum besuchst du mich nicht heute Nachmittag in der Pension, und wir unterhalten uns?»

Das Mädchen zögerte.

«Außerdem kann ich dann ein Foto von dir machen, und wenn du mir etwas Interessantes erzählst, kommt es in die Zeitung. Um vier?»

«Einverstanden.»

In Anbetracht der Hartnäckigkeit, mit der Eugenia sie in den letzten Tagen verfolgt hatte, hätte Ana mehr Begeisterung erwartet. Doch dann bemerkte sie, dass das Mädchen ihr kaum zuhörte. Ihr Blick hing an den drei Personen, die in diesem Moment die Kirche verließen.

«Wer ist das?», fragte Ana.

«Meine Eltern. Ich muss gehen.»

Die dritte war Cándida, die Bedienstete von Julián Maestre. Eugenia rannte auf sie zu, ergriff die Hand ihres Vaters und versuchte, ihn wegzuzerren. Mit einer unwirschen Bewegung riss der Mann sich los und herrschte Eugenia an, die wie vom Blitz getroffen erstarrte. Ihre Mutter nahm sie tröstend in die Arme, während sie dem Vater offenbar Vorwürfe machte.

Kurz darauf verabschiedete sich die Dienerin. Der Vater entfernte sich ebenfalls, die Hände in den Hosentaschen und sichtlich missgelaunt. Einen Moment später nahm die Mutter die Hand des Mädchens und folgte dem Vater, das Mädchen zog sie hinter sich her. Als sie den Vater einholten, hielt er an und griff nach Eugenias anderer Hand. Ana hoffte, dass das Mädchen sich umdrehte, um sich zu verabschieden oder ihr zu signalisieren, dass sie ihre Verabredung am Nachmittag nicht vergessen würde, doch sie tat nichts dergleichen. Ana nahm an, dass Eugenias Eltern zu denjenigen gehörten, die ihre Anwesenheit im Dorf nicht billigten.

* * *

Der von den Kirchgängern niedergetretene Schnee war rutschig, und Isabels Träger hatten Mühe, das Gleichgewicht zu bewahren. Als sie von dem Platz vor der Kirche in eine steile Straße abbogen, glitt einer der Träger aus, und obwohl er nicht fiel, schwankte der Stuhl so heftig, dass Isabel ihre verletzten Hände unter der Decke hervorziehen und sich am Sitz festklammern musste. Der Schmerz musste immens sein, denn ihr Schrei schallte über den ganzen Platz und brachte alle Gespräche zum Verstummen. Zwei schwarze Vögel, die vom Schornstein eines der Häuser auf die Menge

niedergeblickt hatten, flatterten unter Protestgekreisch davon.

Einige Leute eilten dem Mädchen zu Hilfe, unter ihnen auch der Lehrer. Isabel wand sich vor Schmerzen in ihrem Stuhl, sie versuchte aufzustehen, um davonzulaufen, aber sowohl die nackten, blutigen Füße als auch ihre Mutter, die sie jedes Mal auf den Sitz zurückdrückte, sobald sie sich erhob, hinderten sie daran. Die beiden Träger standen still daneben und warteten darauf, dass Magdalena ihre Tochter beruhigte. Die übrigen Hinzugekommenen, drei Männer und zwei Frauen, begnügten sich ebenfalls damit zuzuschauen, keiner von ihnen wagte, das Mädchen zu berühren. Nur Don Miguel hatte sich vor den Stuhl gekniet, nicht wie ein frommer Gläubiger, sondern wie ein Lehrer, der mit seiner Schülerin sprach.

Er legte ihr die Hand auf die Schulter. «Ganz ruhig, Isabelita. Tut es sehr weh?»

Das Mädchen kam nicht dazu, ihm zu antworten, denn Magdalena zerrte an seinem Ärmel und zwang ihn, sich zu erheben. «Wie können Sie es wagen!»

Miguel sah ihr ins Gesicht. «Sie braucht einen Arzt.»

«Und warum, bitte schön?»

«Sehen Sie nicht, dass sie krank ist? Dass sie Schmerzen hat?»

Die Grüppchen lösten sich endgültig auf, die Kirchgänger kamen heran und bildeten einen Kreis um sie.

«Aber was sagen Sie da? Sie ist nicht krank! Sehen Sie nicht das Wunder?»

«Was ich sehe, ist, dass Ihre Tochter viel Blut verliert, dass sie mit jedem Tag magerer wird und dass sie fürchterliche Schmerzen leidet. Das sehe ich, Magdalena. Schauen Sie sie

doch an! Ein kleines Gerippe, nur noch Haut und Knochen.» Er wandte sich an die Übrigen. «Merken Sie es denn nicht?»

Das Mädchen saß bewegungslos da, von neuem in die Decke eingehüllt, die ihre blutenden Hände bedeckte, doch ihren rasselnden Atem konnte sie nicht verbergen. Die Lippen zu einem Strich zusammengepresst, weinte sie lautlos. An beiden Seiten der Sitzfläche hatten ihre Hände rote Flecken hinterlassen.

«Ich sehe ein Wunder», beharrte Magdalena.

Der Kreis der Umstehenden zog sich enger zusammen.

«Ist sie von einem Arzt untersucht worden? Haben Sie nicht daran gedacht, dass sie krank sein könnte, bevor Sie das Wunder verkündet haben? Haben Sie nicht daran gedacht, dass sie wieder gesund werden könnte?»

Magdalena war für einen Moment sprachlos. Dann erhob sie die Stimme, als ob er sie beleidigt hätte: «Was für eine Krankheit sollte das denn sein? Wir sehen alle, dass sie die Wundmale des Herrn trägt, dafür braucht man keinen Arzt. Und Don Benito schließt jeden Zweifel aus.»

«Weil er glaubt!», rief eine Frau.

«Glauben Sie nicht, Don Miguel?», fragte Magdalena. «Was haben Sie dann in der Messe zu suchen?»

«Es geht hier nicht um Glauben, sondern um die Gesundheit Ihrer Tochter, um ihr Leben.»

«Die Gesundheit meiner Tochter liegt in Gottes Hand. Genauso wie ihr Leben.»

«Aber sie ist doch noch ein Kind, sie sollte draußen spielen, zur Schule gehen …»

«Meine Tochter braucht keine Schule. Alles, was sie wissen muss, weiß sie. Der Herr lehrt es sie. Sie ist bloß ein Kind, aber das waren die heilige Inés und die heilige Lucia auch.»

Der Lehrer schüttelte betroffen den Kopf: «Kommt Ihnen nicht sehr hochmütig vor, was Sie da sagen?»

Die Bemerkung brachte zwar Isabelitas Mutter zum Verstummen, aber sie rief den Zorn der Umstehenden hervor. Aufgeregtes Gemurmel ging durch die Menge:

«Für wen hält er sich?»

«Wie kann er es wagen, so mit der armen Magdalena zu sprechen, die so viel durchmachen muss?»

«Ein Gottloser!»

«Er beleidigt Isabelita.»

«Er beleidigt die kleine Heilige …»

«Unsere kleine Heilige.»

Die Stimmen wurden laut und gellend, die eine oder andere drohende Geste kam dazu.

«Geh doch zurück in die Stadt», schrie ein Mann den Lehrer an und machte einen Schritt auf ihn zu. «Wenn es dir hier nicht gefällt, geh doch einfach weg.»

«Er wird enden wie Don Amadeo, mit dem Rücken an der Friedhofswand», zischte ein anderer.

Ana wusste nicht, wer Don Amadeo war, trotzdem begriff sie. Die Drohung machte ihr Angst, gleichzeitig verblüffte sie das respektvolle «Don», mit dem sie über den Toten sprachen, der vermutlich vor dem Bürgerkrieg der Dorfschullehrer gewesen war. Dasselbe «Don» stand zwischen Miguel und der aufgebrachten Menge, allerdings war es ein äußerst schwacher Schutz. Don Amadeo hatte es nichts genutzt, es hatte die Kugeln nicht abhalten können, genauso wenig wie das Hemd oder die Jacke, die er getragen hatte. Auch ihre eigene Kleidung kam Ana plötzlich papierdünn vor, sie begann zu zittern. Die Kälte trieb sie zur Pension, doch auch wenn sie nicht wusste, was sie tun sollte, wollte

sie Don Miguel nicht alleinlassen. Sie trat vorsichtig auf die Gruppe zu.

Das Mädchen hatte sich unter der Decke zusammengekauert. Während um sie gestritten wurde, hatte man sie auf dem Stuhl vergessen. Selbst die zwei Träger wandten ihr den Rücken zu. Einer von ihnen zischte den Lehrer an: «Gottloser Atheist!»

Der andere stimmte nickend den wütenden Klagen einer Frau zu. «Für wen hält er sich bloß!»

Der Kreis wurde noch enger, und das erregte Stimmgewirr war in allgemeines Geschrei übergegangen. Ein junger, kräftiger Mann, angestachelt von zwei alten Frauen, war kurz davor, sich auf den Dorfschullehrer zu stürzen, der mit bleichem Gesicht einen Schritt zurückwich. Julián Maestre und der Sargento der Guardia Civil, die die Szene aus der Ferne beobachtet hatten, während sie sich unterhielten, kamen heran und bahnten sich einen Weg durch die Menge.

Der Sargento schob sich zwischen Don Miguel und den jungen Mann. «Was soll das werden?»

Der junge Mann protestierte angesichts der Einmischung. «Er hat die kleine Heilige beleidigt.»

«Ich glaube nicht, dass ich eine Beleidigung gehört habe», schaltete Julián Maestre sich ein. «Was hat er gesagt?»

Der junge Mann war ratlos. Er schob die Hände in die Jackentaschen und sah sich hilfesuchend um. Nur eine der alten Frauen, die ihn angestiftet hatten, traute sich zu antworten.

«Er hat Magdalena beleidigt.»

«Wenn es so war, war es sicher nicht seine Absicht, nicht wahr, Don Miguel?»

Julián Maestre legte ihm den Arm um die Schulter, der Lehrer nickte.

«Seht ihr? So, und jetzt geht ihr alle nach Hause, hier ist nichts geschehen.»

«Ihr habt gehört, was Don Julián gesagt hat», fügte der Sargento hinzu. «Ab nach Hause. Ich will hier keinen Aufruhr.»

Niemand protestierte. Manchen fiel plötzlich wieder das Mädchen ein, und sie beugten zum Abschied kurz das Knie vor ihr, während die zwei Männer den Stuhl anhoben. Isabel war noch bleicher als bei ihrer Ankunft in der Kirche und schien kurz davor, das Bewusstsein zu verlieren. Dieser Umstand wurde jedoch nicht etwa als Bestätigung der Worte des Lehrers gedeutet, sondern hatte zur Folge, dass einige aus der Menge in eine Art religiöse Verzückung gerieten. Die Mutter und mehrere Frauen formierten sich von neuem zu einem Geleitzug und nahmen den Weg wieder auf, der durch das Ausgleiten des Trägers und den anschließenden Tumult unterbrochen worden war.

Trotz des Schutzes, den er mit Julián Maestre an seiner Seite genoss, blieb der Lehrer Zielscheibe grimmiger Blicke, doch die Leute verließen den Platz, ohne etwas zu sagen.

Miguel murmelte leise etwas, das Ana nicht verstand, es mussten Dankesworte gewesen sein, denn Don Julián antwortete: «Keine Ursache.» Wohlwollend tätschelte er dem Lehrer den Arm.

«Und denken Sie daran, Miguel, wenn der Hund den Knochen erst einmal im Maul hat, darf man ihn ihm nicht entreißen.»

Er verabschiedete sich und steuerte auf den Sargento zu, der auf ihn wartete. Als er an Ana vorbeikam, grüßte er sie zerstreut und fragte: «Was macht Ihr Artikel?»

«Bis jetzt habe ich noch nichts geschrieben.»

Er blieb stehen und hob erstaunt die Augenbrauen.

«Weil ich noch ein paar Nachforschungen anstellen möchte. Ich bin inzwischen sicher, dass ich herausfinden kann, was dahintersteckt. Und was das arme Mädchen betrifft ...»

«Nachforschungen? Wo denn?»

Die Frage von Don Julián verwirrte sie. «Wo? Natürlich hier im Ort, in Las Torres.»

«Natürlich», sagte Don Julián, bevor ihn der Sargento unterbrach: «Entschuldigen Sie, Don Julián, aber wir müssen ...»

Er verabschiedete sich mit einem Nicken von ihr und gab ihr keine Gelegenheit, sich mit ihm für ein Gespräch unter vier Augen zu verabreden. Dann bemerkte sie, dass der Lehrer immer noch wie angewurzelt an der Stelle stand, an der sich die Auseinandersetzung abgespielt hatte. Sie ging auf ihn zu. Das schien für ihn das Signal zu sein, sich seinerseits in Bewegung zu setzen, mit einer Geste bedeutete er ihr, dass er es eilig hatte, und hastete davon. Vermutlich will er nicht über den Vorfall sprechen, dachte Ana. Sie sollte endlich in die Pension zurückkehren. Sie blickte sich nach Aurelia um. Die Wirtin war nicht in der Traube gewesen, die sich um die kleine Heilige und den Lehrer gebildet hatte. Ana entdeckte sie im Kirchenportal, wo sie den schluchzenden Mauricio tröstete. Er hatte sie umarmt und sah aus wie ein blonder Bär, der seine Beute fest in den Fängen hielt. Jeder seiner Schluchzer schüttelte nicht nur seinen, sondern auch Aurelias Körper.

«Was hat er?», fragte Ana.

«Er ist enttäuscht. Don Ignacio hat den Somatén für eine Razzia in den Bergen zusammengerufen, und Mauricio möchte unbedingt mit. Aber sie wollen ihn nicht dabeihaben.»

Mauricio hob den Kopf. Seine Augen waren geschwollen, und die Nase lief.

«Wenn Isabelita meinen Kopf in Ordnung gebracht hätte, dürfte ich gehen», stieß er zwischen zwei Hicksern hervor.

Mit seinem unsinnigen Wunsch tat er Ana so leid, dass sie sich zu ihrem eigenen Erstaunen sagen hörte: «Beim nächsten Mal bestimmt.»

Mauricio starrte sie an und hörte auf zu weinen.

«Glaubst du?»

«Na klar.»

Der Junge ließ Aurelia los, schnäuzte sich in seinen Hemdsärmel und strahlte.

«Du siehst toll aus.»

Aurelia kniff ihn. «Sei nicht so unverschämt, Mauricio. Und sag Sie zu Señorita Martí.»

Mauricio ließ den Kopf hängen, aber er warf Ana einen durchtriebenen Blick zu.

«Señorita Martí riecht gut, sie riecht wie Pili.»

Aurelias Gesichtszüge entgleisten für einen Moment. «Komm, geh nach Hause. Hoffen wir, dass die kleine Heilige bald deinen Kopf in Ordnung bringt und du aufhörst, dummes Zeug zu erzählen.»

Mauricio rannte davon, seine linke Hand schlenkerte wie ein Beutel neben ihm hin und her.

Aurelia und Ana waren die Letzten auf dem Platz und machten sich nun ebenfalls auf den Weg zurück in die Pension.

«Darf ich Sie etwas fragen? Nicht wegen Isabelita.»

«Wenn es um Don Amadeo geht, er war hier Lehrer. Die Falangisten haben ihn erschossen. Genauso wie Mateo García, obwohl er erst sechzehn war und Messdiener, und einen von den Tellos, Jacinto. Genauso wie …»

«Jacinto Tello. Ist er mit Serafín Tello verwandt, der beim Maquis ist?»

«Sie sind Cousins. Serafín ist in die Berge geflohen. Wenn sie ihn erwischt hätten, hätten sie ihn auch erschossen.»

«Waren es Leute aus dem Ort?»

«Die Toten kommen alle von hier. Diejenigen, die sie umgebracht haben, nicht.» Sie unterbrach sich, schaute sich um und senkte die Stimme. «Aber alle, die sie angezeigt haben.»

Sie waren an der Pension angelangt. Wärme und ein tröstlicher Holzgeruch schlugen ihnen entgegen, als sie die Tür öffneten.

«Ich werde das Feuer etwas schüren», sagte Aurelia.

* * *

Ana verbrachte den Nachmittag in dem kleinen Wohnzimmer. Wenn es Strom gab, hörte sie Radio. Aurelia hatte ihr erzählt, dass der Lehrer den Apparat gebaut hatte, er hatte einen Fernkurs an einer Akademie in Barcelona gemacht, und von dort waren ihm auch die Bauteile geschickt worden. Vielleicht war das seine Weise, der engen Welt des Dorfes zu entkommen. Wenn sie an die Geschehnisse auf dem Platz dachte, erschien er ihr als möglicher Verbündeter, um das Mädchen zu retten, ein besserer Verbündeter als Julián Maestre, der wenig Mitleid gezeigt hatte.

Die Stimmen der Sprecher, die Musik, die Nachrichten – das Radio erinnerte sie daran, dass es noch eine Welt außerhalb des Dorfes gab. Eine Welt, in die sie sich zurücksehnte. Auch für manche aus dem Dorf war diese Welt etwas Begehrenswertes, wie für Eugenia. Für die anderen war sie feindlich und bedrohlich.

Der Nachrichtensprecher sprach wieder einmal über das Thema der Woche, die ungewöhnliche Kälte.

«Frost und Schneefälle in Kantabrien, an der Nordküste, einem Teil der Levante und in Zentralspanien. Aufgrund der Schneemassen im Norden und in der Region Duero ist der Straßen- und Schienenverkehr zwischen der Hauptstadt und den nördlichen Landesteilen zum Erliegen gekommen. Die Temperaturen im Monatsmittel sind in ganz Spanien weiterhin viel niedriger als in diesem Zeitraum üblich, der Monat Februar ist bislang der kälteste Februar seit 1901. Gemessen wurden in Pamplona 15 Grad unter null, drei Grad unter null in Cuenca, 11 Minusgrade in Valladolid, 10 in Gerona, Burgos und León, 9 Grad unter null in Madrid, Salamanca und Ciudad Real.»

Es fröstelte sie, als sie hörte, dass es in Barcelona fast sieben Grad unter null waren, und sie schob ihre Füße näher zum Feuer. Selbst in Andalusien waren die Temperaturen unter den Gefrierpunkt gefallen, und Ana dachte, dass es lange dauern würde, bis Schnee und Eis geschmolzen waren. Für sie selbst bedeutete es, dass sie weiter in Las Torres festsaß.

Der Sprecher fuhr fort: «Die Kältewelle, die zurzeit den gesamten europäischen Kontinent lähmt, lässt sich nur mit der des Winters 1914 vergleichen.»

Gegen drei Uhr fiel der Strom aus. Sie konnte noch eine Weile bei Tageslicht lesen, doch dann musste sie Kerzen anzünden. Während sie auf Eugenia wartete, überlegte sie, was sie dem Mädchen über Barcelona erzählen wollte. Sie würde mit dem Vergnügungspark auf dem Tibidabo anfangen und danach über Weihnachtsbeleuchtung und den berittenen Umzug der Heiligen Drei Könige sprechen. Oder würde Eugenia das zu kindisch finden? In ihren kurzen Gesprächen

hatte Ana den Eindruck gewonnen, dass Eugenia über eine hohe Intelligenz verfügte, eine Intelligenz, die in ihrem Umfeld zweifellos verkümmern würde.

Um fünf Uhr wartete sie immer noch.

Um sechs hatte sie mehrfach den Kreislauf von aufsteigendem Ärger gefolgt von beschwichtigenden Erklärungsversuchen durchlaufen: Eugenia musste zu Hause helfen. Ihre Eltern hatten sie bestraft, weil sie zu denen gehörten, die Ana nicht im Dorf sehen wollten. Sie hatte es vergessen. Obwohl sie so erpicht darauf gewesen war, mit ihr zu sprechen.

Am Abend ging sie nach einem Essen bei Kerzenschein zu Bett. Am nächsten Tag würde sie versuchen, Eugenia zu finden, und dann würden sie miteinander reden, selbst im Schneesturm auf der Straße, wenn es sein musste.

Draußen regierte die große Kälte, der Jahrhundertwinter, wie sie im Radio gesagt hatten, in der kältesten Nacht in Spanien seit Jahrzehnten.

Sie haben schon wieder nein gesagt. Immer sagen sie nein. Don Julián hat nein gesagt.

Don Ignacio hat nein gesagt.

Don Onésimo hat nein gesagt, und außerdem hat er über mich gelacht.

«Warum sollten wir diesen Dummkopf mitnehmen? Dann kann Paquito ja auch gleich mitkommen.»

Aber ich bin nicht wie Paquito. Paquito sitzt den ganzen Tag mit seinem Lätzchen am Fenster, obwohl er schon über zwanzig ist. Paquito kann nicht sprechen, er sagt immer nur «quito, quito», wenn ihn jemand ruft. Paquito macht sich in die Hose. Ich kann sprechen, und ich kann zum Abort gehen, und hinterher mache ich mich alleine sauber.

Heute Nacht ist es wirklich kalt. Zum Glück habe ich die dicke Felljacke angezogen und Vaters Wollmütze mitgenommen, aber die Handschuhe habe ich vergessen. Meine Hände sind so kalt!

Der Somatén ist vor einer Stunde fortgegangen. Ich musste warten, bis Mutter schläft, bevor ich hinterherkonnte. Vielleicht schnappen sie heute Serafín, den Bruder von Domingo. Don Ignacio sagt, dass es so in Familien ist. Es gibt einen guten und einen bösen Bruder. Domingo ist gut, weil er den Krieg gewonnen hat. Serafín ist böse, weil er ihn verloren hat.

Ich weiß, wo sie hingehen. In der Kaserne habe ich beim Fegen gehört, wie sie gesagt haben, dass sie zum Hof von Trespinos

gehen wollen. Die vom Maquis haben ihn vor sechs Monaten überfallen.

«Das behauptet zumindest der Bauer. Für mich steckt er mit ihnen unter einer Decke», hat Don Ignacio gesagt.

«Oder sie haben ihm gedroht», hat der Bürgermeister gesagt. «Denken Sie daran, was sie mit dem vom Fuentecilla-Hof gemacht haben. Der, dem sie erst die Schafe gestohlen haben. Sie haben ihm den Sohn und die Hunde umgebracht.»

Mir ist ein Seufzer rausgerutscht, weil mir das mit den Hunden so leidgetan hat. Und da haben sie mich erwischt.

«Du schon wieder! Was schnüffelst du hier herum?»

«Lass ihn, Onésimo. Siehst du nicht, dass er nur ein unschuldiges kleines Tier ist?», hat Don Julián gesagt.

Don Julián ist gut. Viele im Dorf haben Angst vor ihm, aber ich nicht, zu mir ist er gut, und er sagt immer, dass ich ein kleines Tier bin, und Tiere sind gut. Der Bürgermeister hat mir aber trotzdem eine Ohrfeige gegeben.

Da er mich nun schon geschlagen hatte und sie mich fast nie zweimal hintereinander schlagen, habe ich gefragt, ob ich mitkann, weil es ja nur ein kleiner Somatén ist. Nur fünf Männer. Die besten, hat Don Ignacio gesagt. Da fehlte noch ich.

«Nein, Mauricio.»

Aber ich gehe trotzdem.

Keiner hat mich gesehen, weil es auf den Straßen dunkel war. Es gab wieder keinen Strom.

Um zum Hof von Trespinos zu kommen, muss man zuerst die Landstraße nehmen und dann den Weg in den Wald, der so schmal ist, dass kein Wagen durchpasst. Die vom Hof nehmen immer Maultiere.

Es ist nicht so einfach, in dem tiefen Schnee zu laufen. Aber die Spuren des Somatén sind gut zu sehen.

Nein, die Spuren sind ja gar nicht vom Somatén, sie sind zu klein. Sie führen auch nicht nach Trespinos, sie bleiben auf der Landstraße. Und wenn ich ihnen folge?

Ich weiß, von wem sie sind. Jetzt gehen sie in den Wald. Ist es ein Spiel? Klar, es ist ein Spiel. Ich werde sie schon fangen.

«Ich fang dich, ich fang dich.»

Hier ist es wirklich dunkel, zwischen den Bäumen kommt kein Mondlicht durch. Ich fang dich, ich fang dich.

«Jetzt hab ich dich! Tu nicht so, als ob du schlafen würdest. Ich hab dich. Du bist jetzt mit Fangen dran. Eugenia, du bist dran. Komm, steh auf. Eugenia, wenn du nicht aufstehst, gehe ich.»

Gut, ich gehe. Da liegt sie mit ihrem Bündel. Wenn sie nichts sagt, gehe ich.

Nein. Ich gehe nicht.

«Eugenia. Ich mag dieses Spiel nicht. Steh auf, Eugenia! Los! Eugenia! Du Ääärmste!!»

15

Die Nacht war nicht nur die kälteste des Jahres, sondern für Ana auch die kürzeste. Um zwei Uhr wurde sie von lauten Stimmen im Haus geweckt, stand auf und öffnete die Tür. Auf ihr Rufen hin stieg Aurelia die Treppe hoch, angekleidet und in der Hand eine Kerze. Trotz des schwachen Lichts konnte Ana sehen, dass sie geweint hatte. Aus dem Erdgeschoss drang lautes Stimmengewirr herauf.

«Was ist passiert, Aurelia?»

«Ein Unglück. Eugenia ist tot.»

Ana trat barfuß auf den Flur und machte einen schwankenden Schritt auf sie zu.

«Was …?»

«Sie lag oben im Wald. Mauricio hat sie gefunden. Er hat den Somatén alarmiert, der ganz in der Nähe war.»

Ana hörte jedes einzelne der Wörter, aber ihren Sinn begriff sie nicht. Die Wirtin drehte sich um und eilte die Treppe hinunter. Wie betäubt verharrte Ana in dem dunklen Flur. Das Einzige, was sie in diesem Augenblick spürte, war die kalte Luft, die nach oben strömte, weil gerade ein neuer Besucher die Haustür geöffnet hatte.

Eugenia lag tot im Wald.

Ihr Gehirn bildete fehlerlos und in aller Klarheit den Satz, aber ihr Verstand weigerte sich weiterhin, seinen Inhalt zu begreifen.

Ohne die Tür zu schließen, kehrte sie in ihr Zimmer zu-

rück und zog sich benommen an. Als sie dabei war, sich langsam und sorgfältig die Bluse zuzuknöpfen, fiel flackerndes Licht ins Zimmer. Vom Fenster aus sah sie drei Dorfbewohner, die mit Pechfackeln durch die Straße zogen. Sie kamen nicht in die Pension, noch gingen sie zu Eugenias Haus, das in entgegengesetzter Richtung lag.

Schließlich schlüpfte Ana in ihre Schuhe und stieg hinunter. Im Speiseraum hatten sich mehr als dreißig Personen versammelt. Weinende Frauen, Männer mit vor Sorge finsterem Gesicht, sogar einige Kinder. Die kleinsten von ihnen schliefen oder wimmerten, die größeren saßen mit gesenkten Köpfen um einen der Tische. Sie warfen Ana einen flüchtigen Blick zu und steckten dann ihre Köpfe noch dichter zusammen. Die Erwachsenen saßen wispernd in Gruppen beieinander oder grübelten allein vor sich hin, alle schien eine düstere Aura zu umgeben, die Ana nicht einmal streifen, geschweige denn durchdringen durfte.

Sie verstand. Die Anwesenheit der Fremden aus Barcelona wurde toleriert, solange diese sich abseitshielt. Daher wagte sie nicht, Fragen zu stellen.

Aurelia schürte gerade das Feuer, und als sie Ana bemerkte, winkte sie sie heran und bot ihr einen Stuhl neben dem Kamin an. Während sie quer durch den Raum darauf zusteuerte, achtete Ana darauf, den Blick zu senken, um selbst ihre Gegenwart als Beobachterin vergessen zu machen; dann rückte sie den Stuhl in eine dämmrige Ecke und ließ sich darauf nieder. Von einem Tischende warf ihr eine alte Frau hasserfüllte Blicke zu und flüsterte etwas ins Ohr einer jüngeren, von der Ana nur den Rücken und den zustimmend nickenden Hinterkopf sehen konnte.

Ana dachte daran, in ihr Zimmer zurückzukehren. Wie

sie wohl ihren Weggang deuten würden? Als Zeichen des Respekts? Als Desinteresse? Als ängstliche Flucht? Und was sollte sie in ihrem Zimmer tun? Wie alle hier suchte sie Antwort auf die Fragen, die neben Trauer und Schmerz in ihrem Inneren auftauchten.

Die Ankunft zweier Männer sorgte schlagartig dafür, dass Ana gänzlich aus dem Zentrum der allgemeinen Aufmerksamkeit verschwand. Die Neuankömmlinge wurden ängstlich um Auskunft gebeten und gaben die Antwort, die alle schon kannten, die jedoch niemand, Ana eingeschlossen, akzeptieren wollte. Eine junge Frau fing an zu weinen, der Säugling in ihrem Arm tat es ihr nach. Ein Greis sank auf seinem Stuhl zusammen, das Gesicht in den Händen vergraben, und jemand legte ihm tröstend die Hand auf die Schulter.

Klagend murmelnde Stimmen sprachen Anas Gedanken aus: «Was hatte sie bei der Kälte im Wald zu suchen?»

«Wo wollte sie bloß hin? Ihre Mutter hat sie den ganzen Nachmittag gesucht.»

«Warum haben sie sie nicht nach Hause zurückgebracht?»

Darauf wusste niemand eine Antwort, aber zwischen den Fragen tauchten nun auch Behauptungen auf.

«Seit dem Mittagessen ist sie nicht mehr gesehen worden, um diese Zeit muss sie also fortgegangen sein.»

«Sie hatte angeblich ein Bündel dabei.»

«Es ist dunkel geworden, bevor sie irgendwo angekommen ist.»

«Bestimmt hat sie sich verlaufen.»

«Sie haben sie in eine Decke gewickelt.»

«Es sah aus, als ob sie schliefe.»

«Sie hat Stunden da oben gelegen, aber die Tiere haben sie nicht angerührt.»

«Obwohl sie bei all diesem Schnee einen Riesenhunger haben.»

«Wie die vom Maquis.»

«Halt den Mund! Was erzählst du da für einen Unsinn!»

«Sie haben sie nicht angerührt. Unberührt war sie, ganz unberührt.»

Am Tisch der Kinder flüsterte ein Mädchen den anderen Kindern zu: «Das Monster, es war das Monster.»

«Wie bei Pili», bemerkte ein ungefähr fünfzehnjähriger Junge neben ihm und blickte sich im Speiseraum um.

«Weil sie schon das richtige Alter hatte», fügte die erste hinzu.

Ein anderes Mädchen legte den Finger an die Lippen und deutete mit einer Kopfbewegung auf Ana. Ihre Blicke kreuzten sich, Ana konnte nicht so tun, als hätte sie nichts gehört. Das erste Mädchen begann, das Lied zu summen, zu dem Eugenia mit den anderen Fangen gespielt hatte, und ignorierte die Rippenstöße, die ihm die andere versetzte.

Aurelia lief mit der für Totenwachen typischen nervösen Geschäftigkeit zwischen Speiseraum und Küche hin und her und servierte Wein und Wasser. Ihr Blick war leer. Ana erinnerte sich an die Fotos, ihre Tochter musste im selben Alter wie Eugenia gestorben sein. Als sie an dem Tisch vorbeikam, an dem das Mädchen das Lied summte, hielt sie jäh inne, auf ihrem Gesicht zeigte sich Bestürzung, die sich in Wut verwandelte.

«Sei still», fuhr sie das Mädchen an.

Das Kind gehorchte und setzte sich in seinem Stuhl auf.

Die Stimme eines Erwachsenen klang vom anderen Ende des Raums herüber: «Unberührt. Unberührt.»

Dann betrat der Dorflehrer die Pension, blieb aber nach

wenigen Schritten im Raum stehen, die feindseligen Blicke versperrten ihm wie eine unsichtbare Wand den Weg. Sie zerbarst erst, als Aurelia, die Hausherrin, auf ihn zuging und ihn zum Kamin führte. Er stellte sich neben Ana, mit dem Rücken zu den Übrigen, nur der Tisch der Kinder lag in seinem Blickfeld.

Die Anwesenheit des Lehrers hatte den Effekt, dass alle, auch diejenigen, die mit dem Schlaf kämpften, sich auf ihren Stühlen aufrichteten, als ob sie in der Schule säßen. Eins der Mädchen begann bei seinem Anblick zu weinen. Seine Mutter kam von ihrem Tisch zu ihm herüber, hob es hoch und nahm es auf ihren Schoß. Die Kleine musste schon zehn Jahre alt sein, aber sie ließ sich wie ein Baby wiegen. Die Mutter murmelte beruhigend auf sie ein und strich ihr im Rhythmus ihrer Worte über den Rücken, während das Mädchen sein Gesicht an ihrer Schulter verbarg und immer wieder schrill aufschluchzte.

Ana war so vertieft in den Anblick, dass sie nicht bemerkt hatte, dass die Leute wieder begonnen hatten zu reden. Die Fragen wiederholten sich. Warum hatte Eugenia die Landstraße nach Cantavieja genommen? Warum hatte sie ein Bündel mit ihren Habseligkeiten dabei? Warum hatte sie sich in den Schnee gesetzt, um sich auszuruhen, obwohl sie wusste, wie gefährlich das war? Und dazwischen tauchte immer wieder das Wort «unberührt» auf, das bald wie ein Refrain klang.

Aurelia kam mit einem Glas Wein für Don Miguel aus der Küche. Er stürzte es hinunter und reichte es ihr zurück, damit sie es wieder füllte. Dabei wechselten sie kein Wort. Tatsächlich hatte der Lehrer nichts gesagt, seit er gekommen war. Als ihm Aurelia das neugefüllte Glas brachte, dankte er ihr mit einem Nicken und nahm einen Schluck. Der Wein

schien ihm seine Stimme wiederzugeben, denn er wandte sich zu Ana und zeigte auf das Mädchen, das in den Armen seiner Mutter weinte.

«Sie haben immer nebeneinandergesessen. Von Anfang an.»

Seine Erschütterung war nicht zu überhören. Er konnte die Leute im Raum nicht sehen, weil er immer noch mit dem Rücken zu ihnen stand, doch ihre Bemerkungen musste er hören. Ana schnappte nur einzelne Worte auf: «er glaubt nicht», «einen Arzt?», «gottlos», «ein Roter».

Die Wortfetzen, die wie Funken im grauen Dunst der halblauten Gespräche aufstoben, luden die Luft im Raum mit wachsender Spannung auf. Von ihrem Platz am Feuer aus konnte Ana die Blitze erkennen, die sich schon in manchen Blicken auf den Lehrer zeigten. Durch Aurelias geschäftiges Umhereilen wurden sie unterbrochen oder abgelenkt, trotzdem nahmen sie an Zahl und Intensität zu. Der dumpfe Zorn, den die Ohnmacht angesichts Eugenias Tod auslöste, war kurz davor, ein Ziel zu finden.

Ana war sicher, dass Miguel es spürte und genau wie sie ahnte, dass das Gewitter sich entladen würde, sobald er sich umdrehte. Angespannt hielt er sein Glas in der Hand.

Das Mädchen sang wieder leise das Lied von dem Monster, aber nicht leise genug – trotz des Stimmengewirrs hörten es diesmal alle. Stille trat ein.

Dann drehte der Lehrer sich um und blickte die Erwachsenen an: «Noch ein totes Mädchen! Und jetzt?»

«Schweig still! Kommunist!», rief eine der Frauen.

«Miguel, du gehst jetzt besser nach Hause.» Aurelia trat auf ihn zu und zog ihn am Ärmel.

«Nein. Du wirst doch wohl nicht zulassen, dass sie mich aus deinem Haus werfen?»

«Hör auf mich, es ist wirklich besser, wenn du gehst.»

«Genau. Geh nach Hause. Nachher kommen wir dich besuchen!» Ein kräftiger Mann erhob sich von seinem Stuhl.

«Was sollen diese Drohungen, Braulio?», entgegnete Aurelia. «Hast du vergessen, weshalb wir hier sind? Etwas mehr Respekt bitte.»

Verdrossen setzte sich der Mann wieder hin.

Aurelia flüsterte dem Lehrer zu: «Dann geh in die Küche und bleib da.»

Diesmal hörte er auf sie. Hämische Bemerkungen und gezischte Proteste wurden laut, aber Aurelia sorgte sofort dafür, dass die Sprecher verstummten. Die zierliche Wirtin gebot ihnen nicht nur Einhalt, weil sie wie ein Fels mitten im Raum stand, die Hände in die Hüften gestemmt; es war mehr – sie schien auf einmal eine Art moralische Autorität zu besitzen, die dafür sorgte, dass alle den Kopf senkten, wenn sie sie ansah. Vermutlich hatte es mit ihrem toten Mann und ihrer toten Tochter zu tun, noch einem toten Mädchen, wie der Lehrer gesagt hatte.

Wenige Minuten später war Don Miguels Anwesenheit im Haus vergessen. Drei Männer und eine Frau waren hinzugekommen, und die Fragen, Vermutungen und Behauptungen hatten sich wiederholt. Auch die neu Hinzugekommenen eigneten sich ein Wort schnell an: «Unberührt.»

***

Fast eine Stunde später, als die meisten Kinder schliefen, die Köpfe am Tisch in den Armen vergraben, ging ein weiteres Mal die Tür auf, und der Sargento kam herein. Alle bis auf eine Greisin erhoben sich, manche so ungestüm, dass sie ihre

Stühle umwarfen und damit einige der Kinder aufweckten, die verwirrt umherblickten, als wüssten sie nicht, wo sie waren.

Der Sargento kam vom Friedhof, wo er Eugenias Leichnam hingebracht hatte, um ihn zu untersuchen.

«Wo ist sie jetzt? Sie haben sie hoffentlich nicht auf dem Friedhof gelassen?», ertönte eine besorgte Stimme, noch bevor Don Ignacio die Tür hinter sich zugezogen hatte.

«Was ist passiert?»

«Wie lange ist sie schon tot?»

«Und die Eltern?»

«Was hat sie da draußen gemacht?»

«Wo wollte sie hin?»

«Wieso hat Mauricio sie gefunden?»

«Hat er den Somatén begleitet?»

Der Sargento ignorierte alle Fragen, bis er einen Platz nahe beim Feuer gefunden hatte. Um ihn herum bildete sich sofort eine Traube von Zuhörern. Aurelia brachte ihm aus der Küche ein Glas Wein. Das Glas in der Hand, aber ohne einen Schluck genommen zu haben, beantwortete er die Fragen, die ihm bei seinem Eintreten zugerufen worden waren. In einem Zug und der Reihe nach, registrierte Ana erstaunt.

«Sie ist erfroren, ich vermute, zwei oder drei Stunden bevor wir sie gefunden haben. Ihren Leichnam habe ich vorhin ihren Eltern übergeben, die ebenfalls nicht wissen, was sie da draußen gemacht hat. Ich vermute, dass sie nach Cantavieja laufen wollte, aber umdrehen musste, weil sie nicht mehr weiterkam. Die Straße ist durch Bäume blockiert, die unter der Schneelast umgestürzt sind. Vielleicht wollte sie sich ausruhen, hat Pause gemacht und ist eingeschlafen. Und nicht mehr wieder aufgewacht. Mauricio hat sie gefunden, weil er dem Somatén gefolgt ist.»

Zwei Dinge überraschten Ana. Zum einen die Tatsache, dass er den Todeszeitpunkt bestimmt hatte, obgleich er höchstwahrscheinlich keine gerichtsmedizinischen Kenntnisse besaß. Zum anderen wusste sie aus ihrer jahrelangen Arbeit als Journalistin genug über das Vorgehen der Polizei bei ungeklärten Todesfällen und wunderte sich, dass der Sargento den Leichnam der Familie nach sicher nur oberflächlicher Untersuchung überlassen hatte. Sie nahm sich vor, ihn darauf anzusprechen, sobald sie unter vier Augen mit ihm reden konnte.

Eine Frau stellte die Frage, die einige der Anwesenden schon zuvor beschäftigt hatte.

«Ist es wahr, dass der Leichnam unberührt war?»

«Ja, sie war unberührt. Ich habe sie untersucht, ihr Körper war unversehrt. Noch nicht einmal ein Kratzer.»

Er sprach mit ruhiger Selbstsicherheit. Bis zu diesem Moment war er Ana als Autorität zweiten Ranges erschienen, im Schatten Julián Maestres, den alle als naturgegebenen Herrn des Ortes betrachteten. Doch nun, bei diesem Todesfall, machte der Sargento sein Gewicht als Vertreter der Staatsmacht geltend, wenngleich Madrid weit weg war, und flößte Respekt ein. Die Leute im Raum hingen in Erwartung weiterer Einzelheiten an seinen Lippen; doch er hatte alles gesagt, was es zu sagen gab, und so blieb ihm nur noch, das Wort zu wiederholen, das sie ihm wie eine Gabe dargeboten hatten: «Ja, sie war unberührt. Natürlich gibt es hier auch nur wenige fleischfressende Raubtiere», erläuterte der Sargento, aber niemand achtete auf ihn.

Eines der Mädchen sprach aus, was alle dachten.

«Das war Isabelita. Sie hat sie beschützt.»

«Genau, es war die kleine Heilige.»

Sie wiederholten den Satz in einem wirren Kanon.

«Es war die kleine Heilige.»

Dann klang ein neues Thema auf: «Ein Wunder.»

Die beiden Melodien überkreuzten sich mehrfach, während die Menge im Raum sich immer unruhiger bewegte: «Es war die kleine Heilige.»

«Es war ein Wunder.»

Ein drittes Thema kam hinzu und wies den auf dem Boden des Speiseraums rastlos scharrenden Füßen den Weg.

«Lasst uns zu ihr gehen, um ihr zu danken.»

Ohne dass jemand eine Anweisung gegeben oder die Führung übernommen hätte, griffen alle nach ihren Mänteln und Jacken. Diejenigen, die mit Petroleumlampen gekommen waren, zündeten sie wieder an, andere nahmen die Pechfackeln, die ihren Weg in die Pension beleuchtet hatten, die Übrigen baten Aurelia um Kerzen. Innerhalb weniger Minuten hatte sich ein Prozessionszug formiert, der unter Gebeten die Pension verließ und sich auf den Weg zu Isabels Haus machte, um ihr dafür zu danken, dass sie ein Wunder vollbracht und Eugenias toten Körper vor der Schändung bewahrt hatte.

Da sie alle Kerzen mitgenommen hatten, lag der Speiseraum nun im Dunkeln, lediglich von den Flammen des Feuers erhellt. Ana stand auf, um sich ebenfalls einen Mantel zu holen. Sie wollte sehen, was passierte.

«Gut, ich breche auch auf», sagte der Sargento.

Er hatte weder zu ihr noch zu Aurelia gesprochen, die Gläser von den Tischen räumte und in die Küche brachte, wo immer noch Miguel saß. Der Sargento hatte sich an den leeren Raum gewandt, an die Lücke, die die Menge hinterlassen hatte. Jetzt, da seine Zuhörer fort waren, hatte seine Stimme

einen guten Teil ihrer Kraft verloren. Ana verabschiedete sich von ihm und holte ihren Mantel aus ihrem Zimmer, dann warf sie sich ein dickes Tuch über die Schultern und eilte auf die Straße.

Erst auf dem Weg zu Isabels Haus fiel ihr auf, dass weder Aurelia noch der Lehrer sich der Prozession angeschlossen hatten.

16

Kaum war sie ein paar Schritte gegangen, machte sie kehrt, um die Kamera aus der Pension zu holen. Sie wollte mit den letzten Filmen noch ein paar Aufnahmen machen, obwohl darauf wahrscheinlich nicht mehr als der zitternde Lichtschein der Fackeln und ein paar helle Hände zu sehen sein würden. Vielleicht noch das blasse Gesicht eines der Kinder, die zu der improvisierten Prozession mitgeschleppt worden waren.

Die Tür stand halb offen, dennoch hielt sich im Speiseraum die Wärme der Menschen, die ihn vor wenigen Minuten noch gefüllt hatten. Es roch nach Wein, nach verbranntem Holz und nach dem Schweiß der zur Unzeit aus dem Bett gerissenen Körper. Und nach Sorge und Angst. Auf einem der Tische hatte Aurelia eine Petroleumlampe stehen lassen. Ana hörte sie in der Küche mit dem Lehrer reden, was sie sagten, konnte sie jedoch nicht verstehen.

Sie fuhr zusammen, als sie ein Knistern, das wie das Anreißen eines Streichholzes klang, in ihrem Rücken hörte. Sie wandte sich um und sah eine Frau, die unter einer Schicht von Tüchern auf einem Stuhl am Feuer saß. Ana hatte den dunklen Schatten beim Hereinkommen nicht bemerkt. Aus boshaft zusammengekniffenen Augen blickte die Alte sie an, die Mundwinkel hatte sie verächtlich nach unten gezogen und quittierte Anas Gruß mit einem ungnädigen Schnalzen der Zunge. Dann murmelte sie etwas, das ebenso gut ein Ge-

bet wie ein Fluch sein konnte. Ana ging in weitem Abstand an ihr vorbei. In ihrem Zimmer holte sie die Kamera aus ihrem Etui, legte einen neuen Film ein und steckte den alten zu den anderen in den Koffer.

Als sie von neuem den Speiseraum durchquerte, entdeckte sie unter einem Tisch zwei Kinder von vier oder fünf Jahren, die auf einer Felljacke zusammengekuschelt schliefen. Die Alte redete immer noch vor sich hin, doch diesmal würdigte sie Ana keines Blickes, sondern starrte ins Feuer. Gleichwohl hatte Ana den Eindruck, dass ihr Gemurmel sich gegen sie richtete.

Sie trat in die Küche, wo Aurelia geistesabwesend Gläser spülte, Miguel war offenbar bereits gegangen.

«Darf ich die Petroleumlampe aus dem Speiseraum mitnehmen?», fragte Ana.

«Natürlich.»

Die Lampe in der Hand, verließ Ana die Pension. Da der Schnee von der Prozession heruntergetrampelt war, kam sie schnell voran. Zwei Straßen vor Isabels Haus entschied sie sich für einen Umweg, um der Gruppe entgegenzugehen und Fotos von der anderen Seite aus zu machen.

Die Lampe war schwer. Sie spürte kaum noch ihre Finger und fürchtete, dass ihr die Lampe bald aus der Hand rutschen würde. Daher stellte sie sie für einen Moment auf einem Schneehaufen ab, um die Finger zu bewegen. Ein Ameisenkribbeln sagte ihr, dass sie wieder durchblutet wurden. Sie rieb die Hände in ihren Handschuhen aneinander und stampfte mit den Füßen auf. Dann nahm sie die Lampe beim Griff und hielt sie wieder hoch.

Fast wäre sie ihr aus der Hand gefallen, als sie ein paar Meter weiter vor einer Hauswand eine kleine weiße Gestalt

entdeckte, die langsam voranschritt. Als wollte sie sich im Schnee tarnen, war sie von Kopf bis Fuß in eine weiße Decke gehüllt.

Die Gestalt hielt an und krümmte sich nach vorn, als der Lichtschein der Lampe sie traf. Ana ging auf sie zu. Wo sie den Kopf vermutete, zeigten sich nun ein paar Finger, die die Decke ein wenig beiseitezogen, wahrscheinlich um sie ansehen zu können. Dann machte die vermummte Person zwei Schritte nach vorn. Daraufhin schien sie es sich anders zu überlegen, drehte sich um und tat einen Schritt zurück. Erneut wendete sie sich zu ihr und kam auf sie zu, machte zögernde Schritte nach vorn und zurück, immer innerhalb des Lichtkegels der Lampe, als ob sie darin gefangen wäre. Schließlich sank sie zu Boden.

Während Ana sich vorsichtig dem weißen Bündel näherte, vernahm sie ein kindliches Wimmern. Sie setzte die Lampe ab, ging in die Hocke und legte die Hand auf die zitternde Gestalt, die zusammenzuckte und flehte: «Lass mich, lass mich.»

Es war Isabel.

«Ich lasse dich auf keinen Fall bei dieser Kälte hier liegen. Hast du nicht gehört, was heute Abend mit der armen Eugenia passiert ist?»

Die Antwort war langes Schluchzen. Das Mädchen wiegte sich vor und zurück. Sie röchelte beim Ausatmen.

«Ich bekomme keine Luft mehr!»

Ihre Bewegungen wurden schneller, fast krampfhaft.

«Ich bekomme keine Luft mehr!»

Ana griff nach der Decke, und obwohl das Mädchen die Enden mit aller Kraft gefasst hatte, gelang es ihr, den Stoff etwas auseinanderzuziehen. Sie blickte in ein entsetztes Au-

genpaar. Isabel schnappte nach Luft, ihr Mund öffnete und schloss sich in dem vergeblichen Bemühen, ausreichend Sauerstoff in die Lungen zu pumpen. Ana kniete sich neben sie, versuchte sie etwas aufzurichten und sprach besänftigend auf sie ein: «Ganz ruhig. Tief einatmen. So. Noch einmal. Einatmen, noch ein bisschen. Jetzt ausatmen. Sehr gut.»

Allmählich beruhigte sich ihr Atem. Da bemerkte Ana, dass sich bei dem Versuch, die Decke wegzuziehen, die Kruste von den Händen des Mädchens gelöst hatte und die Wunden erneut bluteten. Das Mädchen spürte es ebenfalls und versuchte, die Hände zu verbergen, doch die roten Flecken auf der Decke verrieten sie.

«Du brauchst sie nicht zu verstecken.»

Das Mädchen hielt Ana ihre Hände hin. Zuerst die Innenseiten, dann die Handrücken. Ana musste an das tägliche Ritual ihres Vaters denken, die Kontrolle der Hände vor dem Essen. Auch bei Isabel hatte die Geste etwas von unterwürfigem Gehorsam. Sie zeigte ihr keine Stigmata, sondern Verletzungen.

Ana streichelte ihre Finger. «Tut es sehr weh?»

Das Mädchen nickte. Sie zitterten beide vor Kälte.

«Wie bist du unbemerkt aus dem Haus gekommen?»

«Mein Vater ist mit dem Somatén unterwegs, und meine Mutter ist zu einer Nachbarin gegangen, um zu hören, was passiert ist. Da bin ich fortgegangen.»

«Und was machst du um diese Uhrzeit auf der Straße?»

«Ich will weg.»

«Wo willst du denn hingehen?»

«Weit weg.»

Sie machte eine Kopfbewegung zum Dorfausgang hin. Denselben Weg hatte auch Eugenia genommen, und auf

diesem Weg hatten sie die Männer des Somatén tot zurückgetragen.

«Warum?»

«Weil ich nicht mehr will. Ich will nicht mehr. Ich will keine kleine Heilige mehr sein, ich will nicht mehr im Haus eingesperrt werden, ich will keine Besuche mehr.»

Sie war zornig, und mit jedem Punkt ihrer Aufzählung klang sie verzweifelter. Ana nahm sie in den Arm.

Das Mädchen fuhr fort: «Ich will nicht mehr um Dinge gebeten werden, ich will keine Geschenke mehr, ich will in der Kirche nicht mehr angestarrt werden, ich will nicht mehr, dass Don Benito meine Wunden mit Tüchern abtupft, ich will nicht mehr hören, dass ich jung sterben werde. Ich will nicht jung sterben, weil ich dann in die Hölle komme. Ich will nicht in die Hölle.»

«Warum solltest du in die Hölle kommen, Isabel?»

«Weil ich eine Todsünde begangen habe. Wenn ich sterbe, wird Gott mich bestrafen, und ich komme in die Hölle.»

Ana verstand, sie rückte ein Stück von Isabel ab, nahm sie bei den Schultern und versuchte, ihr in die Augen zu sehen, aber das Mädchen hielt den Blick gesenkt. Ana griff nach seinen Händen. Gehorsam zeigte ihr das Mädchen wieder Handteller und Rücken.

«Wer tut dir das an? Deine Mutter? Don Benito?»

Kopfschütteln.

«Machst du dir die Wundmale selbst?»

Nicken.

«Warum?»

«Aber jetzt, wo Eugenia tot ist …»

«Was hat Eugenia damit zu tun? Warum fügst du dir die Wunden zu?»

Isabelita war mit den Gedanken woanders. «Hast du etwas zu essen für mich? Ein paar Kekse vielleicht?»

Lichter kamen durch eine Seitenstraße auf sie zu, aufgeregte und wütende Rufe.

«Die kleine Heilige! Wo ist die kleine Heilige?»

«Sie ist weg!»

«Sie hat uns verlassen.»

«Das würde sie niemals tun. Man hat sie uns gestohlen!», kreischte eine Frauenstimme.

«Man hat uns die kleine Heilige gestohlen!», echote eine zweite.

«Isabelita, wo bist du?» Ana meinte Don Benitos Stimme zu erkennen.

Bei jedem Mal klangen die Schreie näher. Nicht mehr lange, und sie würden bei ihnen sein.

Ana versuchte, Isabelita hochzuheben. Sie musste sie in die Pension bringen. Und sie dort verstecken.

«Wo ist unsere kleine Heilige?»

«Man hat sie uns gestohlen. Der Lehrer, das war bestimmt der Lehrer.»

Die Stimme der Frau kippte vor Wut.

In die Pension konnte sie Isabel also nicht mitnehmen, da sie dort vielleicht nach Don Miguel suchen würden. Und wenn sie das Mädchen fanden, würden sie sicherlich nicht für Argumente empfänglich sein. Außerdem wusste Ana nicht, was passieren würde, wenn sie sie mit Isabel auf der Straße überraschten. Wahrscheinlich würden sie glauben, dass sie es war, die ihnen die kleine Heilige stehlen wollte. Die Auswärtige, die Fremde. Nicht nur aus Angst entschied Ana, ihnen das Mädchen zu überlassen. Vorerst. Noch hatte sie kein Versteck für sie. Der richtige Moment war noch nicht gekommen.

Das Mädchen hatte gespürt, dass Anas Griff nachließ.

«Lässt du mich allein?»

«Nur für den Augenblick. Ich komme zurück. Ich verspreche es dir.»

Isabel stand auf und schaute sie resigniert an. Dann wickelte sie sich von neuem in die weiße Decke und taumelte den Leuten entgegen, die sie suchten.

«Bring mir Kekse mit», sagte sie zum Abschied.

Ana drehte das Licht der Laterne herunter. Sie wollte nicht entdeckt werden. Sie hatte den Leuten nichts getan, aber sie fürchtete sich vor ihnen.

Sie schlug einen großen Bogen, bevor sie es wagte, zur Pension zurückzukehren.

17

Das Metall war so eisig, dass Ana die Kälte sogar durch ihre Handschuhe spürte, als sie die Türklinke hinunterdrückte. Sie rüttelte an der Klinke. Vergeblich, denn die Tür war abgeschlossen.

Ana trat einen Schritt zurück. Das Haus lag im Dunkeln. Kein Licht drang aus den Fenstern der oberen Zimmer, und durch die geschlossenen Fensterläden des Gastraums schimmerte lediglich ein dünner Schein, der vermutlich noch von der Feuerstelle herrührte. Sie blickte die Straße hinunter, niemand war zu sehen, auch von der Gruppe, die Isabel gesucht hatte, war nichts mehr zu hören.

Vielleicht war Aurelia zu Bett gegangen und hatte angenommen, dass sie schon längst in ihrem Zimmer war? Ana begann, an die Tür zu klopfen. Das dumpfe Geräusch ihrer Faustschläge auf dem Holz hallte durch die stille Straße. Sie hielt inne und lauschte. Im Haus rührte sich nichts.

Ihre Füße wurden langsam zu Eisklumpen. Einen Moment lang dachte sie: «Wenn Aurelia mir nicht aufmacht, muss ich erfrieren.» Sie klatschte ein paarmal in die Hände, um sie zu wärmen, und vertrieb damit den Gedanken. Nein, erfrieren würde sie natürlich nicht. Sie würde jemand anderen um Obdach bitten müssen, groß war die Menge der möglichen Gastgeber allerdings nicht. Sie sah sich einen Moment lang von Haus zu Haus gehen, jedes Mal hieße es: Kein Platz in der Herberge.

Dann hörte sie hinter der Tür ein heiseres Flüstern.

«Aurelia, bist du das?»

Die Stimme kam ihr bekannt vor. Ein Mann.

«Nein, ich bin es, Ana.»

Ein Schlüssel wurde im Schloss herumgedreht und die Tür einen Spaltbreit geöffnet.

«Komm schnell herein, bevor uns jemand sieht.»

Jetzt erkannte sie die Stimme, sie gehörte Don Miguel, dem Lehrer, und sie klang erleichtert.

Er zog sie durch den Türspalt in den dunklen Speiseraum. Danach drehte er den Schlüssel herum und versicherte sich, dass die Tür tatsächlich abgeschlossen war.

Er wandte sich ihr zu.

«Ich» – er zögerte einen Moment –, «ich bin in Schwierigkeiten. Deshalb bin ich hier. Trinkst du noch ein Glas Wein mit mir?»

Schon zuvor hatte er blass und müde ausgesehen. Jetzt schienen die Falten in seinem Gesicht noch tiefer geworden sein, und seine Frage klang eher nach einer flehentlichen Bitte als nach einer freundlichen Einladung. Ana akzeptierte mit einem Nicken sowohl die Einladung als auch das vertrauliche Du und folgte ihm.

Der Speiseraum war leer, die Kinder und die alte Frau waren verschwunden, doch die Luft war immer noch schwer und stickig. Ana stieß im Dunkeln an einen Stuhl.

«Wir können nicht mehr Kerzen anzünden, weil sie uns dann von der Straße aus sehen würden», sagte Miguel.

Auf dem Tisch, der direkt beim Durchgang zur Küche stand und am weitesten von den Fenstern entfernt war, brannte eine einsame Kerze, ihr Licht fiel auf eine Flasche Wein und ein fast leeres Glas.

Der Lehrer bat sie, Platz zu nehmen, dann holte er ein weiteres Glas aus der Küche, schenkte ihnen beiden ein und setzte sich ihr gegenüber. Er schien sich auf vertrautem Terrain zu bewegen. Sie hoben gleichzeitig die Gläser zum Mund.

«Ich habe Aurelia zum Haus von Eugenias Eltern begleitet, danach bin ich nach Hause gegangen», begann der Lehrer zu erzählen. «Ich war vielleicht fünf Minuten in meiner Wohnung, da habe ich sie gehört. Sie standen vor dem Schulhaus und grölten: Kommunist, Atheist, gottloser Hurensohn. Man könnte fast sagen: das Übliche.» Er presste die Lippen aufeinander. «Der Vater der kleinen Alicia war dabei. Im September, zu meinem Namenstag, hat er mir noch ein paar seiner Trockenwürste geschenkt. ‹Vielen Dank, Don Miguel, vielen Dank auch.› López war auch da, sein Jüngster ist dieses Jahr in die Schule gekommen, der Ältere ist ein ziemlicher Dickkopf. ‹Nehmen Sie ihn an die Kandare, Don Miguel, das braucht er. Gesundheit und ein langes Leben für Sie, Don Miguel.›»

Er starrte auf die hölzerne Tischplatte. Dann griff er nach dem Weinglas und leerte es in einem Zug. Ana fragte sich, das wievielte Glas es an diesem Abend war. Aber sein Blick war immer noch klar, als er sie ansah. Er lächelte sie entschuldigend an. Sein Gesicht hatte wieder den halb schüchternen und halb entschlossenen Ausdruck, den sie vor einigen Tagen mit der Kamera eingefangen hatte.

«Tut mir leid – ich höre mich bestimmt an wie ein wehleidiger Jammerlappen.»

«Nein, das tust du nicht.»

Sie verstand, dass er enttäuscht und verbittert war. Plötzlich zählte das alles nichts mehr – dass er der Dorfschul-

lehrer war, dass er jahrelang ihre Kinder unterrichtet hatte. Plötzlich war er nur noch der Atheist, der ihnen ihre kleine Heilige nahm. Wenn sie schon mit ihm so umgingen, was würden sie dann mit ihr, der Fremden, anstellen?

«Sie riefen: ‹Er hat unsere kleine Heilige, er hat Isabelita entführt.› Als ich hörte, wie sie anfingen, sich gegen die Eingangstür zu werfen, habe ich mich durch eines der hinteren Fenster davongemacht. Da Aurelia die Tür immer offen lässt, habe ich mich bei ihr versteckt. Ich nehme an, dass sie die Tür aufgebrochen haben. Hoffentlich haben sie wenigstens das Radio in Ruhe gelassen, das ich gerade zusammenmontiere.»

Er schwieg und blickte durch sie hindurch auf einen Punkt irgendwo in der Dunkelheit des Speiseraums. Sie wartete, bis er weitersprach.

«Isabel werden sie dort nicht gefunden haben. Ich wünschte, ich hätte ihr helfen können.» Er drehte sein Glas, als wäre es eine Hellseherkugel. Ana fragte sich, was er dort außer einer kümmerlichen Weinpfütze sah. Isabels Zukunft? Seine eigene?

Sie holte ihn aus seinen Grübeleien. «Ich habe Isabel gesehen.»

«Du? Wo denn?»

«Auf der Straße. Sie hat versucht zu fliehen. Aber sie waren ihr auf den Fersen, und schließlich haben sie sie gefunden.»

Er starrte sie an.

«Ich konnte nichts für sie tun. Sie hätten mich in der Luft zerrissen.»

«Das hätten sie.»

«Bevor sie bei uns waren, hat Isabel mir gesagt, dass sie sich die Wunden selbst zufügt.»

Miguel schien nicht sonderlich überrascht, sondern nickte langsam und bedächtig, wie jemand, der seine Vermutungen bestätigt sieht.

«Wusstest du, dass ihre Mutter ihr nichts zu essen gibt?»

«Was meinst du damit?»

«Sie hungern sie regelrecht aus. Mauricio bringt ihr manchmal etwas zu essen.»

In Miguels Gesicht stand ungläubiges Entsetzen. Er schluckte mehrmals, dann sagte er: «Ich hatte den Eindruck, dass sie immer magerer wird, aber ich hätte nicht geglaubt, dass Magdalenas Fanatismus so weit geht. Wie kann sie nur! Sie lässt ihr eigenes Kind verhungern?»

«Ja. Ich nehme an, dass sie sie auch zwingt, sich die Stigmata beizubringen.»

«Am Ende glaubt sie tatsächlich, ihre Tochter könnte mit der sonntäglichen Hostie überleben.» Bitter fügte er hinzu: «Wie es sich für eine Heilige gehört.»

«Möglicherweise ist Don Benito die treibende Kraft hinter dem Ganzen. Vielleicht hat er Mutter und Tochter dazu gebracht, mit einer Art – wie hieß es unlängst in der Zeitung? – Gehirnwäsche.»

Sie erinnerte sich an den Artikel über die amerikanischen Soldaten, die aus dem Koreakrieg zurückgekommen waren. Angeblich hatten chinesische Spezialisten die Soldaten so lange bearbeitet, bis sie wie Automaten die Doktrin ihrer Peiniger wiederholten. Der Kommentar ihres Vaters hatte gelautet: «Was brauchen wir Chinesen, wenn wir doch auf die heilige Inquisition zurückgreifen können.»

Sie sagte: «Vielleicht hat er Magdalena dazu gebracht, ihrer Tochter nichts mehr zu essen zu geben. ‹Sie braucht keine irdische Nahrung mehr.› Und Isabel hat er mit seinen

Predigten über junge Märtyrerinnen dazu getrieben, sich selbst zu verletzen. Er hat sich gewissermaßen seine eigene Heilige herangezogen.»

Miguel blickte skeptisch. «Ich weiß nicht, Ana. Don Benito ist ehrgeizig, aber ich kann mir nicht vorstellen, dass er genug Phantasie hat, um sich so etwas auszudenken.»

Ana sah wieder den Pfarrer vor sich, seine Augen hinter den dicken Brillengläsern, die sie wütend angeblitzt hatten, als sie sich weigerte, das Datum des Beginns der Blutungen zu ändern. Hinter der salbungsvollen Stimme mit ihrer öligen Beredsamkeit und den weichen, priesterlichen Gesten steckte ein Mensch, der wusste, was er wollte, und sich äußerst ungern davon abbringen ließ. Deshalb bemerkte sie: «Jetzt ist er jedenfalls bereit, seine kleine Heilige mit Zähnen und Klauen zu verteidigen.»

«Nicht nur er.»

Beide dachten wieder an die Dorfbewohner, die mit ihren Fackeln durch die Straßen gezogen waren, um Isabel zu suchen, und wahrscheinlich nicht gezögert hätten, Miguel zu lynchen.

«Verblendete Fanatiker», sagte Miguel.

Ana fröstelte. «Warum wollen sie sie verhungern lassen? Bislang ist ihnen doch die lebendige Isabel durchaus von Nutzen – sie zieht immer mehr Gläubige an.»

Miguel runzelte die Stirn, und Ana fuhr fort: «Als Tote könnte sie tatsächlich seliggesprochen werden, und eines Tages wäre sie eine richtige Heilige. Und Don Benito hält einen Märtyrertod für den krönenden Abschluss einer Heiligenlaufbahn.»

Miguel nahm ihren Gedanken auf. «Zudem kann sie lebendig mehr Schwierigkeiten machen als tot. Es kann ja

durchaus sein, dass Isabel sich weigert, weiter mitzuspielen.»

Anas Mund war auf einmal staubtrocken, trotzdem brachte sie hervor: «Das tut sie. Heute wollte sie fliehen. Damit hat sie ihnen einen Grund geliefert, ihren Tod zu beschleunigen.»

Sie sah Miguels Gesicht und stellte fest, dass sich dort ihr eigenes Entsetzen spiegelte.

«Sie wird sterben, wenn niemand ihr hilft. Wenn wir ihr nicht helfen.» Ana spürte, dass ihre Worte hohl klangen, wie die einer Heldin in einem zweitklassigen Melodram.

Aber auf Miguel hatten sie zu ihrem Erstaunen eine wunderbare Wirkung. Er schob mit einer energischen Geste das Weinglas beiseite, das er schon zwei Mal geleert hatte, und sagte entschlossen: «Wir müssen sie da rausholen. In diesem Dorf kann sie nicht bleiben.»

Auf keinen Fall, dachte Ana.

«Aber sie ist zu schwach, um mit uns zu Fuß irgendwohin zu gehen. Und mit dem Bus kann sie auch nicht fahren, wenn er wieder hochkommt, das ganze Dorf würde es sehen», fuhr Miguel fort.

«Ich könnte sie mit nach Barcelona nehmen. Wenn die Straßen frei sind, holt mich jemand aus der Redaktion mit dem Auto ab, sie könnte heimlich mitfahren. Ich weiß schon, wo ich sie erst einmal unterbringen kann.»

Sie dachte an Beatriz, die zwar nicht begeistert sein würde, sich aber unter diesen Umständen darauf einlassen würde, Isabel zu verstecken. Doch das war nicht das dringendste Problem. Zuerst mussten sie Isabel aus dem Dorf herausbringen.

Miguel spann den Plan weiter aus. «Magdalena geht jeden

Morgen in die Messe. Seit Isabel diese Wundmale hat, begleitet Pedro sie.»

Seit er Vater einer Heiligen ist, dachte Ana.

«Mauricio weiß, wie er in ihr Haus kommt, oder? Wir könnten ihn bitten, ihr eine Nachricht zu bringen, sie soll ihre Sachen packen und wenn ihre Eltern in der Messe sind, soll sie an die Gartenmauer kommen. Sie liegt an einer schmalen Gasse. Unwahrscheinlich, dass uns dort jemand sieht, es gibt da nur Gärten und Hinterhöfe. Die Mauer ist nicht sehr hoch, ich kann hinüberspringen und ihr helfen, über sie zu klettern. Dann bringen wir sie zum Auto.»

Ein paar Augenblicke lang sah Ana vor ihrem inneren Auge den Wagen von *El Caso* vor sich. Isabel saß hinten in eine Decke gehüllt, die Hände und Füße frisch verbunden. Sie waren auf dem Weg nach Barcelona und nahmen die Kurven der nun wieder offenen Landstraße mit Bravour; der Himmel war blau, Ginsterbüsche und Nadelbäume zeigten wieder ihr dunkles Grün. Als sie sich selbst Schlager singend auf dem Vordersitz sah, wurde ihr klar, wie absurd das Wunschbild war, und sie kehrte in die Realität zurück.

«Das ist eine Entführung, Miguel. Sie werden die Polizei einschalten und uns wegen Kindesentführung belangen.»

«Nicht wenn wir sie zuerst anzeigen. Sobald du in Castellón bis, gehst du zur Polizei. Wenn Isabel ihre Geschichte erzählt, glaubt niemand mehr an eine Entführung.»

«Dafür müssten wir erst einmal dort ankommen. Aber die Eltern werden vorher gemerkt haben, dass sie verschwunden ist. Sie gehen zu Don Ignacio. Es ist nur eine Frage von Minuten, bis wir eine Patrouille der Guardia Civil auf dem Hals haben.»

«Nur wenn das Funkgerät in der Kaserne funktioniert. Aber

es kann außer Betrieb sein. Jemand kann dafür sorgen. Und wie schlecht das Telefon hier funktioniert, weißt du selbst.»

Er klang fast euphorisch, Ana fragte sich, ob ein Teil seiner Begeisterung nicht dem Wein geschuldet war, den er ohne Unterlass in sich hineinschüttete, seit sie hier war. Außerdem gab es noch ein Problem.

«Wenn sie im Dorf mitbekommen, dass du mir geholfen hast, werden sie dich wirklich lynchen.»

Er lächelte leicht. «Wenn ich dann noch hier bin.»

Ana verstand. Isabels Rettung war auch seine Chance, aus diesem Dorf zu verschwinden. Mit ihr. Was hatte er bei ihrem ersten Gespräch gesagt? Ein Wunder ist ein Riss in der Welt, durch den sich die Hoffnung zwängen kann. Er schien gerade sein persönliches Wunder zu erleben, einen Ausweg wider alle Wahrscheinlichkeit zu finden.

In der Stille, die folgte, fiel Ana wieder Aurelias Abwesenheit auf. Miguel hatte gesagt, dass sie Eugenias Eltern besuchen wollte.

«Eugenia wollte mir etwas über Isabel sagen.»

«Das erstaunt mich nicht. Die beiden haben immer zusammengesteckt, gelacht und gekichert. Eugenia war die einfallsreichere von beiden. Sie hat Isabel auf die verrücktesten Ideen gebracht.»

«Ich nehme an, sie wusste, was es mit den Stigmata auf sich hatte. Vielleicht wusste sie auch, dass ihre Mutter Isabel nichts mehr zu essen gibt.»

«Mauricio wird es ihr erzählt haben. Er bewunderte Eugenia.»

Das war also das Geheimnis, das sie gegen ein paar Erzählungen über die große Stadt, etwas Nahrung für ihren Geist, eintauschen hatte wollen.

«Ich fürchte, dass irgendjemand vor der Kirche gehört hat, was sie zu mir gesagt hat. Und dann vermutet hat, was sie mir erzählen wollte. Es ist einfach entsetzlich!»

Miguel schaute sie verblüfft an, dann verstand er, zu welchem Schluss sie gelangt war.

«Du denkst also, dass es kein Unfall war?»

Eugenia war im Dorf aufgewachsen, sie kannte die Berge und würde sich nicht ohne weiteres verlaufen. Sie wusste genau, wie gefährlich es war, bei diesem Schnee im Wald unterwegs zu sein oder zu Fuß nach Cantavieja zu laufen.

«Nein. Ich glaube, dass sie ermordet worden ist.»

«Aber …» Ihm versagte für einen Moment die Stimme. «Das kann ich mir nicht vorstellen. Meinst du, Don Benito oder Magdalena …»

«Sie nicht. Aber einer von denen, die dich heute Nacht fast erwischt hätten, jemand, der alles tun würde, um Don Benito zu helfen.» Ana traute sich kaum, ihren Verdacht auszusprechen. «Vielleicht war der Streifzug des Somatén nur eine Farce? Warum sollten sie in einer so kalten Nacht unterwegs sein? Vielleicht weil sie den Leichnam wegschaffen wollten, damit er erst viele Tage später gefunden wird.»

Den unberührten Körper des Mädchens. Das Wunder, das die kleine Heilige bewirkt haben sollte, hatte eine einfache Erklärung. Kein Tier hatte ihn berührt, weil er kaum im Wald gelegen hatte. Sie hatten ihn gerade dort niederlegt. Die Männer des Somatén.

Es war eine kleine Gruppe gewesen, nur fünf Männer. Sicher diejenigen, die am vertrauenswürdigsten waren. Die bereit waren zu schweigen, aus Loyalität, aus Fanatismus.

Womit sie nicht gerechnet hatten, war, dass Mauricio ihnen folgen und den Leichnam finden würde.

Miguel schüttelte den Kopf. «Aber das würde bedeuten, dass das halbe Dorf sich verschworen hat, selbst Don Ignacio wäre daran beteiligt. Er hat behauptet, dass Eugenia erfroren ist, und hat erlaubt, dass sie morgen schon beerdigt wird, ohne Autopsie.»

Die Hast bei der Beerdigung war der Schlusspunkt. Irgendwann würde es wieder Strom und Telefon geben. Eine Telefonverbindung, an deren anderem Ende ein fähiger Polizist eine Autopsie anordnen würde. Es gab keine bessere Strategie, als ihm mitzuteilen, dass der Leichnam schon beerdigt war. Welcher Richter würde die Exhumierung eines erfrorenen Mädchens in einem weit entfernten Bergdorf anordnen?

Ihre Überlegungen erschreckten sie immer mehr, nicht nur weil sie beinhalteten, dass Eugenias Tod kein Unfall gewesen war, sondern wegen der Vielzahl von Komplizen und Helfershelfern, die nötig waren, eine solche Lüge aufrechtzuerhalten.

Wer weiß, wie viele an dieser Verschwörung beteiligt waren. Wenn Eugenia umgebracht worden war, damit sie nicht mit Ana sprechen konnte, bedeutete das, dass sie sie beobachten, sie belauern würden. Miguel schien Ähnliches durch den Kopf zu gehen, denn er sah sie besorgt an. Mit einer Stimme, die tiefer war als sonst und die er wahrscheinlich benutzte, wenn seine Schüler sich unbedingt etwas einprägen sollten, sagte er: «Du solltest in der Pension bleiben, bis du von eurem Fahrer abgeholt wirst. Und sag niemandem, dass die Stigmata falsch sind.» Er schaute sie streng an und wiederholte eindringlich: «Absolut niemandem.»

Bevor sie antworten konnte, erschien auf seinem Gesicht ein schwaches Lächeln, das allerdings nicht ihr galt.

«Aurelia, wir haben dich gar nicht kommen hören.»

«Ich bin durch die Küche gekommen, es ist der kürzeste Weg.»

Ana drehte sich um.

«Guten Abend, Ana.» Aurelia löste den Knoten, mit dem sie ihr schwarzes Wolltuch unter dem Kinn zusammengebunden hatte, und zog den Mantel aus.

Ana fragte sich, was sie wohl von ihrer Unterhaltung mit Miguel gehört hatte.

«Sie ist verzweifelt. Ich weiß genau, wie es ihr geht.»

Miguel stand auf und legte Aurelia tröstend die Hand auf die Schulter.

Aurelia blickte Ana an, ihre Augen waren gerötet.

«Ich war bei Eugenias Eltern.»

«Miguel hat es mir schon gesagt.»

Mit dem Mantel über dem Arm fragte Aurelia Miguel: «Und was machst du noch hier? Ich dachte, du wärst schon längst nach Hause gegangen.»

Miguel erzählte ihr, was an dem Abend geschehen war, über Anas Begegnung mit Isabel verlor er jedoch kein Wort.

«Vielleicht ist es am besten, wenn du heute hier übernachtest», bot ihm Aurelia an.

«Danke, ich schlafe zu Hause. Inzwischen werden sie wohl eingesehen haben, dass Isabel nicht bei mir ist, und woanders weitersuchen.»

Er verabschiedete sich bald von den beiden Frauen und verschwand durch die Vordertür.

Zu Anas Erleichterung drehte Aurelia den Schlüssel zweimal im Schloss herum.

18

Als Ana am Morgen aufwachte, war es still im Haus, keines der üblichen Morgengeräusche aus der Küche drang zu ihr herauf.

Sie zog den Mantel über das Nachthemd und stieg hinunter, um etwas Wasser für die Waschschüssel warm zu machen. Das Feuer war heruntergebrannt, Aurelia musste schon vor einer Weile fortgegangen sein. Ohne sie schien das Haus kleiner zu werden – als ob sie mit ihren flinken Eichhörnchenbewegungen dafür sorgen würde, dass die Wände sich nicht zusammenschoben. Jetzt aber schienen diese Aurelias Abwesenheit zu nutzen, um sich den Raum anzueignen.

In einem Küchenschrank fand Ana die Dose mit den restlichen Kaffeebohnen. Viele waren es nicht mehr. Sie wollte nicht alle verbrauchen – wer weiß, wie lange sie noch eingeschneit sein würden – und kochte sich einen nahezu durchsichtigen Kaffee. Danach füllte sie einen großen Kessel mit Wasser, stellte ihn auf den Herd und setzte sich im Speiseraum auf den Stuhl am Feuer, auf dem am Abend zuvor die boshafte Greisin gehockt hatte.

Trotz der vorgerückten Morgenstunde fiel wenig Licht ins Haus, der Himmel war noch immer bedeckt. Kein Wunder, schließlich ist heute ein Tag der Trauer, dachte Ana. Die Irrationalität ihres Gedankens erschreckte sie, sie schrieb sie mangelndem Schlaf und dem zu dünnen Kaffee zu. Sie nahm noch einen Schluck und erinnerte sich wehmütig an den gu-

ten Kaffee, den ihr Julián Maestre angeboten hatte. Schwarz und stark. Ihrer war braun wie eine Kakerlake.

Don Julián und seine gut bestückte Bibliothek brachten sie wiederum auf Beatriz, auf das zurückgezogene Leben, das ihre Cousine auf gewisse Weise von der Welt unabhängig machte. Frei von der Welt, von Satan und von der Fleischeslust. Ana musste lächeln. Mit genügend Büchern würde Beatriz selbst dieses Dorf ertragen können. Sie allerdings nicht, sie würde sich nach wenigen Monaten davonmachen.

Sie fragte sich, ob ihre Cousine sie vermisste. Ob überhaupt jemand sie vermisste, während sie in diesem Dorf festsaß, in dieser Pension, die für Aurelia das Universum bildete. Sie ging im Kopf die Räume des Hauses durch, bis sie zu dem Refugium der Wirtin kam, zu dem kleinen Wohnzimmer. Sechs oder sieben Schritt bis zur Treppe, zehn Stufen hinauf, fünf Schritte bis zum Zimmer. Das war Aurelias Welt. Dieses Dorf mit seiner falschen Heiligen und der toten Eugenia. Noch ein totes Mädchen, wie Aurelias Tochter. Tote Mädchen …

Das Gefühl der Beklemmung, gegen das sie sich in den letzten Tagen erfolgreich zur Wehr gesetzt hatte, sprang sie von hinten an, kletterte geschwind ihre Wirbelsäule hoch und krallte sich im Nacken fest. Wände und Dach schienen es zu bemerken, denn sie machten sich daran, langsam auf sie zuzukommen. Ana fuhr unwillkürlich hoch und lief rastlos im Speiseraum auf und ab. Die paar Schritte, die sie Aurelia zugestanden hatte, waren immer noch zu viele für ihre langen Beine. Eins, zwei, drei, vier, fünf. Mehr waren es nicht. Die Wand neigte sich ihr entgegen, die hölzernen Balken der Decke bogen sich herab, die Möbel schluckten allen Sauerstoff und ließen ihr nur die Hitze übrig. Das Zimmer

erstickte sie. Mit zittrigen Händen zog sie den Mantel aus und floh in Richtung Küche. Einen, zwei, drei Schritte, und sie stand an der Haustür. Ihre Finger bewegten sich so hastig, dass sie die Tür nicht aufbekam. Panik stieg von ihrem Magen nach oben, auf der Suche nach ihrer Kehle, um sie ein für alle Mal zu verschließen. Raus, nichts wie raus. Ihre Hände schienen sich nicht mehr zu kennen, so sehr behinderten sie einander.

Endlich gelang es ihr, den Knauf zu drehen, und sie riss die Tür auf. Die Kälte versetzte ihr eine Ohrfeige und katapultierte sie in die Realität zurück.

Genauso wie der erstaunte Blick Aurelias, der sie auf einmal gegenüberstand.

«Was ist los, Ana? Was tun Sie hier draußen im Nachthemd?»

Eingemummt in einen dicken Schal, wirkte Aurelia noch kleiner. Unter den roten, verquollenen Augen zeichneten sich tiefviolette Ringe ab. Sie hatte geweint.

«Wir haben die Kleine gewaschen und angekleidet.»

Sie drängte Ana sanft ins Haus zurück und sagte, als sie das kochende Wasser auf dem Herd bemerkte: «Gehen Sie ruhig in Ihr Zimmer, ich bringe es Ihnen gleich hoch.»

«Ich kann es sofort mitnehmen.»

«Nein, besser nicht. Sie könnten sich verbrühen.»

Aurelia sah sie nicht an. Mit gesenktem Kopf lief sie im Speiseraum umher und rückte die Stühle wieder an ihren Platz, auch die, die schon an den Tischen standen. Dann holte sie einen Lappen aus der Küche und begann, energisch die Tische zu wienern. Immer noch vermied sie Anas Blick, als ob das Putzen ihre gesamte Aufmerksamkeit in Anspruch nähme. Ana fragte sich, ob es daran lag, dass sie ihr Gespräch

mit Miguel am Abend zuvor gehört hatte oder daran, dass sie gerade ein totes Mädchen angekleidet hatte und nun irgendeine Beschäftigung brauchte.

«Gehen Sie schon nach oben», sagte sie zu Ana. «Ich bringe Ihnen sofort das Wasser.»

Sie wollte allein sein.

Ana stieg in ihr Zimmer hinauf. Wenig später erschien Aurelia mit dem warmen Wasser. Auch jetzt sah sie Ana nicht an. Nicht als sie eintrat, nicht als sie das Gefäß am Waschtisch abstellte, und auch nicht beim Hinausgehen. Jedes Mal fanden ihre Augen einen anderen Punkt, den sie aufmerksam fixierten.

Als Aurelia die Tür hinter sich zugezogen hatte, begann Ana sich zu waschen. Sie hatte keine Eile, der Tag würde ohnehin lang genug sein. Das warme Wasser und die Seife spülten den Angstschweiß der Panikattacke hinweg und sorgten dafür, dass sie wieder sie selbst wurde, eine Journalistin, die ausgezogen war, um eine interessante Geschichte zu finden, und die mit leeren Händen zurückkehren würde. Denn nun ging es nicht mehr um ihre Reportage. Was jetzt zählte, war, das Mädchen aus dem Dorf zu schaffen, bevor es getötet wurde. Und im Grunde musste sie zusehen, dass sie selbst mit heiler Haut davonkam. Sie musste fliehen. Aber nicht kopflos, dachte sie. Sie musste all ihre Sinne beieinanderhalten, um sie beide zu retten.

Ein Sonnenstrahl fiel durchs Fenster. Sie schaute hinaus und sah den blauen Riss in der Wolkendecke.

Ana verließ ihr Zimmer. In der Küche fand sie Aurelia, die wütend Teig knetete. Sie traktierte die zähe Masse so heftig, dass Ana glaubte, sie habe sie gar nicht bemerkt. Doch sie irrte sich.

«Zur Beerdigung müssen Sie allein gehen. Ich gehe früher, weil ich der Familie helfe.»

Ana hatte eigentlich nicht vorgehabt, daran teilzunehmen. Sie wollte in der Pension bleiben. Hinter verschlossener Tür. In Sicherheit.

«Ich …»

«Doch, doch. Wenn Sie dabei sein wollen, kann es Ihnen niemand verbieten. Das ganze Dorf wird da sein.»

Mit ihrer ungeduldigen Bemerkung zerstreute Aurelia Anas Ängste, ohne es zu ahnen. In der Kirche würde ihr nichts passieren, ebenso wenig auf dem Weg dahin, selbst wenn sie allein unterwegs war. Niemand würde ihr etwas antun. Nicht vor der Totenmesse. Und sie würde sich von Eugenia verabschieden können.

«Um fünf», teilte Aurelia ihr mit, ohne von ihrem Teig abzulassen.

* * *

Die Kirchenglocken riefen zur Totenmesse. Die schweren und düsteren Schläge trieben die Dorfbewohner aus ihren Häusern, und Reihen von schwarz gekleideten Menschen zogen durch die Straßen zur Kirche. Als Ana sich auf den Weg machte, war der Schnee bereits voller schmutziger Spuren. Sie hatte gewartet, bis die Glockentöne in größeren Abständen aufeinanderfolgten, um sicher zu sein, dass sie unterwegs niemanden treffen würde.

Wie ein Turmwächter saß eine Krähe auf dem höchsten Dachfirst und krächzte, gerade bevor die Sonne wieder zwischen den Wolken auftauchte. Es war eine schwächliche Sonne, die Licht, aber keine Wärme gab, eher eine Verbün-

dete des Schnees als sein natürlicher Feind. Ana schirmte mit der Hand ihre Augen ab, die an so viel Licht nicht mehr gewöhnt waren.

Wenige Schritte vor ihr öffnete sich eine Haustür, und eine junge Frau mit einem etwa vierjährigen Kind auf dem Arm trat heraus, beide von Kopf bis Fuß in Schwarz gekleidet. Ana grüßte, die Frau sah in ihre Richtung und antwortete ihr mit einem finsteren Blick. Das Kind schmiegte seinen Kopf an die Schulter seiner Mutter und starrte Ana mit zusammengekniffenen Lippen und aufgerissenen Augen an. Es hatte Angst, vielleicht vor Eugenia in ihrem Sarg, vielleicht auch vor Ana.

Die Frau blieb vor dem halboffenen Tor eines niedrigen Hauses stehen, klopfte und sofort erschien eine ältere Frau, ebenfalls in Trauerkleidung. Sie küssten einander auf die Wange. Die jüngere flüsterte der anderen etwas ins Ohr, worauf diese zu Ana herüberblickte und etwas entgegnete, den Blick auf Ana gerichtet und den Mund verächtlich verzogen. Dann schüttelten beide den Kopf, drehten Ana den Rücken zu und setzten sich in Bewegung.

Ana verlangsamte ihren Schritt, um sie nicht einzuholen, und verlor die beiden an einer Ecke aus den Augen. Wieder wurde die Welt weiß. Die Straße, die Mauern, die Fensterbrüstungen, alles war weiß, auch der Rauch aus den Schornsteinen, der an diesem windstillen Tag senkrecht in die Höhe stieg, als wollte er sich mit den Wolken gegen den blauen Spalt verbünden, der ein wenig Sonne hereinließ.

Kurz danach erschien wieder ein schwarzer Strich auf der weißen Oberfläche, ein Mädchen von neun oder zehn Jahren, das durch eine Seitenstraße herankam. Die Kleine achtete nicht auf ihren Weg, weil sie mit einer Stoffpuppe

sprach, die sie wie beim Ringelreihen an beiden Händen gefasst hatte. Sie fuhr zusammen, als sie Ana bemerkte, und drückte die Puppe fest an sich, während sie sich hilfesuchend umsah.

Ana wunderte sich, dass das Mädchen nach Eugenias Tod allein unterwegs war.

«Was für eine hübsche Puppe», sagte sie zu ihr, obwohl sie nur den Haarschopf aus verfilzter Wolle und die ungeschickt zusammengenähten Füße erkennen konnte.

Das Mädchen nickte.

«Ist es deine?»

«Nein.» Ana hörte das Bedauern in ihrer Stimme. «Sie gehört Eugenia. Ich werde sie ihr zurückgeben. Eugenia hat sie selbst gemacht.»

Sie hielt Ana die Puppe hin. Der Stoff, aus dem sie genäht war, war irgendwann einmal weiß gewesen, vielleicht ein altes Betttuch. Die Augen waren zwei schwarze Knöpfe, Mund und Nase waren aufgestickt und aus derselben Wolle wie das Haar. Das Lächeln war etwas schief geraten. Das Mädchen ahmte es nach, während es Ana die Puppe zeigte, und Ana verstand, wie schwer es ihr fiel, sich von dem Spielzeug zu trennen.

«Warum willst du sie ihr zurückgeben?»

«Ich weiß nicht. Vielleicht braucht sie sie noch.»

«Das glaube ich nicht. Ich denke, ihr würde es gefallen, wenn du sie behältst. Als Erinnerung.»

Das Mädchen drückte die Puppe an sich und sah Ana dankbar an. «Dann nehme ich sie mit nach Hause. Und nenne sie Eugenia.»

Das Mädchen machte auf dem Absatz kehrt und ging in die Richtung, aus der es gekommen war.

«Zu Hause bekommst du noch eine warme Suppe, und dann ab ins Bett.»

Ana sah dem Mädchen nach, während es in ein Gespräch mit der Puppe versunken die Straße entlanglief. Trauer überfiel sie. Die Kleine war nur ein paar Jahre jünger als Eugenia.

Dann ließ ein Kichern hinter ihrem Rücken sie herumfahren.

Mauricios runder blonder Kopf schaute um eine Straßenecke. Die Augen waren nur noch zwei schmale, von grinsenden Wangen zusammengepresste Schlitze. Er verschwand, als sie ihn entdeckte, doch sein Lachen verriet ihn.

Das Geräusch begleitete sie einige Meter. Sie drehte sich nicht um, damit er nicht merkte, dass er sie erschreckt hatte. Ab und zu verriet ihr ein stärker oder schwächer werdendes Kichern, dass Mauricio auftauchte und sich wieder versteckte, aber er folgte ihr nicht mehr.

Wie toll die Señora aus Barcelona aussieht! Was sie Augustina wohl gesagt hat? Augustina ist klein. Und dumm. Alle kleinen Mädchen sind dumm. «Weil sie noch nicht ausgewachsen sind», sagt Mutter. Sie werfen mit Steinen nach mir, nur so aus Spaß. Aber wenn Eugenia dabei ist, dann nicht. Dann lassen sie mich in Frieden. Dann haben sie mich in Frieden gelassen.

Jetzt ist Eugenia auch ein kleiner Engel. Pili freut sich bestimmt, und sie werden Freundinnen. Ich hoffe, sie wird nicht eifersüchtig, weil Eugenia mit geschlossenen Augen und in dem weißen Kleid mit dem Schleier auch sehr toll aussieht. Don Benito hat mir eine Kopfnuss verpasst, als ich ihn gefragt habe, ob Isabelita sie geheilt hat. Damit sie nicht schielt, wenn sie im Himmel ankommt. Er hat mir die Kopfnuss mit seinem Ring verpasst. Zum Glück wird Isabelita im Himmel für ihn beten, wenn sie tot ist. Er ist böse. Don Julián sagt auch, dass er böse ist, weil er mich schlägt. Er sagt nämlich, dass alle, die mich schlagen, böse sind. Obwohl er mich auch einmal geschlagen hat, aber nicht aus Bosheit. Da hatte ich es verdient. Man guckt den Mädchen nicht unter die Röcke. Aber ich wollte wissen, wie sie da unten aussehen.

«Wie sollen sie da unten schon aussehen? Wie Schafe oder Kühe», hat er gesagt.

Und ich habe gesagt, dass das nicht sein kann, dass Kühe und Schafe nicht auf zwei Beinen gehen. Er hat mich nicht noch mal geschlagen, obwohl ich schon die Backe hingehalten habe. Nein. Er hat gelacht. Außerdem hat er mir ein Geldstück geschenkt. Eu-

genia hat gesagt, ich soll es gut aufheben, damit wir in die Stadt ziehen können. Eugenia wollte immer in die Stadt ziehen, und sie hat versprochen, dass sie mich mitnimmt. Jetzt muss ich allein gehen. Aber ich weiß nicht, ob es genug Geld ist.

Eugenia konnte rechnen, aber jetzt ist sie ja im Himmel. Weil sie ein kleiner Engel ist, in einem weißen Kleid. Sie haben ihr ein paar von Isabelitas blutigen Tüchern in den Sarg gelegt. Damit sie oben wissen, von wem sie kommt, sagt Don Benito. Ich habe Isabelita gefragt, ob ich warten muss, bis sie stirbt, damit sie mich heilt. Da hat sie angefangen zu weinen. Sie hat gesagt, dass sie Hunger hat, obwohl ich ihr doch jeden Tag etwas zu essen bringe. Ich habe ihr gesagt, dass es mit dem Heilen nicht eilt, obwohl das nicht stimmt.

Ich habe es satt, dumm zu sein, und ohne Eugenia, die mir die Sachen erklärt, habe ich gar keine Lust mehr. Die Señora aus Barcelona kann bestimmt rechnen. Ich zeige ihr, wie viel Geld ich habe, und sie nimmt mich mit in die Stadt.

19

Sie kam gerade noch rechtzeitig, um das ältere Paar zu sehen, das vor ihr im Eingang der Kirche verschwand, nach ihr überquerte jedoch niemand mehr die Schwelle. Ana suchte sich einen Platz an der Rückwand des Kirchenschiffs, wo wenig Licht hinfiel. Bislang hatte keiner der Anwesenden sie bemerkt.

Der offene Sarg stand im Mittelgang vor dem Altar. Er war weiß wie Eugenias Kleidung, wie die Haube auf ihrem Kopf, weiß wie ihr Gesicht und ihre Hände, um die ein Rosenkranz aus schwarzen Perlen geschlungen war. Weiß war auch das Tuch in ihrer rechten Hand. Den Sarg umgaben Stoffblumen und helle, dickleibige Kerzen, deren unruhiges Flackern den Eindruck erweckte, als atmete die Tote.

Ana zwang sich, den Blick von Eugenias Leichnam abzuwenden, und ließ ihn über die vollbesetzten Kirchenbänke wandern. Frauen, Männer, Greise, Kinder, das ganze Dorf war da. Vorn saß Julián Maestre in makelloser Trauerkleidung auf seiner Kirchenbank. Den Kopf hatte er der Stelle zugewandt, an der Isabels Stuhl hätte stehen müssen. Auf der Seite der Frauen schien sie die Einzige zu sein, die fehlte. Ihre Eltern hingegen waren gekommen. Die Mutter hatte den Kopf gesenkt, vermutlich um den fragenden Blicken der Anwesenden auszuweichen. Warum ist Isabelita nicht da? Wo ist unsere kleine Heilige? In der ersten Reihe der Männer saß Isabels Vater, links von ihm der Bürgermeister

und rechts der Sargento. Eingezwängt zwischen den beiden lokalen Autoritäten, erinnerte er an einen Häftling kurz vor seiner Aussage vor Gericht.

Während die schwarzen Mantillen in den Reihen der Frauen sich zu einem dunklen Schwaden ballten, in dem einzelne Gesichter sich kaum ausmachen ließen, waren die Männer, die ohne Kopfbedeckung dasaßen, gut zu erkennen. Ana konnte daher leicht feststellen, wer fehlte. Miguel nahm nicht an der Totenfeier teil, was klug war. Seine bloße Anwesenheit hätte einen Tumult auslösen können. Er hatte noch bessere Gründe als sie selbst, sich von der Menge fernzuhalten, außerhalb des Blickfeldes der größten Fanatiker.

Auch Mauricios blonder Kopf war nirgends zu entdecken. Ana fragte sich, ob sein Fehlen etwas mit Isabels Abwesenheit zu tun hatte. Sie suchte nach Aurelia und erspähte ihre zierliche Gestalt in der ersten Reihe, wo auch Eugenias und Isabels Mütter saßen. Mütter von heiligen und toten Mädchen. Ana ging die Bänke durch und fragte sich, wer von den dort Sitzenden die Wahrheit über das Geschehene wusste, wer an der Verschwörung beteiligt war und das Geheimnis kannte, um dessentwillen sie das Mädchen vorn im Sarg geopfert hatten.

Die Menge erhob sich, als Don Benito eintrat. Zwei Messdiener begleiteten ihn. Beide waren im Alter der Toten und sahen immer wieder zum Sarg hinüber, der eine voller Angst, der andere neugierig.

Ana drückte sich an die Mauer. Sie verbarg ihr Gesicht hinter der Mantille und schob ihre Hände in die Ärmel, um mit dem Schatten zu verschmelzen. Aus ihrem Versteck sah sie, wie die Kirchenbesucher sich bekreuzigten und mit einem Rascheln niederknieten. Die Bewegungen ließen die

Kerzenflammen hin und her taumeln. Die Schatten zeichneten einen zornigen Ausdruck in das Gesicht des Mädchens, und der Sarg schien inmitten der knienden Menge höher zu stehen. Vom Altar aus intonierte Don Benito feierlich: *«Requiem æternam dona eis, Domine, et lux perpetua luceat eis.»* Die rituellen Sätze gewannen durch seine sorgfältig modulierende Stimme wieder Sinn. *«Te decet hymnus Deus, in Sion, et tibi reddetur votum in Ierusalem. Exaudi orationem ...»*

Laut knarrend öffnete sich die Kirchentür. Mauricio kam herein. Don Benito unterbrach kurz den Introitus und sprach dann sofort weiter, wenngleich etwas zittrig: *«Orationem meam; ad te omnis caro veniet.»*

Ein Mann erhob sich in der letzten Bankreihe, ging auf Mauricio zu und versuchte, ihn wegzuführen. Der Junge ließ es geschehen. Aber er schluchzte laut, weder drohende noch besänftigende Gesten konnten ihn davon abbringen. Ganz im Gegenteil. Während Don Benito die Stimme hob, um ihn zu übertönen, begann Mauricio zu schreien und versuchte nun, sich von dem Mann loszureißen, der ihn daran hindern wollte, zum Sarg vorzulaufen.

«Eugenia, Eugenia! Die Ääärmste!»

Der Priester unterbrach sein Gebet. Mauricios Schreie wurden schriller, und er trat um sich. Seine Mutter ging zu ihm, um ihn zu beruhigen, aber der Junge kreischte weiterhin den Namen der Toten. Sein Vater erhob die Hand, ohne zuzuschlagen, immerhin waren sie in der Kirche. Gleichwohl begann Mauricio zu jammern, als sei er tatsächlich geschlagen worden. Sein Klagen ging in ein langgezogenes Geheul über, das er mit der ganzen Kraft seiner Lungen aus dem aufgerissenen Mund mit den weit auseinanderstehenden Zähnen hervorstieß. Die Kirchenbesucher drehten sich zu

ihm um und starrten ihn entsetzt an, bis eine Stimme das Geschrei durchbrach: «Ruhe!»

Sie gehörte Julián Maestre. Er hatte sich erhoben und schritt entschlossen auf Mauricio zu. Die Männer ließen ihn los, die Mutter wich zur Seite. Mauricio selbst schrie weiter, bis Julián Maestre vor ihm stand, ihm die Hand auf die Schulter legte und ihm in die Augen blickte.

«Schweig.»

Mauricio entgegnete: «Eugenia. Die Ääärmste!»

«Schweig, habe ich gesagt.»

In diesem Moment kam eine Stimme von den vorderen Bänken.

«Schweig, schweig! Habt ihr nicht genug von all dem Schweigen?» Es war Aurelia, die aufrecht an ihrem Platz in der ersten Reihe stand.

«Aurelia, um Himmels willen, sei still!», zischte ihre Banknachbarin ihr zu.

«Ich habe es satt, still zu sein. Ich habe das ganze Schweigen satt.»

Die Frauen zerrten an ihren Händen und Kleidern, um sie am Weitersprechen zu hindern.

Julián Maestre sah sie scharf an und wandte sich dann an den blass gewordenen Pfarrer, den seine Redekunst offensichtlich verlassen hatte.

«Don Benito, sorgen Sie für Ordnung in Ihrem Haus. Oder muss ich Ihnen dabei helfen?» Er bedachte den Pfarrer mit einem verächtlichen Blick, während er zu seinem Kirchenstuhl zurückkehrte.

Don Benito erwachte aus seiner Starre und trat zu Aurelia. Leise auf sie einredend, brachte er sie dazu, sich wieder zu setzen. Auch wenn er lauter gesprochen hätte, hätte Ana ihn

nicht verstehen können, denn am Ausgang rangelten einige Männer mit Mauricio, um ihn aus der Kirche zu zerren. Der Junge wehrte sich heftig, bis einer der Männer, sein Vater, zwischen den Zähnen hervorstieß: «Du darfst bleiben, wenn du den Mund hältst. Hältst du den Mund?»

«Ja, ja, ja.»

«Bei der kleinsten Kleinigkeit bringe ich dich nach Hause und prügel dir die Seele aus dem Leib. Kapiert?»

«Mund halten, Mund halten», wiederholte Mauricio und nickte eifrig.

Wenige Minuten später erhob sich wieder Don Benitos Stimme über die schweigende Gemeinde.

«Requiem æternam dona eis, Domine, et lux perpetua luceat eis.»

20

Sie wartete nicht das Ende der Messe ab, sondern schlüpfte kurz davor aus der Kirche und machte sich eilig auf den Weg in die Pension. Die Angst vor den Leuten, die sie auf dem Hinweg nicht gespürt hatte, überfiel sie nun in den verlassenen Straßen des Ortes umso heftiger. Der Riss in den Wolken war größer geworden, in dem helleren Sonnenlicht wirkten die Straßen breiter, und Ana hatte das Gefühl, selbst sichtbarer geworden zu sein, feindlichen Blicken ohne Deckung ausgeliefert. Sie beschleunigte ihren Schritt.

Die Wärme in der Pension war anheimelnd, aber Ana ließ sich nicht täuschen. Wärme hatte noch nie jemanden vor irgendetwas beschützt. Sie schloss die Haustür ab, durchquerte Speiseraum und Küche und sperrte auch die Hintertür ab. Wenn Aurelia zurückkam und keinen Schlüssel dabeihaben sollte, würde sie ihr öffnen. Dann setzte sie Wasser auf, holte die Mühle hervor und machte sich wieder einen Kaffee Marke Geizkragen. Es blieben ihr nur noch eine Handvoll Bohnen. Sie trank ihn im Stehen in der Küche, ohne dass er ihr Genuss oder Erleichterung verschaffte.

Als sie sich in ihrem Zimmer umzog, meinte sie zwei oder drei dumpfe Schläge zu hören, zu laut für das Klopfen der Wirtin. Ana lauschte mit angehaltenem Atem, aber die Schläge wiederholten sich nicht. Sie knöpfte ihre Bluse zu und verließ das Zimmer. Die wenigen Schritte, die sie von dem kleinen Wohnzimmer trennten, brachte sie hastig hinter

sich, getrieben von derselben kindlichen Angst, die sie vor vielen Jahren gezwungen hatte, die langen, dunklen Gänge der elterlichen Wohnung nur im Laufschritt zu durchqueren, jedes Mal voller Furcht, dass irgendetwas plötzlich aus einem der Zimmer stürzen könnte oder sich im nächsten Moment eine kalte Hand auf ihre Schulter legen würde.

Im Zimmer angelangt, zog sie die Tür hinter sich zu. Dieses Mal setzte sie sich nicht an den Tisch mit dem Kohlenbecken, sondern ließ sich, die Beine in eine Decke gehüllt, auf einem Sessel am Fenster nieder, damit sie die Wirtin gleich kommen sah. Sie versuchte zu lesen, doch bald merkte sie, dass ihre Augen nur mechanisch über die Zeilen glitten, während vor ihrem inneren Auge erneut Eugenias weißer Sarg auftauchte. Statt der Kohle roch sie wieder den Weihrauch und das heiße Wachs der brennenden Kerzen in der Kirche. Mauricios und Aurelias Stimmen hallten in ihrem Kopf wider. Worüber wollte Aurelia nicht mehr schweigen? Sie zog die Decke noch ein Stück höher und starrte gedankenverloren auf die verlassene Straße hinab.

Sie hätte nicht sagen können, wie viel Zeit vergangen war, als Aurelia zurückkam. Ihr Winken bemerkte die Wirtin nicht, da sie den Blick starr auf die Straße gerichtet hielt. Als Ana aufstand, um ihr die Haustür zu öffnen, sah sie, dass Aurelia mit verblüfftem Gesichtsausdruck einige Meter vor der Tür stehen blieb. Ana fragte sich, was sie gesehen haben konnte oder was ihr gerade eingefallen sein mochte. Etwas Schmerzhaftes ihrem Gesicht zufolge, etwas Empörendes der brüsken Handbewegung nach, die sie machte, bevor sie sich auf dem Absatz umdrehte und davoneilte.

Vergeblich klopfte Ana gegen das Fensterglas, Aurelia schien sie nicht zu hören.

Sie rannte die Treppe hinunter, aber als sie die Tür öffnete, war Aurelia schon aus ihrem Blickfeld verschwunden. In ihren Filzpantoffeln konnte sie ihr nicht nachsetzen. Ana blickte sich um, aber die Straße war menschenleer.

Kaum hatte sie sich umgedreht, um wieder ins Haus zu gehen, da sah sie es. Sie brauchte ein paar Sekunden, um zu erkennen, was es war. Das erste Wort, das ihr in den Sinn kam, verdarb ihr für immer eine Kindheitserinnerung.

Treski. So hatte der Hund ihrer Großeltern geheißen, ein etwas tollpatschiger Mischling, der zum Entsetzen ihrer Großmutter die Angewohnheit hatte, ihr nach dem Spielen dankbar die Hand abzuschlecken. Treskis Zunge war lang, rosa und feucht wie ein Waschlappen. Wenn sie damit über ihre Hand fuhr, hatte Ana jedes Mal gekichert, weil die Berührung der rauen Zunge kitzelte und zugleich ein wenig ekelhaft war. Ihre Großmutter hatte mit ihr geschimpft und ihr eingeschärft, sich die Hände mehrmals mit Seife zu waschen.

Die Zunge, die an einem Nagel an der Tür hing, war auch einmal rosa wie Treskis gewesen, aber sie hatte einen Großteil ihrer Farbe verloren, und sie schwang nicht etwa hin und her, weil sie versuchte, ihr Gesicht zu lecken, sondern weil Ana schwindelig wurde. Sie drehte sich zur Seite, beugte sich vor, stützte sich mit der rechten Hand an der Hauswand ab und übergab sich in den Schneehaufen, der neben der Tür lag. Ihr Magen hörte erst auf, sich zusammenzuziehen, als sie den letzten Rest bitterer Galle ausgewürgt hatte. Schwankend richtete sie sich auf und atmete die kalte Luft ein. Als sie das Gefühl hatte, wieder etwas sicherer auf den Beinen zu stehen, schaufelte sie mit der Fußspitze Schnee über ihr Erbrochenes und wankte ins Haus.

Wie ein Automat steuerte sie auf einen der Tische im Speiseraum zu. Sie sank auf einen Stuhl, zog die Knie an die Brust, umschlang sie fest mit ihren Armen und stierte in das heruntergebrannte Feuer. Ihr Kopf war leer.

Sie wusste nicht, wie lange sie dort so gesessen hatte, doch irgendwann meldete sich in ihrem Inneren eine Stimme, die stetig wiederholte: «Komm zurück, steh auf.» Sie versuchte erst, sie zu ignorieren, aber nach einer Weile gehorchte sie. Sie erhob sich, nahm eine Petroleumlampe und ging auf den Hof hinaus. Es war schon dunkel, und sie waren immer noch ohne Strom. Benommen und vor Kälte zitternd bewegte sie den Schwengel der Wasserpumpe. Beim dritten Mal ergoss sich ein Schwall eiskaltes Wasser in das Steinbecken. Ana holte Luft und tauchte den Kopf hinein. Tausend Nadeln stachen ihr ins Gesicht. Sie kam prustend hervor und holte wieder Luft, um erneut unterzutauchen. Als sie ihr Gesicht nun aus dem Wasser hob, spürte sie die Wärme. Das reichte. Sie strich sich mit den Händen die feuchten Strähnen aus dem Gesicht und kehrte zurück ins Haus. Mit einem von Aurelias rauen Handtüchern trocknete sie sich ab.

Dann setzte ihr Denken wieder ein.

Eine an die Tür genagelte Zunge. Sie hatte die Hammerschläge in ihrem Zimmer gehört. Die Warnung war eindeutig. «Schweig, sonst …» Sie sollte nicht über die falschen Stigmata reden. Aber woher wusste derjenige, der die Zunge an die Tür genagelt hatte, dass sie den Betrug entdeckt hatte? Sie hatte nur mit Miguel darüber gesprochen, und dass der Lehrer es jemandem erzählt hatte, war unwahrscheinlich. Also musste Aurelia einen Teil ihrer Unterhaltung gehört und so erfahren haben, dass das Wunder von Las Torres eine schlichte Lüge war.

Aber Aurelia musste auch gehört haben, dass Miguel ihr geraten hatte, die Sache für sich zu behalten, um sich nicht in Gefahr zu bringen. Trotzdem hatte sie es weitererzählt. Der Gedanke versetzte ihr einen Stich. Sie sagte sich, dass sie eine Auswärtige, eine Fremde blieb, auch wenn sie in den letzten Tagen den Eindruck gewonnen hatte, dass Aurelia anfing, sie zu mögen.

Vielleicht hatte Aurelia auch einfach die Nerven verloren. Eugenias Tod setzte ihr zu, und in der Kirche hatte sie die Fassung verloren. Möglicherweise hatte sie in diesem Zustand jemandem erzählt, dass die Journalistin aus Barcelona weit davon entfernt war, die kleine Heilige von Las Torres in einem Artikel zu feiern, sie würde vielmehr öffentlich bekannt machen, dass es sich um einen Betrug handelte.

Aber was hatte Aurelia vorhin in der Kirche gemeint? Schluss mit dem Schweigen, hatte sie bei der Beerdigung gerufen.

Ana begriff, dass die Hundezunge nicht allein für sie bestimmt war, die Drohung richtete sich vielmehr an sie beide. Aurelia hatte es weitererzählt, und die Person hatte es wie üblich einem Dritten erzählt, der wiederum … und dann war da jemand, der wollte, dass sie schwiegen. Wer? Würde der Bürgermeister so etwas tun, weil er seinen Traum von einer Gaststätte bei der Wallfahrtskirche in Gefahr sah? Oder der Priester? Derjenige, der am meisten zu verlieren hatte, war Don Benito, im Grunde stand seine gesamte Existenz auf dem Spiel.

Ana beschloss, die Zunge von der Tür zu nehmen. Nach kurzem Suchen fand sie eine Zange. Sie zog damit den Nagel heraus, und die Zunge fiel zu Boden. Sie hatte ein sattes, schmatzendes Geräusch erwartet, aber es war eher ein hartes

Plopp. Die Zunge war schon halb gefroren. Mit der Zange packte sie das graurosa Fleischstück und trug es mit ausgestrecktem Arm zum Kehrichteimer in Aurelias Hof. Sorgfältig schloss sie den Deckel. Einen Moment lang spürte sie Erleichterung, dann kam die Angst wieder. Sie überprüfte, ob alle Türen verschlossen waren.

Was sollte sie tun?

Sie dachte daran, Don Julián um Hilfe zu bitten. Die Dorfbewohner respektierten ihn, und wenn sie in seinem Haus Zuflucht suchte, würde niemand wagen, ihr etwas anzutun. Aber dazu müsste sie erst einmal dorthin gelangen, und draußen gab es jemanden, der sie bereits bedroht hatte. Durch ihre Arbeit wusste sie nur zu gut, dass auf Drohungen in der Regel Gewalt folgte. Der Zuhälter, der seiner Hure Schläge androhte, verteilte sie auch. Der Spitzel, der eine strangulierte Katze auf seinem Balkon gefunden hatte, lag ein paar Tage später selbst erdrosselt am Strand.

Es war also unklug, das Haus zu verlassen und in den dunklen Straßen ohne Laternenlicht herumzulaufen, das Risiko, dass man ihr auflauerte, war zu groß. Ana vermutete, dass jemand schon ihre Reaktion auf den Anblick der Hundezunge beobachtet hatte, wahrscheinlich mit großer Zufriedenheit.

Sie saß in der Falle. Weitaus mehr als Aurelia. Sobald Ana Las Torres verließe, würde die Drohung wirkungslos werden, da sie ihr nichts mehr anhaben konnten, sie würde dann nicht mehr dem Zwang zu schweigen unterliegen, der die Dorfbewohner band. Die Hundezunge befahl Aurelia zu schweigen. Ihr hingegen teilte sie mit, dass sie das Dorf nicht mehr lebend verlassen würde.

Sie stellte sich vor, wie sie zu Fuß floh, die Landstraße

ins Tal hinunter, neben sich die Abgründe und hinter sich einen Schatten, der nur auf einen günstigen Augenblick wartete, um sie hinunterzustoßen. Sie sah sich fallen und danach auf dem Grund einer Schlucht liegen, ohne sich bewegen zu können, auf Rettung wartend, die nie kommen würde. Als sie bei der Frage angelangt war, ob auch sie unberührt sein würde, wenn man ihre Leiche fand, verbot sie sich energisch die düsteren Gedanken. Noch lag sie nicht tot in einem Abgrund.

Sie streckte sich. Sie konnte es sich nicht erlauben, dass die Angst die Oberhand gewann, und zündete alle Kerzen an, die sie finden konnte.

Sie würde in der Pension auf Aurelia warten und dann mit ihr sprechen. Warum hatte sie kehrtgemacht, als sie die Zunge gesehen hatte? Es gab nur zwei Möglichkeiten: Sie wusste, wer sie aufgehängt hatte, und hatte beschlossen, ihm die Stirn zu bieten, oder sie wollte Hilfe holen. Aber wo blieb sie dann so lange?

Ana wartete.

Wie kalt es heute Nacht ist! Zum Glück habe ich in der Nische ein Dach über dem Kopf. Und zum Glück habe ich eine Decke mitgebracht. Sonst würde ich sterben, wie Eugenia. Sogar in der Nische ist Eis. Kleine Eiszapfen. Vielleicht hätte ich in eine Nische weiter oben kriechen sollen und nicht in die hier direkt am Boden. Aber die obere ist weiter weg von Eugenia.

«Ich komme euch beide jeden Tag besuchen. Wie schade, dass sie dich nicht näher zu Pili gelegt haben! Wenn ich könnte, würde ich immer bei euch bleiben.»

Mutter hat gesagt, dass sie mich nicht sehen will. Sie ist sehr wütend. Und Vater will mich schlagen, weil ich in der Kirche bei der Totenfeier geweint habe. Aber ich habe bloß geweint, die anderen haben rumgeschrien. In der Kirche schreit man nicht rum. Das ist eine Sünde. Weinen darf man. Vor allem bei Beerdigungen. Und ich habe nicht rumgeschrien, ich habe bloß laut geweint. Trotzdem – wen wollen sie schlagen? Mich. Deshalb bin ich heute Abend weggegangen. Vater wartet mit dem Gürtel auf mich. Und Mutter mag mich heute nicht. Ihr mögt mich, aber ihr seid ja tot.

«Ich bleibe immer bei euch, auch ohne tot zu sein. Eugenia, bist du jetzt ein kleiner Engel? Oder bist du eine normale Tote? Wir können es ausprobieren. Mit etwas Einfachem. Bringst du meine Hand in Ordnung? Ich zähle bis drei. Eins, zwei, drei.»

Es ist nichts passiert.

«Versuchen wir es noch einmal? Auf drei! Eins, zwei, drei.»

Wieder nichts.

Vielleicht ist Eugenia noch nicht oben angekommen. Aber Don Benito sagt, dass man sofort ankommt. Und wenn sie im Fegefeuer ist? Weil sie so viel gelesen hat und weil sie wegwollte.

«Eugenia, bist du im Fegefeuer? Ist es da schrecklich? Don Benito sagt, dass es ein Jahr weniger ist für jedes Ave-Maria, das für dich gebetet wird. Und wenn du tausend Jahre dortbleiben musst? Oder eine Million? Dann muss ich viel beten.»

Gut, ich fang später damit an, ich glaube, es kommt jemand. Wahrscheinlich der Feigling von einem Totengräber, der sehen will, ob er die Nische gut zugemacht hat. Angsthase, Pfeffernase. Ich krieche besser ganz rein. Damit er mich nicht sieht. Oh. Nein. Es ist Tante Aurelia. Aber heute ist nicht Dienstag, und sie kommt immer am Dienstag Pili besuchen. Sie kommt auch bestimmt nicht wegen Pilis Vater, Onkel Luis. Er liegt da, wo die liegen, die ins Fegefeuer kommen. Arme Pili, im Himmel ohne Vater. Sie ist vor deiner Nische stehen geblieben, ich kann ihre Füße sehen. Sie weint. Hoffentlich hört sie bald auf, sonst muss ich auch weinen, und dann entdeckt sie mich. Ich kann mir bloß ein Ohr zuhalten. Das nützt nichts.

Ich fange besser an zu beten. Ave Maria. Ave Maria. Ave Maria.

21

Eine Stimme weckte sie.

Ana hielt den Atem an und lauschte. Eine Männerstimme. Und sie kam aus dem Haus. Ganz aus der Nähe.

Ihre erste Regung war Flucht. Daher dachte sie nicht daran, leise zu sein, als sie aus dem Bett sprang und zur Zimmertür stürzte. Gerade noch rechtzeitig besann sie sich und drückte ihr Ohr auf das Holz. Die Stimme kam aus dem kleinen Wohnzimmer. Wie mochte er ins Haus gekommen sein? Alle Türen hatte sie abgeschlossen. Sie hatte sogar die Schlüssel stecken lassen, damit niemand mit einem Nachschlüssel ins Haus konnte, während sie schlief. Aurelia? Aurelia hätte gerufen und sie geweckt, so ängstlich und nervös, wie sie im Moment war.

Um drei Uhr war Ana schließlich ins Bett gegangen, nachdem sie mehrere Stunden grübelnd auf Aurelia gewartet hatte. Im Schlafzimmer war es stockdunkel, die Streichhölzer waren unauffindbar, sodass sie keine Kerze anzünden konnte. Ana lief zum Fenster und versuchte, die Läden zu öffnen. Sie musste heftig daran reißen, da das Holz sich bei der Kälte verzogen hatte. Während sie sich fluchend an den Läden zu schaffen machte, schaute sie sich immer wieder um, weil sie damit rechnete, dass der Besitzer der Stimme jeden Augenblick an ihrer Zimmertür auftauchen würde. Endlich bewegten sich die Flügel, und etwas Mondlicht fiel ins Zimmer. Schweißgebadet vor Angst und Anstrengung verharrte

sie bewegungslos am Fenster und sah sich nach etwas um, mit dem sie sich verteidigen konnte.

Die Stimme kam von derselben Stelle wie zu Beginn, als sie sie zum ersten Mal wahrgenommen hatte. Ana fiel die Schere in ihrem Reisenecessaire ein. Es war eine kleine Schere, aber jeder einigermaßen spitze Gegenstand konnte eine tödliche Waffe sein, wenn derjenige, der sie führte, genug Angst hatte. Der Gedanke machte ihr Mut, und sie öffnete ihre Zimmertür. Sie hatte sich nicht geirrt, in dem kleinen Wohnzimmer war ein Mann. Er hörte nicht auf zu reden.

Wie war er in das verschlossene Haus gelangt? Vielleicht hatte er sich schon dort versteckt, bevor sie gekommen war, und darauf gelauert, dass sie einschlief? Oder Aurelia hatte ihn hineingelassen, und die Hundezunge war für sie ein Signal gewesen, das Haus nicht zu betreten? War sie deshalb noch nicht zurückgekehrt?

Ana musste an dem Zimmer vorbei, um zur Treppe zu gelangen. Die Tür des kleinen Wohnzimmers war nur angelehnt, sie konnte eine helle Linie, den schmalen Spalt zwischen Rahmen und Türblatt, erkennen. Es war sicher eine Falle. Nein, das konnte nicht sein, sie fing an zu phantasieren. Aber war Aurelias Abwesenheit nicht eine Art von Schuldeingeständnis? Sie hatte sie gestern allein im Haus gelassen, damit jemand die Zunge anbringen konnte. Ana umklammerte die Schere so fest, dass ihre Knöchel weiß wurden, und ging auf das Zimmer zu.

Aurelia hatte sie dann erneut allein gelassen, damit sie ihre Drohung wahr machen konnten. Aber wenn es so war, wenn das Ganze ein Hinterhalt sein sollte, verstand sie nicht, warum die Person sich verraten hatte. Das Tapsen ihrer nackten Füße auf den Fliesen kam ihr erschreckend laut vor, während

sie voranschritt, die Tür fest im Blick, immer in der Angst, dass die Silhouette des Eindringlings plötzlich den Türspalt verdunkelte. Der Mann redete weiter, und Ana fragte sich, wer bei ihm war. Vielleicht war es eine weitere Warnung, eine neue Einschüchterung. Wieder einmal sagte sie sich, dass es nichts nutzte, ihr lediglich einen Schrecken einzujagen. Sie kam von auswärts und würde wieder gehen. Sie war nicht an diesen Ort gefesselt, sie brauchte sich an kein Gesetz des Schweigens zu halten.

Die Stimme sprach noch immer, offenbar war es ihrem Besitzer gleichgültig, dass Ana ihn hören konnte, oder er genoss sogar die Angst, die er auslöste.

Ana hob die Schere mit der Rechten, während sie mit der Linken vorsichtig den Türknauf drehte. Sie atmete so hastig, dass ihr fast schwarz vor Augen wurde, und das Rauschen des Blutes in ihren Ohren übertönte selbst die Stimme des Mannes. Blind und taub riss sie die Tür auf, die Schere gezückt.

Das Zimmer war leer.

Sie blickte sich um. Niemand war zu sehen.

Die Stimme kam von Aurelias Kommode, aus dem Radio, das beim letzten Stromausfall eingeschaltet gewesen war. Vor ein paar Minuten war der Strom zurückgekommen. Vermutlich saß der Sprecher vor einem Mikrophon in einem Studio des Senders in Madrid, ohne auch nur zu ahnen, dass eine Frau in einem weit entfernten Bergdorf seinetwegen eine Schere fallen ließ und vor Erleichterung weinte.

22

Den Rest der Nacht verbrachte Ana auf dem Sessel neben dem Balkon. Sie schlief unruhig und wachte mehrmals auf. Jedes Mal suchte ihr Blick die Schere, die auf ihrem Schoß über der Decke lag. Sie hatte es nicht gewagt, in die Küche hinunterzugehen und eines von Aurelias scharfen Messern aus der Schublade zu holen. Sie hatte es noch nicht einmal riskiert, in ihr Zimmer zurückzukehren. Um sich Mut zu machen, griff sie auf ein altes Hilfsmittel zurück: Eines Tages, sagte sie sich, würde sie über ihre Furcht lachen. Für den Moment hoffte sie, dass es bald hell würde und das Tageslicht sie befreite.

Um kurz nach sieben machte sie wieder einmal die Augen auf. Da war sie endlich, die Dämmerung. Der Schnee auf den Dächern färbte sich rosa, der Himmel war wolkenlos. Es würde ein schöner Wintertag werden, blauer Himmel, reine Luft, klare Konturen. Vielleicht würde es sogar tauen.

Sie stand auf, ihr Körper war steif, und der Rücken schmerzte. Sie griff nach der Schere. Das Licht hatte einige Ängste vertrieben, aber längst nicht alle. Dafür waren mehr als ein paar Sonnenstrahlen nötig.

Sie wollte gerade das Zimmer verlassen, als sie die Glocken hörte. Es waren nicht die gesetzten Schläge, die zur Messe riefen, sondern ein unruhiges und drängendes Geläut. Die Glocken schlugen Alarm. Ana öffnete die Balkontür und lehnte sich hinaus. Der Mann, der seinen Kopf aus dem

Nachbarhaus streckte, bemerkte sie nicht, da er zum Glockenturm hinüberstarrte. Dann zog er seinen Kopf zurück und stürzte wenige Augenblicke später aus dem Haus, im Gehen rückte er noch die Baskenmütze gerade. Er klopfte die Nachbarn heraus, diese verließen einen Augenblick später ebenfalls das Haus, und gemeinsam eilten sie in Richtung des Platzes.

Das Läuten hörte nicht auf, im Gegenteil, es klang immer dringlicher. Statt sie zu erschrecken, weckte das Alarmgeläut in Ana neue Kräfte. «Geh raus, geh raus», skandierte in ihrem Inneren eine Stimme im Rhythmus der Glocken. Genau das würde sie tun. Was für einen Sinn hatte es, sich wie ein verängstigtes Tier in der Pension zu verkriechen? Warum glaubte sie, dass sie da sicher sei? Tatsächlich war sie allein im Haus, außerhalb der Sichtweite von Zeugen, viel gefährdeter. Diejenigen, die sie bedroht hatten, würden ihr vor vielen Leuten nichts antun. Nicht alle im Dorf gehörten zu der Verschwörung um die kleine Heilige. Die meisten hielten die Wundmale für echt. Für den Moment war die fanatische Menschenmenge, die blind an das Wunder glaubte, eher ein Schutz, ein Strom, in dem Ana mitschwimmen konnte.

Sie eilte in ihr Zimmer, zog sich hastig an, vergaß alle Sicherheitsmaßnahmen und lief auf die Straße hinunter. Mit erhobenem Kopf und geradem Blick ließ sie sich von der Menschenmasse fortschwemmen, die immer größer wurde, je mehr sie sich der Plaza Mayor näherte. Diejenigen, die zuerst angekommen waren, die Bewohner der umliegenden Häuser, standen in einem Kreis vor der Kirche. Wer auf den Platz trat, stellte sich dazu. Die gerade erst Angekommenen formten jedes Mal einen weiteren Ring, der bestürzt und verängstigt mit dem vorhergehenden verschmolz. Denn in der

Mitte des innersten Kreises lag auf dem Schnee Aurelias lebloser Körper. Ihre Augen waren aufgerissen, erstaunt schien sie den blauen Himmel hoch über den entsetzten Gesichtern ihrer Nachbarn zu betrachten.

Über den Köpfen der Menge läuteten unermüdlich die Glocken, als wollten sie sichergehen, auch die Bewohner der entlegensten Häuser herbeizurufen.

Jeder, der auf den Platz kam, schluckte seine Erschütterung bei Aurelias Anblick stumm hinunter und gesellte sich schweigend zu denen, die schon früher angelangt waren. Niemand bewegte sich, allenfalls wurde ein wenig für die Neuankömmlinge zur Seite gerückt.

In dem Augenblick, als sie Aurelia sah, begriff Ana, dass sie die ganze Zeit über geahnt hatte, dass ihr etwas passiert sein musste, und sie sich lediglich geweigert hatte, es in Betracht zu ziehen, weil sie es nicht wahrhaben wollte.

Obwohl sie in der Masse stand und den Druck der fremden Körper, deren Wärme und Zittern spürte, hatte Ana das Gefühl, nicht dabei zu sein; was um sie herum geschah, schien ihr unwirklich. Sie war dort, aber sie nahm nicht Anteil. Wahrscheinlich hatte ihr Gehirn in der Absicht, ihren Verstand zu bewahren, ihre Angst ausgeschaltet, die Nervenenden verödet und ihr lediglich die Fähigkeit zur Beobachtung gelassen. Deshalb befahl sie sich hinzuschauen, auch wenn der Anblick von Aurelias totem Körper für sie immer mit Schmerz, Furcht und Ohnmacht verbunden sein würde. Die Kirchenglocken wiederholten den Befehl: «Sieh hin, sieh hin.» Anas Augen gehorchten.

Und sie sahen Aurelia auf dem Boden liegen, sie sahen das von einem schwarzen Schal verhüllte Haar, das dem Himmel zugewandte Gesicht, die im Schoß gefalteten Hände, den

zierlichen schwarz gekleideten Körper, der auf dem Schnee wie in einem weißen Sarg lag. Das war es, was ihre Augen sahen. Ihr Verstand meldete, dass es sich um eine Inszenierung handelte.

Aurelia war ermordet worden. Das hatte auch derjenige verstanden, der sie gefunden und die Glocken geläutet hatte. Ebenso derjenige, der den Sargento der Guardia Civil herbeigeholt hatte, welcher soeben durch eine der Seitenstraßen auf den Platz kam. Aurelia war getötet worden, und ihr Mörder hatte den Leichnam für alle sichtbar ausgestellt, als Warnung. Wie die Hundezunge, doch für das gesamte Dorf. Schweigt. Der Befehl wurde schon befolgt; keiner der Anwesenden wagte, die leiseste Vermutung zu äußern, tatsächlich wagten sie noch nicht einmal, über das zu sprechen, was sie sahen.

Der Sargento bahnte sich einen Weg, indem er wie ein Schwimmer die Menge mit den Armen beiseiteschob. Als er bei Aurelia angelangt war, kniete er nieder, um ihr den Puls zu fühlen. Dann hob er den Kopf und ließ seinen Blick über die Dorfgemeinschaft schweifen.

«Was ist passiert?»

Er merkte selbst, wie unsinnig seine Frage war, richtete sich auf und musste die Daumen unter seinen Uniformriemen schieben, um seine Fassung wiederzugewinnen.

Eine Frauenstimme tönte aus der Menge: «Sie ist tot.» Sie wagte nicht zu sagen «ermordet».

Der Sargento bellte: «Erwürgt.»

Er befahl der Menge beiseitezugehen. Die Umstehenden traten einen Schritt zurück. Der Beamte nutzte den Raum, um den Leichnam zu umschreiten, den Blick fest auf die Dorfbewohner gerichtet. Er fragte, ob sie etwas gesehen hätten. Sie starrten auf den Körper am Boden und schwiegen, bis

Don Benito aus der Kirchentür trat. Er hatte aufgehört, die Glocken zu läuten, und die Schläge verklangen allmählich.

Es war der Pfarrer, der ihm erklärte, dass sie nichts gesehen haben konnten, da er Aurelias Leichnam gefunden habe, er sei auch derjenige gewesen, der den Jungen zu ihm geschickt habe, dann habe er Alarm geläutet und die Dorfbewohner herbeigerufen. Leider habe er beim Anblick der Toten – dass sie tot war, habe er sofort gesehen – nicht anders gekonnt, er habe die gesamte Gemeinde zusammenrufen müssen.

Falls der Sargento sich darüber ärgerte, dass Don Benito damit mögliche Spuren des Mörders vernichtet hatte, ließ er es sich nicht anmerken. Er ging in die Knie und hob Aurelias Körper hoch. Sie schien kaum etwas zu wiegen, er trug sie wie ein Mädchen und machte sich mit ihr auf den Weg zur Kaserne, in seinem Gefolge die Dorfbewohner. Ana kannte viele der Gesichter. Da waren die Männer, die Isabelitas Stuhl getragen hatten, die Dienerin von Don Benito, die ihr in der Kirche erklärt hatte, wem die kleine Heilige «gehörte», das Mädchen mit Eugenias Puppe und ihre Eltern. Mauricio dagegen fehlte, ebenso Miguel, aber das fand sie nicht erstaunlich. Sie erkannte die Frau von der Poststelle wieder, die Ladenbesitzerin, die sie am ersten Tag nach dem Weg gefragt hatte, und ihren Mann. Den Mann mit dem Maultier, der gegenüber der Pension wohnte, sowie einige Mitglieder des Somatén. Sogar die Eltern von Isabel waren da, sie liefen direkt hinter dem Sargento.

Ana begriff, dass dies ihre Chance war. Sie musste nur noch Mauricio finden.

Da kommt Vater. Er soll mich nicht sehen. Er will nicht, dass ich in der Scheune schlafe. Wenn er mich sieht, schlägt er mich. Er schlägt mich immer, wenn ich nicht zu Hause schlafe.

«Was machst du da? Hühner klauen?»

«Nein, Vater.»

«Den Mädchen nachgucken?»

«Nein, Vater.»

Aber er glaubt mir nie. Manchmal schlägt er mich wegen der Hühner, manchmal wegen der Mädchen. Manchmal auch, aber dann schlägt er mich heftiger, weil ich grüne Augen habe. Das verstehe ich nicht. Ich kann doch nichts dafür. Das sagt Mutter auch. Und dass ich die grünen Augen von ihm habe. Dann wird er noch wütender und schlägt Mutter auch. Wenn die kleine Heilige meine Hand in Ordnung gebracht hat, werde ich Mutter verteidigen. Aber Eugenia hat immer gesagt, dass das mit dem Kopf viel wichtiger ist. Vielleicht kann Tante Aurelia ja meine Hand in Ordnung bringen, denn jetzt ist sie auch tot.

«Tante Aurelia! Die Äääärmste!»

«Mauricio, bist du hier?»

Vater! Er hat mich gehört. Eugenia hat immer gesagt, dass ich nicht schreien soll, aber es rutscht mir einfach raus, wenn ich traurig bin.

«Tante Aurelia! Die Äääärmste!»

«Mauricio, komm her. Wir gehen nach Hause.»

«Nein, Vater. Du schlägst mich.»

«Nur wenn du etwas Böses gemacht hast. Hast du etwas Böses gemacht?»

«Nein, Vater.»

«Wo warst du heute Nacht?»

«Tante Aurelia, Eugenia, Tante Aurelia! Die Ääääärmsten!»

Ich habe Vater erschreckt. Er guckt mich ganz erschrocken an.

«Junge, wann hast du Tante Aurelia gesehen? Du hast doch nicht etwa …? Komm sofort aus der Scheune, bevor dich die Leute sehen, und dann gehen wir. Deine Mutter macht sich schon Sorgen um dich.»

«Ehrlich?»

«Wenn du hier runterfällst, wirst du dir weh tun.»

Ich weiß nicht. Er guckt so, als ob er mich schlagen will. Ich weiß nicht. Und wenn ich sage, dass ich auf dem Friedhof war, schlägt er mich bestimmt. Und wenn ich sage, dass ich Tante Aurelia gesehen habe, schlägt er mich erst recht.

«Arme Tante Aurelia.»

«Kommst du jetzt endlich da runter? Und hör auf, so herumzuschreien, die Leute werden noch aufmerksam.»

«Die Ärmste!»

«Komm runter, verdammt noch mal.»

«Nein.»

Da kommt jemand. Vater will gehen. Er will nicht, dass man ihn sieht. Dass man ihn mit mir sieht. Deshalb darf ich auch nicht mit zum Somatén, den Maquis jagen. Er geht auch nicht mit mir in die Kirche. Nur aufs Feld nimmt er mich mit. Weil die Ochsen auf mich hören.

«Muhhh, muhhh.»

«Ich warte zu Hause auf dich. Und wag nicht, zu spät zu kommen.»

«Muhhh, muhhh.»

Er geht weg.

Da kommt die Señora aus Barcelona. Wie schade! Von hier oben kann ich sie nicht riechen.

Ich werde ihr alles erzählen, und dann nimmt sie mich mit in die Stadt.

23

Die ersten Lichtstrahlen am Morgen hatten nicht getrogen: Es würde ein schöner Tag werden. Keine einzige graue Wolke am Himmel, die Sonne schien, es war wärmer geworden, und der Schnee auf den Straßen würde bald schmelzen. Warum hatte das nicht zwei Tage früher passieren können? Sie hätte das Dorf verlassen, hätte Enrique Rubio berichtet, dass es sich um einen Betrug handele, und früher oder später hätte sie all die Menschen hier vergessen.

Sie überquerte den verlassenen Platz. Alle waren zur Kaserne gegangen, mit Ausnahme eines Mannes, der weinend vor der Toten stand. Aurelia hatte ihr erklärt, wer er war, als er an einem Morgen gekommen war, um Mauricio zu suchen, der in der Nacht nicht zu Hause geschlafen hatte.

«Das ist mein Schwager, der Bruder meines Mannes.»

«Mauricios Vater?»

«Ja.»

«Er hat dieselben Augen.»

«Zu seinem größten Leidwesen», hatte Aurelia maliziös gesagt, und wie so häufig hatte sie sofort ihre Bemerkung bereut.

Als er aufbrach, folgte Ana ihm mit einigem Abstand. Vielleicht würde er sie zu seinem Sohn führen.

Bald hörte sie ihn mit jemandem reden und erkannte die etwas raue und brüchige Stimme des Jungen. Beim Näherkommen erspähte sie Mauricios blonden Kopf, der vom

Heuboden einer Scheune herunterschaute. Der Vater verschwand, sie nahm an, weil er sie gesehen hatte.

Als sie vor der Scheune stand, begrüßte Mauricio sie mit strahlendem Lächeln und, zu ihrem Schrecken, mit hohlem Gelächter. Sie legte den Zeigefinger an die Lippen. Mauricio tat es ihr nach und hörte auf zu lachen. Mit einer Handbewegung bedeutete er ihr, dass sie warten solle. Dann zwängte er sich durch den Spalt, aus dem er hervorgeschaut hatte, ließ sich an einem Arm herab und sprang so geschickt herunter, dass Ana klar war, dass er es nicht zum ersten Mal tat.

Als der Junge vor ihr stand, musterte er sie von oben bis unten, dabei streckte er die Hände nach ihr aus und zog sie wieder zurück, ohne sie zu berühren. Dann umkreiste er sie einmal rasch, und Ana hatte den Eindruck, dass er sie beschnupperte. Schließlich baute er sich vor ihr auf und lächelte sie verzückt an.

«Du siehst toll aus! Nimmst du mich mit?»

«Wohin denn?»

«Nach Barcelona.»

«Und deine Eltern?»

Mauricio überlegte einen Augenblick. «Mutter nehmen wir mit. Vater nicht. Er bleibt mit den Brüdern hier.»

Ana fühlte sich erbärmlich, trotzdem sagte sie: «Abgemacht. Aber du musst mir helfen. Ich würde gerne mit Isabelita sprechen, allein. Und du weißt doch, wie man in ihr Haus kommt, weil du ihr etwas zu essen bringst.»

Das Gesicht des Jungen verfinsterte sich.

«Sie empfängt nur freitags.»

Anas Intuition gab ihr die richtige Antwort ein. «Aber ich möchte sie ja gar nicht um etwas bitten.»

«Warum willst du dann zu ihr?»

«Na, ich möchte ihre Freundin werden. Und sie fragen, ob sie mit uns nach Barcelona kommt.»

Mauricio brach in Lachen aus. Er schlug sich mit der verkrüppelten Hand auf den Bauch, als wüsste er nicht, wohin mit seiner Freude.

«Du weißt doch, wie man hineinkommt, oder?»

Sein hervorspringender Unterkiefer und die weit auseinanderstehenden Zähne ließen ihn blöde aussehen, doch in seinen Augen blitzte Verständnis auf, als er sagte: «Ja.»

«Und wie?»

«Ich springe über die Hofmauer der Nachbarin und dann in den Hof einer anderen Nachbarin und dann in den Hof von Isabelitas Haus, und dann gehe ich durch die Waschküche rein.»

Sie konnte ihn nur mit Mühe verstehen, weil er beim Reden zufrieden gluckste.

«Komm, wir gehen.» Mit seiner gesunden Hand griff er nach ihrer und zog Ana zum Haus der kleinen Heiligen.

«Warte hier.» Er ließ sie vor der Tür stehen, rannte die Straße hinunter und verschwand.

Einige Minuten später erschien er grinsend in der Haustür. «Ich habe Isabelita nichts gesagt. Damit es eine Überraschung ist.»

Er lachte wieder und presste die Hand auf den Mund, damit man ihn nicht hören konnte.

Trotz des schwachen Lichtes waren die wächsernen Votivgaben im Hausflur zu erkennen, sie sahen aus wie die Körperteile von Gespenstern, die noch nicht ihre vollständige Gestalt angenommen hatten. Ana folgte Mauricio die Treppe hoch. Oben im Esszimmer herrschte dieselbe erstickende Hitze wie bei Anas erstem Besuch, offenbar hatte die Mutter

noch Kohlen aufgelegt, bevor sie gegangen war. Sie hörten Isabel in ihrem Zimmer singen.

Das Monster, so hässlich, liebt Rosen, voller Pracht.
Weiß frisst es sie am Abend, rot spuckt es sie bei Nacht.
Versteck dich, versteck dich und rühr dich besser nicht.
Wer sich versteckt, der kommt davon und wird heut nicht erwischt.

Das Monster, so hässlich, liebt Rosen ohne End.
Doch rote mag es gar nicht gern, rot sind auch meine Händ'.
Es fürchtet sie, es fürchtet sie, mich frisst es lieber nicht.
Wer sich versteckt, der kommt davon und wird heut nicht erwischt.

Mauricio drehte sich zu Ana um: «Das hat sie sich selbst ausgedacht.»

Wieder drückte er sich die Hand auf den Mund, um sein Lachen zu ersticken, trotzdem quoll ein Kichern zwischen seinen Fingern hervor.

Isabels Singen brach ab. «Mutter?»

«Nein, ich bin es. Und die Señora aus Barcelona.»

Mauricio lief ins Zimmer, Ana folgte ihm.

Isabelita lag in einem grauen Flanellnachthemd im Bett, umgeben von Kerzen, Heiligenfiguren und Votivbildern, allerdings wirkte sie eher wie ein krankes Kind als wie eine Heilige, die andere Leute von ihrem Leiden erlösen konnte. Sie freute sich, Mauricio zu sehen.

«Hast du mir etwas zu essen mitgebracht?»

Der Junge gab ihr ein paar Zuckerkringel.

«Hast du noch mehr?»

«Ich war heute Nacht nicht zu Hause», sagte er zerknirscht.

Das Mädchen blickte Ana an. «Hast du etwas zu essen dabei?»

«Nein, aber wenn du möchtest, hole ich dir etwas aus der Küche.»

«Das hat keinen Sinn. Mutter hat die Schränke abgeschlossen. Das tut sie immer, wenn sie zur Messe geht oder Besorgungen macht, damit ich nicht aufstehe und mir etwas zu essen hole.»

«Das tut mir leid. Wenn du möchtest, komme ich später wieder und bringe etwas mit. Aber vorher würde ich gerne mit dir reden. Über deine Wundmale.»

Sie wollte sagen «falsche Wundmale», aber Mauricios Anwesenheit hielt sie davon ab. Sie ging davon aus, dass der Junge Isabels Bote, nicht aber ihr Vertrauter war. Deshalb bat sie ihn: «Mauricio, Isabelita und ich müssen etwas allein besprechen. Vielleicht könntest du ihr inzwischen etwas Essen besorgen.»

Der Junge wandte sich zu Isabel, und da sie nickte, machte er sich auf den Weg. «Ich bring dir Kekse mit.»

Ana begleitete ihn bis zur Haustür, um sicherzugehen, dass er tatsächlich das Haus verließ. Sie erinnerte sich gut daran, wie leise er sich anschleichen konnte, wenn er wollte. Danach kehrte sie zu Isabel zurück.

«Was ist passiert?», fragte das Mädchen. «Meine Mutter hat mir nichts gesagt, aber sie ist weggegangen, weil irgendetwas Schlimmes passiert ist, stimmt's?»

«Aurelia.»

Ana brauchte nicht mehr zu sagen, das Mädchen fing an zu weinen.

«Ist sie tot?»

«Ja.»

Das reicht, dachte Ana. Sie setzte sich neben sie aufs Bett und strich ihr über die Haare.

«Du siehst schlecht aus, Isabelita.»

Das Mädchen schloss die Augen und legte den Kopf an Anas Handrücken, als wollte sie, dass sie sie weiter berührte. Daher streichelte Ana sanft ihren linken Arm und murmelte: «Armes Kind.»

Isabelita zog ihre Hände unter der Bettdecke hervor und zeigte sie ihr. Sie waren verbunden.

«Der Verband ist zu fest.» Sie hielt ihr die linke Hand hin, damit Ana die Bandagen löste. «Ich kann es so schlecht allein.»

Vorsichtig legte Ana die Hand frei. In der Mitte des Handtellers war ein großes Loch, ein Krater aus blutiger Kruste. Er roch schlecht, nach fauligem Fleisch und irgendeiner chemischen Substanz, die Ana bekannt vorkam, die sie jedoch nicht identifizieren konnte, weil der Geruch des absterbenden Gewebes alles überlagerte. Wenn Isabel nicht bald von einem Arzt behandelt wurde, würde sie die Hand verlieren. Beide Hände, denn die rechte sah sicher nicht besser aus.

«Himmel! Wie hast du das gemacht?»

«Das Loch habe ich mit einer Schere gemacht. Dann habe ich Waschsoda darübergetropft. Wenn ich will, dass es blutet, reiße ich die Kruste ab. Aber ich kann nicht mehr.»

Ihre Stimme klang schwach.

«Ich verstehe. Es muss furchtbar weh tun!»

Der Körper des Mädchens verspannte sich.

«Aber in der Hölle ist es sicher schlimmer. Und ich will nicht in die Hölle. Unkeusche Frauen kommen in die Hölle.»

Ana konnte ihre Verblüffung nicht verbergen.

«Du bist doch erst dreizehn. Wieso sagst du, dass du eine unkeusche Frau bist? Hast du etwas getan …?»

«Nein, aber … die Reinheit kann dir keiner zurückgeben, wenn du sie einmal verloren hast. Um sie zu verteidigen, sind die heilige Eulalia, die heilige Inés und die heilige Lucia gestorben. Es ist das Kostbarste, was eine Frau besitzt. Wenn du sie verloren hast, bist du nichts mehr wert …»

Das waren Worte, die ihr irgendjemand eingehämmert hatte.

«Hat deine Mutter dir das gesagt? Oder erzählt euch das Don Benito?»

«Don Benito und meine Mutter und die Frauen aus dem Dorf. Obwohl Don Benito nicht weiß, dass manche von ihnen unrein sind. Das war vorher, bevor Don Benito gekommen ist. Aber mir wird das nicht passieren.»

Irgendetwas passte in der Geschichte des Mädchens nicht zusammen. Obwohl sie diese Möglichkeit von Anfang an ausgeschlossen hatte, weil sie ihr unvorstellbar schien, fragte sie nun Isabelita danach: «Dann war das mit den Wundmalen also deine Idee?»

«Nein, Eugenia ist darauf gekommen. Sie ist sehr klug. Sie hat mir gesagt, dass mir niemand etwas tun kann, wenn ich eine Heilige bin. Sie wusste eine Menge über Heilige und sagte, dass die Leute viel Ehrfurcht vor Heiligen mit Wundmalen haben. So viel Ehrfurcht, dass niemand sie anrührt.»

Ana traute ihren Ohren nicht. Eugenia, Isabels beste Freundin, die alles über die kleine Heilige wusste, wie sie selbst gesagt hatte, hatte sich alles ausgedacht. Anas Spekulationen brachen zusammen wie ein Kartenhaus. Sie hatte so viele neue Fragen, dass sie nicht wusste, wo sie beginnen sollte. Das Mädchen zeigte ihr die bloßen Hände mit den

Wunden. Ihr stach der seltsame Geruch in die Nase, den sie jetzt identifizieren konnte.

«Hat dir Eugenia auch gezeigt, wie du es machen musst?»

Isabel nickte.

«Und wie ist sie auf die Idee gekommen?»

«Durch Bücher. Sie hat immer gelesen. Alles. Auch die Bücher für die Großen in der Schule. Sogar Mathematikbücher hat sie gelesen. Und sie hat komische Wörter erfunden, und ich habe sie wiederholt, und da hat Don Benito gesagt, dass ich in Zungen rede. Eugenia hat sich köstlich darüber amüsiert. Sie war die Klügste hier im Dorf. Aber bei einer Sache hat sie sich geirrt. Sie hat gedacht, ihr könnte nichts passieren, weil sie schielt.»

Sie hielt inne und schloss die Augen. Sie war sehr blass, das Reden strengte sie offenbar sehr an.

«Weiß deine Mutter Bescheid? Weiß sie, dass du dir die Wunden selbst zufügst?»

Isabel schüttelte mit geschlossenen Augen den Kopf.

Das Mädchen begann vor sich hin zu dämmern. Ana nahm die Bandage, mit der sie sich die Hand verbunden hatte. Sie war blutig und roch wie die Wunde nach Waschsoda. Sie konnte kaum glauben, dass die Mutter den Betrug nicht durchschaut oder zumindest etwas geahnt hatte. Aber vielleicht war es die Mischung aus Glauben und Ehrgeiz, die sie die Augen hatte verschließen lassen. Als Mutter einer Heiligen wurde sie respektiert, sie bekam einen Ehrenplatz in der Kirche, und man machte ihr Geschenke. Und die beiden Mädchen wurden die Geister nicht mehr los, die sie gerufen hatten.

Ana wollte Isabel nicht weiter ermüden, aber einige Fragen musste sie ihr noch stellen.

«Weiß Don Benito Bescheid?»

«Ich weiß nicht.»

«Warum hast du das getan? Warum habt ihr das getan?»

Isabel antwortete nicht. Sie hielt die Augen weiterhin geschlossen. Ihre Stimme wurde schwächer, sie schien kurz davor einzuschlafen. Trotzdem war ihre Verzweiflung nicht zu überhören, als sie leise hervorbrachte: «Ich will nicht mehr. Ich kann nicht mehr. Schon gar nicht ohne Eugenia. Deshalb wollte ich auch weglaufen.»

Aber sie hatten sie wieder gefangen und eingesperrt. *Die kleine Heilige gehört uns.*

«Deswegen bin ich hier, Isabelita, ich will dir helfen zu fliehen.»

Isabel öffnete die Augen. «Wie denn?»

«Zuerst bringe ich dich hier raus. Danach verlassen wir das Dorf, damit ein Arzt deine Wunden behandeln kann.»

Der Blick, der Ana traf, war halb skeptisch, halb hoffnungsvoll. Ana erzählte ihr den Rest ihres soeben improvisierten Plans: «Es fängt an zu tauen, demnächst sind die Straßen wieder frei. Wir können uns bei Don Julián verstecken, und sobald es möglich ist, fahren wir mit seinem Auto ins Tal hinunter. Er wird uns sicher helfen.»

Das Mädchen starrte sie erschrocken an.

«Hab keine Angst, es wird klappen. Aber wir müssen uns beeilen, wir müssen von hier verschwinden, bevor deine Mutter zurückkommt.»

Ana hörte ein Geräusch hinter sich. Sie nahm an, dass Mauricio mit dem Essen zurückgekommen sei. Doch der Gesichtsausdruck des Mädchens wechselte von Angst zu Panik. Ana dreht sich um.

In der Tür stand Isabels Mutter und stierte sie hasserfüllt an.

24

Was tun Sie hier?» Magdalena war so wütend, dass ihre Stimme sich überschlug.

«Ihre Tochter braucht Hilfe …»

«Hinaus!»

Isabels Mutter kam auf sie zu und packte ihren Arm, kräftige Finger krallten sich in Anas Fleisch und zogen. Ana stand auf und nützte ihre Körpergröße, um ihren Arm zu befreien.

«Wie können Sie es wagen!»

«Das ist mein Haus.»

Das Mädchen hatte die Decke bis zum Hals hochgezogen und schaute ihnen erschrocken zu. Magdalena versuchte erneut, Ana wegzuziehen, aber diese machte sich los und schob sie zur Seite.

«Raus mit Ihnen», kreischte die Mutter.

«Hören Sie. Das Mädchen ist sehr krank.»

«Raus!»

Ana ließ sich von der zornigen Frau nicht einschüchtern.

«Sie braucht einen Arzt.»

«Raus! Hauen Sie ab!»

«Und sie muss etwas essen. Sie lassen sie ja verhungern.»

Die Frau hörte auf zu schreien und presste die Lippen aufeinander, bis sie kaum noch zu sehen waren. Ihre Nasenflügel vibrierten im Rhythmus ihres keuchenden Atems.

«Meine Tochter ist eine Heilige. Sie braucht keine irdische Nahrung.»

Die Worte der Frau bestätigten Anas Vermutungen.

«Hat Ihnen das Don Benito gesagt? Dass Sie ihr nichts zu essen geben, damit sie früher in den Himmel kommt, ja?»

Isabel war unter der Decke verschwunden und wimmerte leise.

Stolz reckte Magdalena das Kinn. «Wundmale zu haben ist ein Privileg, ein Zeichen, dass sie erwählt worden ist, dass sie oben erwartet wird …»

Ana konnte nicht an sich halten. «Sie brauchen nicht mit irgendwelchen Märchen zu kommen. Ich weiß Bescheid.»

Das Mädchen schlug die Decke zurück und schickte Ana einen flehenden Blick, um sie am Weiterreden zu hindern. Bei der brüsken Bewegung hatte sich ein Teil der Kruste an beiden Händen gelöst, und aus den Wunden rann ein dünner Faden Blut.

Doch Ana konnte und wollte nicht schweigen. «Sie wollen doch nicht etwa behaupten, dass Sie nie den Geruch nach Waschsoda bemerkt haben? Nie gesehen haben, wie sie sich die Krusten abgekratzt hat, damit es wieder blutet? Dass Sie niemals den leisesten Verdacht gehabt …»

Die Mutter machte einen Schritt auf Ana zu. «Das ist eine Lüge.»

«Dann sind Sie also vollkommen blind? Sie haben wirklich nicht gemerkt, dass Ihre Tochter sich die Wunden selbst beibringt?»

Die Ohrfeige traf Ana mitten ins Gesicht. Den nächsten Schlag konnte sie abfangen, aber sie schlug nicht zurück. Die Frau holte erneut aus, doch Ana packte ihr Handgelenk. Magdalena hob die andere Hand, Ana hielt auch diese fest. Sie rangen in dem engen Gang zwischen Bett und Wand.

Das Mädchen kniete im Bett und schluchzte: «Aufhören, aufhören.»

Dann dröhnte eine Männerstimme von der Tür herüber. «Was ist hier los?»

Im Türrahmen stand Isabels Vater. Ana und Magdalena hielten inne und lösten sich voneinander.

«Bring sie hier raus», befahl ihm seine Frau.

Der Mann trat ins Zimmer. Ana hob besänftigend die Hände und machte einen Schritt in Richtung Tür. Ausdruckslos sah der Mann sie an. Er wusste nicht, was passiert war, aber er gehorchte seiner Frau und deutete mit dem Kinn auf die Tür. Ana blickte auf seine großen Holzfällerhände, und auch auf die Gefahr hin, es mit diesen Händen zu tun zu bekommen, sagte sie: «Geben Sie Ihrer Tochter etwas zu essen. Sie ist keine Heilige, nur ein verängstigtes Kind.»

Die Hände des Mannes blieben, wo sie waren, auch wenn er sich vor seine Frau stellen musste, damit diese nicht auf Ana losging.

«Das ist eine Lüge! Verflucht sollst du sein! Eine Lüge!»

Während er seine Frau festhielt, wandte er sich an Ana: «Bitte, gehen Sie.»

Die Stimme verriet kein Gefühl, nur tiefe Müdigkeit. Wahrscheinlich hatte er im Gegensatz zu seiner Frau längst geahnt, welche Farce sich in seinem Haus abspielte. Und hatte geschwiegen. Die Mutter hingegen schrie ihre Verwünschungen mit jedem Mal lauter heraus: «Du und deine Familie, ihr alle sollt verflucht sein, verflucht seien deine Toten, verflucht deine ganze Sippschaft!»

«Still, Frau.»

Ana stieg die Treppen hinunter. Im Hausflur fiel das Son-

nenlicht auf ein Paar Wachsbeine, die Gabe eines frommen Gläubigen.

Bevor sie die Tür hinter sich zuzog, hörte sie erneut Magdalenas Kreischen. Sie schrie ihre Tochter an: «Es ist eine Lüge? Ist es wahr, dass alles nur eine Lüge ist? Ja?»

Schläge und Weinen.

«Lass sie, Frau. Lass das Mädchen in Ruhe.»

Ana trat auf die Straße.

* * *

Vor dem Haus stieß sie auf Mauricio, der an der Hauswand lehnte und seinen Oberkörper hin und her wiegte.

«Sie haben uns erwischt, sie haben uns erwischt.»

Ana ging an ihm vorbei, ohne ihn weiter zu beachten, sie war zu sehr mit dem beschäftigt, was sie bei Isabel gehört und gesehen hatte. Vieles schien keinen Sinn zu ergeben. Die letzten Worte der Mutter, vor allem die Wut, mit der sie sie hervorgestoßen hatte, als sie auf ihre Tochter einschlug. Verbittert und wütend. Die Wut konnte nur daher rühren, dass sie wirklich erst jetzt begriffen hatte, dass ihre Tochter sie hinterging. Ana fragte sich erneut, ob eine solche Blindheit überhaupt vorstellbar war. Ja, dachte sie, nämlich dann, wenn der Verstand von Unwissenheit, Aberglaube und Armut geblendet ist. Dazu noch Don Benitos Überredungskünste, sein Drang, Karriere zu machen, seine Träume von Erfolg und Berühmtheit. Ob der Pfarrer bemerkt hatte, dass die Wundmale falsch waren? War es möglich, dass er den Betrug entdeckt und die Mutter anschließend davon überzeugt hatte, dem Mädchen nichts mehr zu essen zu geben? Die Kirche war langsam. Bis sie jemanden schickte, um eine

medizinische Untersuchung durchzuführen, wäre Isabel längst gestorben. Und selbst wenn sich ein Wunder nicht nachweisen ließ, seit wann war das ein Hinderungsgrund für eine Heiligenverehrung? Oder waren etwa die Wunder der anerkannten Heiligen tatsächlich geschehen?

Sie bog um eine Straßenecke und sah ein Mädchen auf der Straße spielen. Es war die Kleine, die Eugenias Puppe behalten hatte. Sie hockte trotz der Kälte in einem Hauseingang und fütterte die Puppe auf ihrem Schoß mit Schnee aus einem zersprungenen Tontellerchen.

Erfreut lächelte sie Ana an, Ana lächelte aus Gewohnheit zurück und ging an ihr vorüber. Hinter sich hörte sie ein sorgloses Stimmchen sagen: «Du musst alles aufessen, damit du groß und stark wirst.»

Das unschuldige Kinderspiel brachte den Damm zum Einstürzen. Der Schmerz über Aurelias Tod, über Eugenias Tod und das Mitgefühl mit Isabel stürzten auf sie ein.

«Und wenn du groß bist, lass ich nicht zu, dass das Monster dir weh tut», fügte das Mädchen ernst hinzu.

Bei diesen Worten brach der Schwall von Trauer und Mitleid jäh ab. Ana kehrte auf dem Absatz um. Die Kleine war so in ihr Gespräch mit der Stoffpuppe vertieft, dass sie zusammenzuckte, als Ana ihr die Hand auf die Schulter legte.

«Entschuldigung. Was hast du da über das Monster gesagt?»

«Darüber darf man nicht reden», wisperte sie.

«Aber das Monster gibt es wirklich?»

«Ja.»

«Hast du es schon einmal gesehen?»

«Nein.»

«Hast du Angst vor ihm?»

«Dafür bin ich noch zu klein.» Sie sprach so leise, dass Ana nicht sicher war, sie richtig verstanden zu haben.

Die Kleine drückte die Puppe an sich und stand auf.

«Zu klein?»

Ohne ihr zu antworten, verschwand das Mädchen im Haus und ließ den Teller mit dem halb gegessenen Schnee auf der Treppe stehen.

Das Monster.

Sie machte sich wieder auf den Weg. Von der nächsten Straßenecke konnte sie durch eine Lücke in der Häuserreihe Isabels Haus sehen, Mauricio stand immer noch davor. Sein rhythmischen Hin-und-her-Wiegen erinnerte sie an das Lied, das Isabel gesungen hatte. Wie hatte es gleich gelautet?

In der Strophe, die sie sich ausgedacht hatte, ging es um rote Hände, die das Monster vertrieben. Sie dachte wieder an die malträtierten Hände des Mädchens, die sich rot färbten, wenn sie sich die Kruste abriss, damit sie vor den Augen des Dorfes bluteten. Aber die Verletzungen waren schwarz.

«Schwarz», sagte sie laut.

Schwarz. Welche Farbe hatte das Kleid, in dem sie Aurelias Tochter beerdigt hatten?

Sie musste zurück in die Pension und das Foto noch einmal anschauen.

25

Sie stürmte ins Haus. Nicht eine Sekunde lang dachte sie daran, dass ihr jemand dort auflauern könnte. All ihre Angst war in den Hintergrund getreten, das Einzige, was sie wollte, war das Foto. Sie stürzte die Treppe hoch und griff in dem kleinen Wohnzimmer nach dem Bild. Ihr Gedächtnis hatte sie nicht getrogen. Das Kleid war schwarz.

Schwarz! Symbole der Unschuld und Reinheit umgaben das Mädchen: weiße Blumen, weiße Schleifen, ein weißer Blütenkranz aus Häkelspitze, der die Haube aus feinem weißen Tuch auf ihrem Kopf festhielt. Das Kleid aber war schwarz. Aurelia hatte ihrer Tochter ein schwarzes Kleid angezogen, ihrer Tochter, die, wie Eugenia behauptet hatte, von einem Monster getötet worden war.

Eugenia dagegen war ganz in Weiß beerdigt worden, im selben Alter wie Pilar. In Weiß. *Unberührt.* Hatten das nicht die Dorfbewohner ständig wiederholt? Unberührt. Unberührt. Weil die Tiere sie nicht angerührt hatten, aber das Monster genauso wenig. Unberührt. Als Jungfrau. War das die Bedeutung der schwarzen Kleidung auf dem Foto? Dass Pilar nicht als Jungfrau gestorben war? Das schwarze Kleid, das ihre Mutter ihr angezogen hatte, verkündete: «Nein, das ist kein kleiner Engel.» Auch keine junge Märtyrerin, die bei der Verteidigung ihrer Keuschheit ihr Leben gelassen hatte. Ihr fielen die Fotos von Josefina Vilaseca ein, die in *El Caso* publiziert worden waren: ein Mädchen von Kopf bis Fuß in

Weiß. Wie Eugenia. Unberührt. Das Monster hatte sie nicht angerührt. Pilar allerdings sehr wohl. Ihr hatte das Monster die Unschuld genommen. Aber warum stellte ihre Mutter sie vor aller Augen bloß, offenbarte ihre Schande? Nein, das war es nicht. Aurelia hatte nicht auf diese Art und Weise an ihre Tochter gedacht. Ana begriff. Sie wollte nicht Pilar bloßstellen, sondern das Monster.

Das schwarze Kleid war eine Anklage. Das Monster hatte ihre Tochter vergewaltigt. Darauf bezogen sich auch die Verse des Liedes: «Das Monster, so hässlich, liebt Rosen, voller Pracht. / Weiß frisst es sie am Abend, rot spuckt es sie bei Nacht.» Rot vor Blut, nachdem es sie entjungfert hatte.

Wie waren die Mädchen aus dem Dorf auf das Lied gekommen? Wahrscheinlich hatten sie auf ihre eigene Art die Anspielungen der Erwachsenen gedeutet. Wie bei dem Lied von dieser Marquesa aus Madrid, die die Hand ihrer toten Tochter aufbewahrte, verzerrte das Lied die brutale Grausamkeit der Realität und machte daraus einen Kinderreim, aber der wahre Kern blieb erhalten. Die Kinder sangen es bei ihren Spielen. Ana fragte sich, wie viel sie von dem, was sie sangen, verstanden. Allzu viel vermutlich nicht, obwohl sie das Grauen spürten, und wenn sie lachten, nachdem sie ihr Lied gesungen hatten, verscheuchten sie mit diesem Lachen die Angst und das Gruseln, die sie zuvor fasziniert gesucht hatten. Doch die Erwachsenen verstanden, worum es ging. Plötzlich begriff sie Aurelias Reaktion, als eines der Mädchen das Lied in der Pension gesummt hatte, in der Nacht, als Eugenias Leiche gefunden worden war. Und nicht nur Aurelia hatte verstanden. Alle wussten Bescheid, alle wussten, was ihrer Tochter zugestoßen war, und alle schwiegen.

Deshalb hatte Isabelita sich die Stigmata zugefügt. Damit das Monster sie nicht vergewaltigte. «Die Leute haben großen Respekt vor Heiligen mit Wundmalen.» Das war Eugenias Plan gewesen. Eine Mischung aus Genialität und Wahnsinn. Eine Dreizehnjährige hatte den blinden, durch die Predigten des Pfarrers angeheizten Glauben der Dorfbewohner benutzt, um ihrer Freundin zu helfen, den Krallen eines sogenannten Monsters zu entkommen. Und Magdalena hatte willig, allzu willig geglaubt, die Mutter einer Heiligen zu sein. Auf diese Weise war Isabel zum Wunder von Las Torres geworden. Und dann saß sie auf einmal in der Falle. Die Schmerzen, die sie ertragen musste, wurden mit jedem Tag schlimmer, zudem quälte sie die Angst, wegen ihrer Sünde verdammt zu werden, und auch diese wurde größer, je weiter sich die Kunde von ihrer angeblichen Wundertätigkeit verbreitete. Das arme Kind! Aber noch mehr Mitleid fühlte sie für Eugenia, deren brillanter Geist verurteilt gewesen war, zwischen Gebeten, Unwissenheit und uralten Machtverhältnissen zu ersticken. Eugenia, die geglaubt hatte, ihr Schielen würde sie retten. Davor war sie also geflohen.

Aber in dem Lied war nicht die Rede davon, dass das Monster tötete. Im Fall von Pili war etwas schiefgelaufen, und sie war umgebracht worden. Das Monster hatte sie getötet.

Das Monster. Es musste jemand aus dem Ort sein, der sich über die Mädchen aus dem Dorf hermachte. Wenn er zu einer lebenden Legende geworden war, tat er es immer wieder, und das seit längerer Zeit. Ob die Mädchen wussten, wer das Monster war, von dem sie ständig sangen? Vor wem wollte Isabel sich schützen? Sie drehte das Foto um, doch abgesehen von der Adresse des Fotografen aus Teruel stand nichts da, nichts, was ihr helfen konnte.

Sie blickte von neuem das Bild der lebendigen Pilar an, das erwachsene Gesicht über dem kindlichen Körper. Wer war es? Das Foto konnte ihr nichts sagen. Wenn Aurelia ihr doch etwas erzählt hätte. Ana erinnerte sich an Aurelias Auftritt in der Kirche, an ihre Drohung, nicht länger zu schweigen. Sie hatte sie das Leben gekostet.

Sie lief von einer Seite des Zimmers zur anderen.

Worüber Aurelia nicht länger hatte schweigen wollen, war also nicht die Verschwörung um die kleine Heilige. Nein, sie wollte nicht länger über das Monster schweigen. Und sie hatte es vor allen herausgeschrien. Deshalb war sie getötet worden. Ana fiel der Moment ein, als Aurelia die Hundezunge gesehen hatte. Sie hatte verstanden, was gemeint war. Aber dieses Mal hatte sie sich nicht einschüchtern lassen und hatte teuer dafür bezahlt.

Die Hundezunge war eine Warnung gewesen. Aber Aurelia hatte dennoch reden wollen. Deshalb hatte das Monster sie getötet und vor die Kirche gelegt.

Ana hielt einen Augenblick inne. Sie stand neben der Balkontür. Erst vor einigen Stunden hatten die Kirchenglocken sie hier geweckt.

Warum hatte das Monster Aurelias Leichnam vor die Kirche gelegt, wo er sofort gefunden werden würde?

Sie nahm ihren Marsch durch das Zimmer wieder auf.

Weil es genau darum ging, weil man sie sofort finden sollte, weil alle sie sehen sollten. Eine Hundezunge für das gesamte Dorf. «Seht, was mit denen geschieht, die reden.» Ein klares und eindeutiges Zeichen, das auch die einfachsten Gemüter verstanden.

Der Satz hallte in ihrem Kopf wider wie ein Echo. Jemand hatte genau das gesagt: Einfache Gemüter brauchen klare

und eindeutige Zeichen. Die Erinnerung kam, und ihre Beine gaben nach, sodass sie sich an der Sessellehne festhalten musste.

Ihr schwindelte bei dem Gedanken, dass sie kurz davor gewesen war, bei demjenigen Hilfe zu suchen, der die Mädchen missbrauchte und vergewaltigte, dass sie ihn um sein Auto bitten wollte, um Isabel aus dem Dorf zu bringen. Wo hätte diese Reise geendet? Vielleicht in einer der Schluchten auf ihrem Weg. Ihr fiel wieder Isabels entsetzter Blick ein, als sie von Julián Maestre gesprochen hatte. Die Vorstellung, dass ausgerechnet Don Julián sie retten sollte, musste Isabel eine Höllenangst eingejagt haben. Aber Ana hatte in diesem Moment nicht weiter darauf geachtet, weil Isabels Mutter ins Zimmer gekommen war.

Don Julián, der gebildete Leser. Don Julián, der große Freund der Aufklärung, der sich souverän seines eigenen Verstandes bediente und so stolz darauf war. Don Julián, der mit milder Verachtung auf die Dorfbewohner herabsah. Der Herr des Ortes. Zu dem alle aufschauten. Der einem Streit mit einem kurzen Befehl ein Ende setzte. Der sich auf seine Weise um die Leute im Dorf kümmerte. Und sich wie ein mittelalterlicher Feudalherr eine Art *jus primae noctis*, das Recht der ersten Nacht, herausnahm.

Es klopfte an der Tür. Ana stand auf, spähte durchs Fenster auf die Straße hinunter und sah geradewegs auf Miguels Haarschopf. Der erste erfreuliche Anblick an diesem Tag, dachte sie erleichtert.

Als sie die Treppe hinunterlief, um ihm zu öffnen, merkte sie, wie hungrig sie war.

***

Ein paar Minuten später stellte sie fest, dass Miguel genauso hungrig sein musste wie sie selbst, zumindest deutete das Tempo, mit dem er Schubladen und Schränke in Aurelias Küche öffnete, darauf hin. Vielleicht war es auch die Trauer um Aurelia, die ihn antrieb. Ana für ihren Teil konnte es kaum ertragen, die Tortilla-Reste aus dem Schrank zu nehmen, die Aurelia dort am Vortag verstaut hatte, das Brot aus dem Tuch zu wickeln, in das Aurelia es eingeschlagen hatte, mit den Fingern den Korken aus dem Hals der Weinflasche zu ziehen, die gestern noch Aurelia geöffnet hatte. Sie tat das, was Aurelia sonst immer getan hatte, und sie hatte den Eindruck, dass sie damit die Spuren ihrer Existenz verwischte.

Sie aßen, ohne zu sprechen, und genauso waren sie ohne Worte übereingekommen, sich einen Moment der Trauer und des Schweigens zuzugestehen.

Nachdem sie ihren ersten Hunger gestillt hatte, fühlte Ana sich stark genug, um zu reden. Sie ließ ihr Besteck sinken und begann von ihrem Besuch bei Isabel und ihren Überlegungen zu erzählen. Miguel hörte ihr zu und aß weiter, auch wenn er die Bissen von Mal zu Mal langsamer zum Mund führte. Hin und wieder stimmte er ihr nickend zu. Sie nahm einen großen Schluck Wein, bevor sie es wagte, ihre Schlussfolgerung auszusprechen.

«Das Monster gibt es wirklich, nicht wahr?»

«Ja.» Die Stimme des Lehrers war rau.

«Und es ist Julián Maestre.»

Er nickte wieder.

Mit nervenaufreibender Sorgfalt legte Miguel sein Besteck auf den Tisch, schob es mit den Fingerspitzen hin und her, bis Messer und Gabel genau parallel lagen, drehte den Teller

in die eine und dann in die andere Richtung, sah das Weinglas an, als ob er darin etwas suchte, und sagte schließlich: «Er lässt die jungen Mädchen meist zu sich kommen. Seine Dienerin, die alte Marta, holt sie, damit sie im Herrenhaus eine Arbeit erledigen. Am nächsten Tag kommen sie zurück, weinend, voller blauer Flecken.»

«Und die Eltern lassen es zu?»

«Ja. Die Einzige, die ihre Tochter davor bewahrt hat, ist die Frau des Totengräbers. Sie ist mit ihr zu Verwandten ins nächste Dorf gezogen. Aber die meisten sind von Julián Maestre auf die eine oder andere Weise abhängig. Er zahlt ihnen gute Preise für ihre Wolle und ihr Vieh. Wenn sie knapp bei Kasse sind, gibt er ihnen einen Vorschuss. Du siehst, er ist ein guter Herr, großzügig und verständnisvoll.» Er lächelte bitter und goss sich ein neues Glas Wein ein. «Die Familien, die ein Mädchen zu ihm geschickt haben, bekommen in der Regel irgendeine Art von Belohnung, einen Gunstbeweis. Manche rechnen sogar damit und schicken ihre Töchter gern.»

«Die Mädchen zahlen einen hohen Preis für diese Gunstbeweise, wie du sie nennst.»

«Mag sein. Aber die meisten Eltern im Dorf denken, dass sie es einfach durchstehen müssen. Sie gehen davon aus», er machte eine Pause und suchte nach dem richtigen Wort, «dass der fleischliche Akt für Frauen ohnehin kein Vergnügen ist. Oder es zumindest nicht sein sollte. Und was die Schläge angeht – eine Tracht Prügel hat ja bekanntlich noch niemandem geschadet. Nur dass es bei Don Julián oft etwas mehr ist.»

Er nahm wieder einen Schluck Wein.

Ana rutschte unruhig auf ihrem Stuhl hin und her. Irgend-

etwas von dem, was Miguel gesagt hatte, hatte ihre Aufmerksamkeit geweckt. Was Miguel erzählte, war furchtbar – Eltern, die ihre Töchter dem Feudalherrn überlassen, um ihre Wolle zu einem guten Preis verkaufen zu können. Doch das war es nicht, was sie irritierte. Die Dienerin. Die Dienerin gab den Eltern Bescheid, wenn Maestre ein Mädchen bei sich haben wollte. Ana sah wieder die Szene nach der Messe vor sich. Eugenias Eltern, Julián Maestres Dienerin, die wie vom Blitz getroffene Eugenia. Eugenia musste so alt sein wie Isabel oder Pilar bei ihrem Tod. Sollte sie etwa die Nächste sein? Dann musste die Dienerin sie ins Herrenhaus bestellt haben. Was hatte Isabel erzählt? Eugenia habe sich sicher gefühlt, weil sie schielte, aber sie habe sich geirrt. Das Monster wollte Eugenia sehr wohl. Die Dienerin hatte nach der Messe mit den Eltern gesprochen und sie aufgefordert, Eugenia zu Julián Maestre zu schicken. Eugenia hatte beschlossen zu fliehen, ins nächste Dorf zu gehen. Daher auch das Gepäck, das sie bei sich hatte.

Sie erklärte Miguel, was sie vermutete.

«Das sieht Eugenia ähnlich.» Er lächelte schwach. «Sie gehörte nicht zu denen, die sich schnell geschlagen geben.»

Ana sagte nachdenklich: «Vielleicht hätte sie es sogar geschafft, wenn die Straße nicht durch die Bäume blockiert gewesen wäre.» So hatte es der Sargento erklärt. Ana fuhr fort. «Aber das konnte Eugenia nicht wissen, als sie sich auf den Weg machte. Unterwegs stellte sie fest, dass sie nicht weiterkam, und musste umkehren. Bei der Kälte und dem hohen Schnee hat sie es nicht mehr zurück ins Dorf geschafft. Sie ist tatsächlich erfroren.»

Niemand hatte sie umgebracht, sie war gestorben, weil sie fliehen wollte.

Miguel starrte gedankenverloren auf den Grund seines Glases, mit dem er nun zu reden schien.

«Seit ich hier Lehrer bin, waren es vier. Ich habe sie in der Klasse sitzen sehen, wenn sie zurückgekommen sind. María war die Erste, die Älteste des Bäckers. Danach hockte sie mit ausdruckslosem Gesicht da und zuckte zusammen, wenn ich sie ansprach. Er hat sie wohl drei- oder viermal kommen lassen, beim letzten Mal kehrte sie mit ausgekugeltem Arm zurück. Pedro, der den Bauern bei den Tieren hilft, hat ihn wieder eingerenkt. Sie ist noch ein Jahr zur Schule gegangen. Jetzt ist sie mit einem hier aus dem Dorf verheiratet.»

Ana hörte Mitgefühl in seiner Stimme, Mitgefühl und Wut.

«Warum hast du nichts unternommen?»

«Die Mädchen wollen nicht reden, aus Angst, aus Scham. Und wenn doch eine bereit dazu ist, verbieten es die Eltern.»

Er füllte sein Glas und leerte es in einem Zug.

«Bei Pilar ist er zu weit gegangen und hat sie umgebracht. Warum hat niemand ihn angezeigt?», fragte Ana.

«Es gab eine Untersuchung. Die Beamten der Guardia Civil, die damals hier stationiert waren, haben die Leute befragt. Aber da alle schwiegen und die Leiche im Wald gefunden wurde, hieß es, dass Pilar von einem Landstreicher oder einem vom Maquis vergewaltigt und erschlagen wurde.»

Ana murmelte: «Aurelia jedoch wusste Bescheid.»

«Ja. Sie musste am Abend Pilar zu ihm schicken.»

Ana überkam eine heiße Welle von Mitleid, als sie sich die Schuldgefühle vorstellte, die Aurelia gequält haben mussten.

«Ihr Mann, Luis, konnte es nicht ertragen. Er hat sich drei Monate nach Pilars Tod aufgehängt. Aurelia hätte den Be-

amten der Guardia Civil bestechen können, damit er eine andere Todesursache als Selbstmord einträgt. Er hat es nahezu unverhohlen angeboten, aber sie wollte nicht. Sie wollte es nicht verbergen. Sie wollte, dass alle ihr Unglück sehen können. Und Unglück hat Aurelia reichlich gehabt.»

Er goss sich wieder ein, bevor er weitersprach. Der Hals der Weinflasche klirrte auf dem Glas. «Aurelia war zäh. Und hart zu sich selbst. Nachdem Luis gestorben war, hat sich Don Julián um sie gekümmert.»

Ana war perplex.

«Gekümmert?»

«So wird hier über ihn geredet, Don Julián, der sich um alle kümmert.»

«Wie hat er sich denn um Aurelia gekümmert?»

«Er hat ihr etwas Startkapital für die Pension gegeben. Und wenn sie wenig Gäste hatte, hat er ihr etwas geliehen, sodass sie immer halbwegs über die Runden kam.»

Aurelia hatte genau gewusst, was ihre Tochter bei Maestre erwartete. Und dann war alles noch schlimmer gekommen, als sie gefürchtet hatte. Er hatte das Mädchen getötet. Das Leben im Dorf musste die reinste Qual für sie gewesen sein, von Don Juliáns Wohltaten versorgt, von dem Preis, den er ihr für das Leben ihrer Tochter bezahlte. Wie schuldig sie sich gefühlt haben musste! Ana verstand plötzlich: Dieses Leben war eine Strafe, die sie sich auferlegt hatte. Ihr Mann hatte sich umgebracht, weil er es nicht mehr ertrug. Aurelia hingegen hatte sich selbst dazu verurteilt weiterzuleben: jeden Tag zu spüren, dass ihre Tochter tot war, jeden Tag zu wissen, dass der Mörder ihres Kindes unbehelligt vor ihren Augen im Dorf lebte. Was hatte sie gesagt, als sie die erste Tasse Kaffee geleert hatte? «Ich verdiene es nicht.»

Jeder Tag eine Strafe. Bis sie beschlossen hatte, die Wahrheit zu sagen. Ohne es zu merken, dachte Ana den Gedanken laut zu Ende: «Julián Maestre hat in der Kirche verstanden, dass sie reden wollte. Deshalb hat er sie getötet.»

«Ja.»

Seine knappe Antwort führte dazu, dass Ana begann, Dinge zu verstehen, die ihr immer weniger gefielen.

«Du hast es gewusst.»

«Ja. Ich habe es mir gedacht.»

Seine Stimme klang fest, wie die Stimme von jemandem, der weiß, dass er gleich attackiert werden wird und gewissermaßen schon die Füße in den Boden stemmt.

«So, wie du auch gewusst hast, dass Maestre die Mädchen vergewaltigt. Und dass Isabel sich ihre Wundmale beibringt, damit er sie in Ruhe lässt.»

«Das wusste ich nicht, ich habe es bloß vermutet. Eugenia und Isabel haben immer zusammengesteckt und diese Heiligengeschichten – von Santa Lucía, Santa Eulalia, Santa Inés und wie sie alle heißen – gelesen. Deshalb habe ich angenommen, dass es etwas damit zu tun hat.»

«Warum hast du mir nichts davon gesagt?»

«Ana, wie sollte ich? Hätte ich dir bei unserem ersten Gespräch sagen sollen: ‹Liebe Señorita Martí, die Wundmale unserer kleinen Heiligen sind eine Fälschung, aber wir haben hier ein echtes Monster im Dorf›?»

Seine Reaktion verblüffte sie. Er wich ihr aus, und zwar mit billigem Sarkasmus. Derartiges hatte sie von ihm bislang noch nicht gehört.

Sie antwortete ruhig: «Nein, das meine ich nicht. Du hast mit mir Pläne geschmiedet, um Isabel zu retten. Du hast mich in dem Glauben gelassen, dass Don Benito und Mag-

dalena eine Intrige gesponnen haben und ein guter Teil der Leute im Dorf daran beteiligt ist.»

Miguel hatte den Gesichtsausdruck eines Menschen, der kurz davor ist, in einen Abgrund zu fallen, und Schwierigkeiten hat, dies seinem Gegenüber begreifbar zu machen. Er stürzte die Hälfte seines Weinglases hinunter, bevor er ihr eindringlich erklärte: «Ana, es ging um Don Julián.»

«Don Julián – du nennst ihn immer noch Don Julián!»

«Du verstehst nicht. Ich war so froh, mit dir zusammen etwas für Isabel tun zu können, eines der Mädchen retten zu können. Ich hatte das Gefühl, endlich etwas unternehmen zu können.»

Ana betrachtete ihn nachdenklich. Wahrscheinlich hatte er tatsächlich mit ihr zusammen Isabel aus dem Dorf bringen wollen. Isabels Rettung hätte nicht zu einer Konfrontation mit dem Herrn des Ortes geführt. Miguel hatte darin seine Chance gesehen, etwas zu tun, nicht mehr ein ohnmächtiger Zuschauer sein zu müssen, um dann anschließend das Dorf mit seinem mächtigen Herrn hinter sich zu lassen. Wie hatte er selbst gesagt? Ein Ausweg wider alle Wahrscheinlichkeit. Auf der anderen Seite hatte er sie mit Halbwahrheiten abgespeist und sie im Dunkeln tappen lassen. Das alles gefiel ihr ganz und gar nicht. Aber sie konnte nicht wählerisch sein, die Liste ihrer möglichen Verbündeten war denkbar kurz. Deshalb sagte sie: «Wir können immer noch etwas für Isabel tun.»

Sie dachte an den Sargento der Guardia Civil. Wenn Eugenia tatsächlich geflohen war, hatte Don Ignacio die Wahrheit gesagt, er versuchte nicht, einen gewaltsamen Tod zu vertuschen. Der Somatén war tatsächlich ausgezogen, um nach Anhängern des Maquis zu suchen. Das bedeutete nicht

unbedingt, dass sie dem Sargento vertrauen konnte, aber er war zumindest nicht an einer Verschwörung beteiligt, die zum Ziel hatte, die Illusion eines Wunders von Las Torres um jeden Preis aufrechtzuerhalten. Er war ein Fremder wie sie, und es bestand eine Chance, dass er bereit war, etwas gegen Julián Maestre zu unternehmen. Vielleicht war es ihm sogar recht, auf diese Weise den Herrn über Las Torres loszuwerden, dem die Menschen eher gehorchten als ihm.

Miguel saß starr auf seinem Stuhl. Ana suchte seinen Blick.

«Lass uns morgen zusammen zu Don Ignacio gehen. Wir erzählen ihm alles, damit er Maestre wegen des Mordes an Aurelia verhaftet.»

«Don Julián verhaften? Das wird er nicht tun.»

«Wieso nicht?»

«Erstens wird er uns nicht glauben. Und selbst wenn er uns glauben würde, wird er es nicht wagen, etwas gegen Don Julián zu unternehmen.»

«Er hat Aurelia getötet. Das ist Mord. Darüber kann er nicht einfach hinwegsehen.»

Miguel schüttelte den Kopf.

Ana sagte drängend: «Du musst mit mir kommen und über all die Mädchen sprechen, die Maestre misshandelt hat. Nur so könnten wir der Sache ein Ende bereiten. Keine Vergewaltigungen mehr, weil sich ein großer Herr das Recht der ersten Nacht nimmt.»

«Ana, ich kann nicht.» Seine Stimme war dünn wie Draht.

«Warum nicht?»

«Ich wäre für das ganze Dorf ein Denunziant. Ich würde sie alle bloßstellen, wenn ich sage, dass sie ihm jahrelang ihre Töchter zur Verfügung gestellt haben.»

«Du müsstest nicht hierbleiben. Du könntest fortgehen.»

«Dass ich hier als Lehrer arbeiten kann, verdanke ich Don Julián. Er hat mir die Stelle hier verschafft, um meinem Vater einen Gefallen zu tun. Sie sind weitläufig verwandt.»

Ana sah ihn verblüfft an.

«Ich … es gab vor Jahren diese Sache in Valencia. Es war ein Unfall.» Miguel schaute auf den Tisch vor sich. Ana wartete, dass er weiter erzählte. «Ein Autounfall. Ich war betrunken und bin von der Straße abgekommen. Nachdem das Auto sich zweimal überschlagen hat, bin ich gegen einen Baum gefahren. Mir ist nicht viel passiert, aber meine Beifahrerin ist nach zwei Tagen im Krankenhaus gestorben.»

Er griff nach der Flasche und füllte sein Glas.

«Eine junge Frau. Die Tochter eines hohen Militärs in Zaragoza. Mit der ich gar nicht hätte unterwegs sein sollen, wenn es nach ihrer Familie gegangen wäre. Mit der ich nicht betrunken Auto gefahren wäre, wenn ich einen Funken mehr Verantwortungsgefühl gehabt hätte.»

Er nahm wieder einen Schluck.

«Mein Vater hat seine Beziehungen spielen lassen und konnte eine Anklage wegen fahrlässiger Tötung abwenden. Dolores' Vater allerdings hat nicht lockergelassen. Er wollte, dass ich bestraft wurde. Daraufhin hielt es mein Vater für besser, dass ich von der Bildfläche verschwinde. Don Julián und er sind entfernte Cousins, und so hat er mich hier untergebracht. Verstehst du?»

Ana verstand mehr, als ihr lieb war. Julián Maestre, der sich um alle kümmerte, hatte sich auch um den Dorflehrer gekümmert. Aber das war weder ein Grund, in diesem Dorf zu bleiben, noch, nichts gegen ihn zu unternehmen.

«Selbst wenn du dich weiter in der Provinz verstecken

musst, könntest du doch in einem anderen Dorf eine Stelle finden.»

«Das würde Don Julián nie erlauben.»

«Reicht sein Arm so weit?»

«Ich möchte es nicht darauf ankommen lassen. Ana, er hat Aurelia ermordet. Er hat sie wie ein erlegtes Wild auf dem Platz vor der Kirche deponiert. Die Botschaft ist doch klar: Seht, wie mächtig ich bin. Seht, was ich tun kann. Wagt es nicht, euch gegen mich zu wenden.»

Ana stellte fest, dass die tote Aurelia vor der Kirche genau die beabsichtigte Wirkung hatte: Einschüchterung.

«Und? Warum gibst du einfach auf? Wer sagt dir denn, dass wir keine Chance haben, dass wir nichts tun können?»

«Wer sind wir denn schon? Ein Lehrer, der zu viel trinkt, und eine Journalistin, die von außerhalb kommt. In diesem Dorf geschieht nur, was Don Julián will.»

«Ja. Weil sich niemand traut, etwas gegen ihn zu unternehmen. Lass uns morgen mit Don Ignacio sprechen. Und wenn er uns nicht hören will, erstatten wir unten in Teruel Anzeige. Es ist Mord. Er ist zu weit gegangen, er hat seinen Einfluss überschätzt.»

Sie sagte es mit Überzeugung, obwohl sie genau wusste, dass eine Anzeige nicht immer zu einer Verhaftung führte, selbst wenn es ausreichend Beweise und Zeugenaussagen gab. Aber sie musste es versuchen.

Miguel schüttelte wieder den Kopf.

Ana warf ihr letztes Argument in die Waagschale. «Ich könnte deine Unterstützung gut gebrauchen. Ich bin eine Frau, ich bin eine Fremde, wie du richtig gesagt hast. Mir wird Don Ignacio nicht unbedingt glauben. Wenn wir beide aussagen, wird die Anzeige mehr Gewicht haben.»

Sie machte eine Pause und fügte dann leise hinzu: «Und das brauchen wir, wenn wir ihn überzeugen wollen. Das Risiko, dass Don Ignacio es nicht glaubt, schnurstracks zu Don Julián läuft und mich – absichtlich oder unabsichtlich – ans Messer liefert, ist geringer, wenn du mitkommst.»

Seine Schultern waren nach vorn gefallen, die Augen hatten allen Glanz verloren und sahen aus wie zwei graue Kiesel in einem trüben Fluss. Von dem attraktiven Mann, den sie an ihrem ersten Tag im Dorf fotografiert hatte, von dem Lehrer, der so warmherzig über seine Schülerin geredet hatte, von dem entschlossenen Miguel, der nach der Messe mutig Isabelitas Mutter entgegengetreten war, war nichts mehr zu sehen.

Miguel sagte nicht zu ihr: «Es ist gefährlich. Geh bitte nicht.» Sein Gesicht war leer, als ob die Verzweiflung jede Regung daraus getilgt hatte. Das Einzige, was er sagte, war: «Ich kann nicht.»

Er wollte nicht und schien sich dafür abgrundtief zu schämen, aber das änderte nichts daran, dass er sie im Stich ließ. Sie hob sein Kinn an, um ihn zu zwingen, sie anzusehen.

«Du wirst Jahr für Jahr ertragen müssen, dass er sich deine Schülerinnen holt.»

Er drehte sein Gesicht brüsk weg. «Ich weiß. Trotzdem habe ich nicht den Mut.»

Sein Blick wurde für einen Moment lang klar. Die Verzweiflung, die er sie sehen ließ, rührte sie, auf der anderen Seite schämte sie sich für seine Schwäche, seine Apathie, seine Selbstverachtung.

Er schien genau zu wissen, was ihr durch den Kopf ging. «Ana, es tut mir leid. Ich biete ein erbärmliches Bild, nicht wahr? Aber das bin ich, ein Feigling. In einem Dorf voller

Feiglinge bin ich nicht schlecht aufgehoben. Glaub mir, wenn du dich selbst nicht im Spiegel ansehen kannst, hilft es enorm, von lauter Menschen umgeben zu sein, die es auch nicht können.»

Er schenkte sich wieder ein und trank.

Die Flasche war leer.

Miguel sank in sich zusammen, sein Kopf sackte ihm auf die Brust. Ana stand auf, griff nach einem Tuch, das über einem Stuhl hing, und legte es ihm über die Schultern.

Dann ging sie selbst zu Bett.

26

Sie erwachte mit einem Gefühl der Niedergeschlagenheit, weil sie wusste, dass das Haus verlassen sein würde, sobald sie selbst gegangen wäre. Während sie sich anzog, dachte sie an die leeren Zimmer, die erloschene Feuerstelle, den kalten Herd. An Aurelias unberührtes Bett. Die Fotos von Pilar. Und eine Handvoll Kaffeebohnen, die irgendjemand später vielleicht finden würde. Keine letzte Tasse wässrigen Kaffees mehr mit Aurelia. Sie schob die melancholischen Gedanken beiseite. Gleich heute Morgen würde sie mit dem Sargento sprechen. Ob er es wagte, etwas gegen den Herrn des Ortes zu unternehmen? Oder ganz im Gegenteil … Sie straffte die Schultern, das Risiko musste sie eingehen.

Entschlossen zog sie den Mantel über und schlüpfte in ihre Schuhe. Um Miguel nicht zu wecken, der unten an dem Tisch schlief, wo sie am Abend zuvor gesessen hatten, stieg sie leise die Treppe hinunter und verließ das Haus.

Auf der Straße meinte sie, ein Geräusch hinter sich zu hören. Als sie sich umdrehte, sah sie Miguel in der einen Spaltbreit geöffneten Haustür stehen. Sie wartete einen Augenblick und hatte den Eindruck, ein unterdrücktes Schluchzen wahrzunehmen. Doch die Tür schloss sich wieder, Miguel ließ sie gehen. Allein.

***

Nach dem Tod von Eugenia und Aurelia war den Kindern verboten worden, auf der Straße zu spielen, doch auf dem Platz vor der Kirche entdeckte Ana, dass sie das Verbot auf ihre eigene Weise befolgten. Eine Gruppe von drei Mädchen und zwei Jungen spielten Fangen, sie rannten über den Schnee und versuchten einander zu packen. Ohne einen Laut. Sie hielten inne, als eine Erwachsene auftauchte, und blieben wie gebannt stehen. Kleine, keuchende Bäume.

«Es ist bloß die Fremde», sagte das Mädchen, das gerade Fängerin war, und lief wieder los, um einen Jungen zu fangen, der nicht rechtzeitig wegrannte.

Sie war bloß die Fremde und konnte ihnen nichts anhaben, sie konnte sie nicht schelten oder bestrafen. Die Kinder spielten weiter, ohne zu schreien, ohne zu sprechen, ohne zu lachen. Nur das Trappeln rennender Füße und keuchender Atem war zu hören. Eins der Mädchen, das kleinste, wurde angesichts der Machtlosigkeit der Fremden richtiggehend mutig. Die Kleine ließ von ihrem Spiel ab und heftete sich an Anas Fersen, als sie die Calle Mayor entlangging. Laut genug, damit Ana es hören konnte, sang sie: «Das Monster, so hässlich, liebt Rosen, voller Pracht …»

Beim Klang des schrillen Stimmchens richteten sich Anas Nackenhaare auf. Sie drehte sich um und blickte der Kleinen ins Gesicht. Mit den eng beieinanderstehenden Augen und dem spitzen Kinn sah sie aus wie ein vorzeitig gealtertes Kind.

«Das Monster, so hässlich, liebt Rosen, voller Pracht …»

«Sei still, oder ich sage es deinen Eltern.»

Das Mädchen verstummte für einen Moment, doch dann musste ihm eingefallen sein, dass die Fremde nicht wusste, wer seine Eltern waren, und es sang spöttisch weiter.

«Weiß frisst es sie am Abend, rot spuckt es sie bei Nacht.»

«Sei still, oder ich sage es dem Pfarrer.»

Das Mädchen hörte auf zu singen und blieb stehen.

«Petze», rief es ihr voller Groll hinterher.

Ana warf ihr einen wütenden Blick zu, der die Kleine verstummen ließ, allerdings nur bis sie sich in sicherer Entfernung wusste.

«Petze, Petze.»

Ana wandte sich ihr zu. Die Kleine hatte den Arm ausgestreckt, ihr anklagender Zeigefinger zielte wie eine Pistole auf Ana. Die anderen Kinder rannten herbei und scharten sich um sie. Als ob es ein neues Spiel wäre, ahmten sie die Geste des Mädchens nach, das immer wieder rief: «Petze, Petze.»

Ana bog um eine Ecke. Die Rufe der Kinder brachen ab. In der stillen Straße hörte sie, wie sie zur Ecke liefen, und musste unwillkürlich an eine Gruppe von Ameisen denken, die einen Grashüpfer attackierte, um ihn dann zu fressen. Sie beschleunigte den Schritt. Zu ihrem Bedauern konnte sie sich nicht beherrschen und wandte sich um. Die Köpfe der Kinder spähten um die Ecke. Eins der älteren Mädchen sagte zu den anderen: «Sie geht zum Sargento.»

«Sie geht petzen», rief einer der Jungen.

«Petze, Petze», schrie die Kleine wieder. Sie kam hervor und baute sich mitten auf der Straße auf, wie zuvor deutete sie mit ausgestrecktem Arm auf sie. «Petze, sie petzt bei Don Ignacio, Petze.»

Die anderen fielen nicht in ihren Singsang ein, sondern stoben davon und stießen endlich die Schreie aus, die sie den ganzen Morgen über unterdrückt hatten.

Ana lief weiter. Die Stimme der Kleinen, die immer noch schrie, obwohl sie jetzt allein war, verfolgte sie bis zur Kaserne.

Sie trat ein und fand Don Ignacio in dem Raum, der ihm als Büro diente. Der Sargento saß zurückgelehnt auf seinem Stuhl und las eine alte Zeitung. Er war in Uniform, aber er trug keine Schulterriemen und hatte die Jacke aufgeknöpft. Erstaunt sah er sie an. «Ich habe keine Zeit für Sie, und versuchen Sie bloß nicht, mir etwas über den Tod von Señora Anglada zu entlocken. Ich habe sehr viel zu tun.»

Mauricios blonder Kopf erschien im Türrahmen, er hatte einen Besen in der Hand. Ana hatte ihn bei ihrer Ankunft nicht bemerkt.

«Das ist aber eine dicke Lüge, Don Ignacio! Sie haben geschlafen, als sie gekommen ist.»

«Verschwinde, Mauricio. Wenn ich aufstehen muss, hau ich dir den Besen um die Ohren.»

Der Junge gehorchte und schloss die Tür. Kurz danach hörten sie das rhythmische Geräusch des kehrenden Besens. Ana setzte sich dem Sargento gegenüber.

«Ich bin nicht gekommen, um Ihnen Fragen zu stellen. Ganz im Gegenteil, ich komme mit Antworten.»

Der Beamte der Guardia Civil richtete sich auf und beugte sich vor. «Ach ja? Sie wollen mir doch nicht etwa sagen, dass Sie sich herbemüht haben, um mir mitzuteilen, wer die arme Frau getötet hat?»

Sie ignorierte seinen Sarkasmus. «Richtig. Genau deshalb bin ich hier.»

Sein Lachen klang gezwungen, und sie begriff, dass er nichts über die Angelegenheit wusste, daher konnte sie zumindest anfangen zu sprechen. Sie fürchtete, dass er sie nicht

ausreden lassen würde, und so erzählte sie schnell, was sie über die Wunden von Isabel herausgefunden hatte. Der Sargento unterbrach sie kein einziges Mal, sondern beschränkte sich darauf, mit zunehmender Bestürzung zu nicken. Erst als sie nach der Erklärung von Isabels Motiven für die Wundmale zu Don Julián kam und ihm erläuterte, dass er ihrer Überzeugung nach der Mörder von Pilar war, sagte der Sargento: «Sie glauben also, dass meine Kollegen absichtlich gelogen haben, als sie festgestellt haben, dass ein Landstreicher die Tat begangen haben muss?»

«Nein. Ich würde es nicht wagen, Derartiges zu behaupten. Dazu habe ich, bei allem Respekt, zu viel Angst vor Ihnen und Ihrem Korps.»

«Was wollen Sie dann sagen?»

«Ich glaube, dass auch sie betrogen worden sind, dass man ihren – sagen wir – Eifer, die Gegend vom Maquis und den Straßenräubern zu säubern, ausgenutzt hat, um weitere Nachforschungen zu verhindern.»

Der Sargento nickte auf gewisse Weise erleichtert, während er zugleich zu einer schmerzhaften Erkenntnis gelangte: «Aber wenn es stimmt, was Sie sagen, heißt das auch, dass viele im Dorf Bescheid wussten oder es zumindest ahnten. Warum hat mir niemand etwas davon gesagt?»

Ana traute sich, die Wahrheit aussprechen, die ihm mit Sicherheit bekannt war.

«Weil Sie hier nicht die höchste Autorität sind.»

Weder er noch das Regime, das er repräsentierte. Hier, weit entfernt von Madrid, weit entfernt von allem, hatte jemand anderes das Sagen.

Sie wollte ihm nicht erklären, dass er für Don Julián nur ein ausführendes Organ war, das für ihn vor allem die

Männer im Dorf unter Kontrolle hielt, so wie der Pfarrer die Frauen manipulierte.

«Aber wie haben Sie all das herausgefunden? Warum hat man es Ihnen erzählt? Einer Fremden?»

«Niemand hat mir etwas erzählt. Sie haben es zugegeben, weil ich es herausgefunden habe, besser gesagt, weil ich es herausgelesen habe. Aus dem Lied von dem Monster.»

«Was für ein Lied?»

Ana sang es ihm vor.

«Das kenne ich nicht.»

«Dann haben Sie wirklich in all den Monaten, die Sie hier im Ort sind, nichts mitbekommen, Don Ignacio. Verstehen Sie nicht? Es steckt alles in diesem Lied. Das Monster pflückt die weißen Rosen, und hinterher sind sie rot. Don Julián, der sich seit Jahren wie ein Feudalherr das Recht der ersten Nacht nimmt. Darum geht es in dem Lied.»

«Don Julián? Ein Monster? Was ist das für ein Unfug? Monster! Merken Sie nicht, was für einen Blödsinn Sie reden? Don Julián, ein Monster. Ich bitte Sie.»

Auf der anderen Seite der Tür fiel etwas mit einem Schlag zu Boden.

«Sei vorsichtig, Mauricio. Noch so etwas, und ich komme rüber.»

Ana erzählte ihm von dem Foto der toten Pilar in ihrem Sarg, von dem schwarzen Kleid, den weißen Lilien aus Spitze. Plötzlich erschreckte sie die Stille. Von Mauricio war nichts mehr zu hören.

Sie sprang auf. «Er hat uns belauscht!»

Mauricio hatte die Tür einen Spaltbreit offen stehen lassen. Ihr schoss Aurelias Bemerkung durch den Kopf: «Wie kann man nur so dumm und gleichzeitig so raffiniert sein!»

Sie stürzte aus dem Raum. Der Besen lag in der Mitte des Eingangszimmers, daneben ein paar Metallstücke. Die Tür der Kaserne stand sperrangelweit offen.

«Mauricio!»

Ich verstehe nicht, was die Señora sagt. Warum sagt die Señora, dass alles in dem Lied steckt? Das Lied ist das Lied. Das Monster steckt nicht in dem Lied. Was für ein Unsinn! Das Monster ist echt. Alle wissen das.

Das Monster ist böse. Don Julián ist nicht böse. Er schlägt mich nie und sagt, dass ich gut bin, dass ich ein unschuldiges kleines Tier bin. Aber die Señora aus Barcelona hat gesagt, dass er das Monster ist. Und sie sagt auch, dass ich gut bin. Außerdem hat sie mir einen Kuss gegeben. Sie hat mich nie geschlagen. Die Señora war gut zu Tante Aurelia. Sie hat sie zum Lachen gebracht. Und sie haben zusammen Kaffee getrunken. Die Señora ist gut zu Isabelita. Wir fahren alle drei nach Barcelona. Mutter kommt auch mit. Dort gibt es keine Monster.

Das Monster tut den Mädchen weh. Den Jungen nicht. Nur den Mädchen. Wenn sie größer werden. Deshalb haben die Mädchen Angst, größer zu werden, das Monster mag das Fleisch der Mädchen. Deshalb haben sie Angst vor ihm, weil es schlimme Sachen mit ihnen macht und sie dann ausspuckt.

Pili hatte Angst vor ihm. Und das Monster hat sie umgebracht.

Eugenia hatte Angst vor ihm, obwohl sie schlau war. Die Schlauste von allen. Deshalb ist sie ihm entwischt, und es hat sie nicht angerührt. Aber jetzt ist sie tot.

Isabelita hatte auch Angst vor ihm, aber jetzt ist sie eine Heilige, und Heilige brauchen keine Angst vor Monstern zu haben.

Die Señora sagt, dass Don Julián Tante Aurelia getötet hat.

Das ist eine Todsünde. Töten ist eine Todsünde. Don Julián kommt in die Hölle. Weil er böse ist.

«Böse, böse. Tante Aurelia, die Äärmste!»

Monster haben Angst vor Heiligen. Es gibt Heilige, die beten. Und Heilige, die Heilige sind, weil man sie getötet hat. Und Heilige, die Heilige sind, weil sie ein Monster getötet haben, wie der heilige Georg. Er hat einen Drachen getötet. Drachen sind Monster. Monster muss man töten.

Wenn du weißt, dass da ein Monster ist, und du tötest es nicht, bist du böse.

Leute, die Monster töten, sind gut. Ich bin gut. Das sagt die Señora.

27

Wo ist Mauricio?»
«Irgendwo hier. Er kommt und geht, ohne Bescheid zu sagen.»

Aber der Sargento war schon dabei, das Riemenwerk seiner Uniform zu richten und eine Pistole in das Halfter zu schieben.

«Gehen wir.»

Mit zügigen Schritten machten sie sich auf den Weg zu Julián Maestre. Die wenigen Leute, die sie unterwegs trafen, betrachteten neugierig das seltsame Paar.

Das Tor des Herrenhauses stand offen. Sie überquerten den Hof, zu ihrer Überraschung war auch die Haustür nur angelehnt. Der Sargento klopfte und trat ein. In diesem Moment hörten sie einen Schuss, einen Schrei und eilige Schritte aus dem ersten Stockwerk. Sie setzten die Treppe hinauf. Oben kam ihnen Cándida, die Bedienstete, mit aufgerissenen Augen entgegen.

«Er hat ihn umgebracht.»

«Wer?», fragte der Sargento.

Die Bedienstete sagte lediglich: «In der Bibliothek.»

Sie folgte ihnen langsam, als wäre ihr Part mit dem Überbringen der Nachricht erledigt und es gäbe daher nun für sie keinen Grund zur Eile.

Die Tür zur Bibliothek war geschlossen, der Sargento drückte beide Türflügel auf.

Sie sahen sofort die beiden in der Mitte des Raums. Don Julián lag mit ausgestreckten Armen auf dem Boden. Die Druckwelle hatte sogar den Gürtel seines Morgenmantels gelöst, und die Jacke seines karierten Pyjamas hatte sich mit Blut vollgesogen. Das Gesicht war ihnen zugewandt, und seine Augen ließen sie einen Moment bewegungslos verharren. Selbst im Tod hatte er den Blick eines Herrn, des Herrschers über Las Torres. Mauricio stand vor ihm, in der Hand noch das Gewehr, doch der Lauf zeigte nach unten, und er richtete es nicht auf sie, als sie eintraten. Er hatte seine Beute schon erlegt.

«Mauricio, was hast du getan?»

«Ich habe das Monster getötet.» Stolz blickte er sie an.

Der Sargento trat zu ihm und nahm ihm das Gewehr ab, der Junge ließ es widerstandslos geschehen.

«Was hast du getan, du Wahnsinniger!»

Mauricio lächelte glücklich. «Ich habe das Monster getötet.»

Don Ignacio nahm das Gewehr in die Linke, um ihn mit der Rechten zu schlagen.

«Erheben Sie nicht die Hand gegen diesen Jungen!» Cándida stand im Türrahmen. «Er hat das Richtige getan. Es wurde Zeit, dass jemand es endlich wagt.»

Der Sargento antwortete nicht, aber er ließ die Hand sinken.

Mauricio schaute die alte Frau an, die neben Ana stand, und wiederholte: «Ich habe das Monster getötet.»

«Ja, mein Junge. Es ist gut.» Die Dienerin nickte ihm zu.

«Er hat den Mädchen weh getan», erklärte Mauricio.

Er hatte sie also in der Kaserne belauscht. Niemand achtete auf ihn. Er war der Dorftrottel, und sie redeten in seiner

Anwesenheit, als ob er ein Möbelstück wäre. Aber er hatte alles verstanden. Perfekt verstanden.

«Woher hast du das Gewehr?», fragte ihn der Sargento.

«Aus dem Schrank mit den Waffen des Somatén.»

«Aber wie …? Mit dieser verkrüppelten Hand?»

«Nein, natürlich mit der anderen, Don Ignacio!», sagte Mauricio triumphierend. Dann verdüsterte sich sein Gesichtsausdruck.

«Er hat Tante Aurelia weh getan, obwohl sie kein Mädchen mehr war.»

Er sah auf die Leiche hinunter und versetzte ihr einen Fußtritt. Ein Samtpantoffel flog durch den Raum. Don Ignacio riss ihn weg.

Am Ende hatte ihn ein armer Idiot getötet. Ein Idiot, der sein Lächeln wiedergefunden hatte, als er noch einmal sagte: «Ich habe das Monster getötet. Der heilige Georg hat den Drachen getötet und ich das Monster.»

«Gehen wir.» Don Ignacio packte seinen Arm, mit recht lockerem Griff, wie es Ana schien. Mehr war nicht nötig, Mauricio ließ sich willig führen.

Die Dienerin trat ihnen in den Weg, bevor sie das Zimmer verließen. Sie griff den Kopf des Jungen, zwang ihn, sich zu ihr herabzubeugen, und küsste ihn auf beide Wangen.

«Ich sage deinen Eltern Bescheid.»

28

Als ob das Tauwetter gewartet hätte, bis das Dorf seine Angelegenheiten erledigt hatte, waren am Donnerstag die Straßen frei, und der Bus kam wieder herauf. Er traf um zwölf Uhr am Mittag ein, eine halbe Stunde später war auch der Wagen da, den Rubio Ana versprochen hatte.

Ein paar Stunden zuvor waren bereits einige Beamte der Guardia Civil im Dorf eingetroffen, die nun mit dem Sargento durch die Häuser gingen, um die Untersuchung der Ereignisse zu Ende zu bringen.

Darüber würde sie nun ihren Artikel schreiben. Über die Geschichte eines zurückgebliebenen Jungen, der den Landbesitzer Julián Maestre getötet hatte, um den Tod seiner Tante zu rächen. Was die Gründe für Aurelias Ermordung betraf, so würde sie schreiben, dass es um einen alten Konflikt gegangen sei. Keinesfalls würde sie erwähnen dürfen, dass in diesem Dorf die Frauen jahrelang vom Herrn des Ortes missbraucht und vergewaltigt worden waren. Es würde auch keine Reportage über ein Mädchen mit Wundmalen geben. Und noch weniger die Enthüllung, dass die Verletzungen und die angeblichen Wunder Betrug waren. Nichts. Nur Schweigen.

Der Sargento hatte sie zur Pension begleitet, damit sie ihr Gepäck holen konnte. Da er in der Küche geblieben war, während sie packte, hatte sie sich ins kleine Wohnzimmer geschlichen und eines von Pilars Fotos genommen. Das Foto,

auf dem sie lebendig zu sehen war, mit ihrem erwachsenen Mädchengesicht. Sie wollte es Mauricio geben, wenn sie sich in der Kaserne von ihm verabschiedete, sie nahm an, dass der Junge es gern in den harten Monaten, die auf ihn zukamen, bei sich haben würde. Man würde ihn vor Gericht stellen, und wenn der Richter sich von den Vorurteilen seiner Kaste leiten ließ, würde Mauricio mit der Garrotte um den Hals enden.

Der Sargento erzählte ihr auf dem Rückweg, dass Mauricio sofort um einen Besen gebeten habe, als sie ihn in seine Zelle brachten. Sein Wunsch wurde erfüllt, und er begann zu fegen, und als ob nichts geschehen wäre, sang er mit seiner heiseren Stimme das Lied vom Monster. Dann bat er um eine Kehrschaufel und war dabei so ruhig, dass der Beamte der Guardia Civil ihm sogar erlaubte, sie in den Mülleimer zu leeren, bevor er ihn in seine Zelle zurückbrachte.

Dort traf ihn Ana an, in aller Ruhe auf der Pritsche sitzend. Er strahlte, als er sie sah, und kam ans Gitter.

«Wie gut du riechst, Señora», sagte er zu ihr.

Ana, die sich nach einigen Tagen ohne die Gelegenheit, sich waschen zu können, schmutzig fühlte, hatte etwas Kölnischwasser aufgetragen. Sie versicherte sich, dass der Sargento nicht in ihre Richtung schaute, und gab ihm das Foto. Mauricio war vor Freude außer sich. Sie versuchte, ihn mit Gesten zu besänftigen, damit er nicht schrie. Mauricio begriff und tat keinen Mucks. Entzückt betrachtete er das Foto, dann drehte er Pilars Gesicht Ana zu.

«Guck, Pili, das ist die Señora, die so gut riecht.»

Ana holte das Fläschchen Kölnischwasser aus dem Koffer und reichte es ihm. «Nimm.»

Er lachte glücklich mit all seinen auseinanderstehenden

Zähnen. Er öffnete die Flasche, ließ ein paar Tropfen auf seine Finger rinnen und rieb das Foto damit ein.

«Jetzt riecht Pili wie du!»

«Aber mach es nur auf der Rückseite, sonst löst das Foto sich auf», sagte sie, froh darüber, ihm diesen belanglosen Rat geben zu können, da sie sonst vor ihm in Tränen ausgebrochen wäre.

Mauricio küsste das Foto mehrmals und schob es dann vorsichtig in die Tasche der dicken Jacke, die ihm seine Mutter gebracht hatte.

«Soll ich ein Foto von dir machen?»

Enrique Rubio hatte sie darum gebeten.

«Mach ein paar Fotos von dem Mörder», hatte er am Telefon gesagt.

«Von mir?»

«Klar. Weil du das Monster getötet hast.»

Mauricio wurde ernst. Er zog seine Hosen gerade, knöpfte die Jacke zu, leckte sich die Fingerspitzen und fuhr sich damit über die Haare. Ana konnte geradezu die Anweisungen seiner Mutter hören, die sicherstellen sollten, dass er sauber und ordentlich das Haus verließ. Sie bat ihn, sich vor eine Wand zu stellen, und schob den Sucher der Kamera zwischen den Stangen durch, da sie nicht wollte, dass das Gitter auf dem Foto zu sehen war. Der Blick des Jungen war ernst, er lächelte nicht. Wie alle Dorfkinder vor einer Kamera.

«Kann ich es sehen?», fragte er danach.

«Nein. Ich muss es erst entwickeln lassen.»

«Kann ich es dann sehen?»

«Selbstverständlich.»

«Kommst du mich holen?»

Diese Frage verstand sie nicht, aber sie hatte keine Zeit, es ihm zu sagen.

Der Chauffeur kam, um sie abzuholen.

«Wir müssen los. Sonst verpassen Sie den Zug nach Barcelona.»

Sie wollte ihm zum Abschied die Hand schütteln, aber er machte daraus einen ehrerbietigen Handkuss.

«Eugenia hat mir erklärt, dass man es bei den Damen aus der Stadt so macht.»

Sie verließ die Kaserne mit einem Kloß im Hals und ging zu dem Platz, wo der Bus auf die letzten Passagiere wartete.

Sie würde Rubio das Foto nicht geben, sie würde ihm sagen, dass es unterbelichtet sei oder beim Entwickeln etwas schiefgegangen wäre.

Der Chauffeur öffnete ihr den Wagenschlag.

Der Busfahrer schloss den Kofferraum und blickte sich um, um sich zu versichern, dass alle Fahrgäste eingestiegen waren. Er wollte gerade den Fuß auf das Trittbrett setzen, da rief eine Stimme: «Warten Sie!»

Ana bat den Chauffeur, ebenfalls zu warten. Die Neuankömmlinge waren Isabel und ihre Eltern. Der Vater trug seine Tochter auf dem Arm, die Mutter schleppte ein großes Bündel. Sie waren in Eile, offensichtlich hatten sie bis kurz vor der Abfahrt gewartet. Als Ana die Menschen sah, die mit wenigen Schritten Abstand hinter ihnen liefen, mit feindseligem Blick und gereckter Faust, verstand sie, warum.

Die drei stiegen in den Bus. Der Vater bettete das Mädchen in die letzte Sitzreihe, verabschiedete sich und kletterte hinaus. Er wartete nicht ab, bis der Bus losfuhr, sondern entfernte sich in die entgegengesetzte Richtung, aus der er ge-

kommen war, um die Gruppe von etwa fünfzehn Personen zu vermeiden, die ihnen gefolgt waren.

Mutter und Tochter saßen still im Bus, mit gesenkten Augen wichen sie den vorwurfsvollen Blicken der übrigen Passagiere aus.

Der Fahrer schloss die Tür.

Da warf ein Mädchen aus der Gruppe der Verfolger einen Schneeball gegen die Heckscheibe des Autobusses. Der Damm brach. Zuerst kamen die Beschimpfungen.

«Lügnerin.»

«Elende Betrüger.»

«Hexen.»

Danach setzte ein Trommelfeuer aus Schneebällen ein. Der Fahrer ließ den Motor an.

In einer der Straßen, die zum Platz führten, entdeckte Ana Miguel, der mit den Händen in den Manteltaschen dastand. Bewegungslos beobachtete er den entfesselten Zorn der Menschen auf dem Platz. Als sein Blick auf Anas traf, hob er die Hand zu einem Abschiedsgruß. Sie antwortete nicht und blickte nach vorn.

«Fahren Sie.»

Don Ignacio sagt, dass Isabelita und ihre Mutter auch in die Stadt gegangen sind. Sie sind mit dem Autobus gefahren. Bestimmt fahren sie in eine sehr große Stadt, und Isabelita wird dort eine berühmte Heilige. In der Stadt muss sie nicht sterben, um eine Heilige zu werden.

Und dann kommt sie mich holen.

Sie trägt einen Umhang mit Perlen, und ihre Krone strahlt.

Sie kommt mich holen und fragt: «Was wünschst du dir, Mauricio?»

Ich antworte, was mir Eugenia gesagt hat:

«Bitte bring meinen Kopf in Ordnung.»

Sie kommt mich holen.

DANKSAGUNG

Eine ganze Reihe von Menschen stand uns auch diesmal beim Schreiben zur Seite.

Juan Ribas schulden wir großen Dank dafür, dass er uns wieder an seinen schier unerschöpflichen Erinnerungen und lebendigen Erzählungen hat teilhaben lassen.

Tomás Sastre hat geduldig unsere Fragen beantwortet und uns großzügig Informationen aus dem Nachlass seines Onkels, des Journalisten und *El Caso*-Redakteurs Enrique Rubio, zur Verfügung gestellt.

Den gesamten Produktionsprozess über haben uns die luziden Kommentare und klugen Vorschläge Klaus Reichenbergers begleitet. Ohne ihn wäre der Roman nicht geworden, was er ist.

Dasselbe gilt für die kritische Lektüre und die zahlreichen Anmerkungen, die wir Társila Reyes, Pilar Montero, Ana Ramírez und Angelika Gugau-Keursten verdanken.

Nicht zuletzt gilt unser Dank all den Lesern und Leserinnen von *Das Flüstern der Stadt,* die bei Lesungen und Buchvorstellungen, in Briefen und Mails ihre persönlichen Erfahrungen mit uns geteilt und unser Wissen über das Spanien der fünfziger Jahre bereichert haben. Auch wenn wir uns die eine oder andere Freiheit in historischer Hinsicht genommen haben, hoffen wir, dass *Die große Kälte* ihnen genauso anregend erscheint wie der vorausgehende Roman.

Rosa Ribas & Sabine Hofmann

DAS FLÜSTERN DER STADT

Barcelona, Stadt der Toten.

Barcelona, zur Zeit der Franco-Diktatur: Die junge, ehrgeizige Journalistin Ana Martí soll die Berichterstattung über den Mord an einer Arztwitwe übernehmen – für sie die Chance, endlich Karriere zu machen. Doch Ana darf nur schreiben, was ihr in die Feder diktiert wird, denn die Polizei hat strikte Anweisung, den Fall so schnell wie möglich zu den Akten zu legen. Als im Besitz der Toten Briefe eines unbekannten Liebhabers gefunden werden, für die sich niemand interessiert, bittet Ana ihre Cousine Beatriz um Hilfe. Tatsächlich entdeckt die Sprachwissenschaftlerin darin wichtige Hinweise. Schnell ist den beiden Frauen klar: Gegen alle Widerstände wollen sie die Wahrheit ans Licht bringen. Ihre einzige Waffe: die Macht des Wortes …

512 Seiten

«Atmosphärisch, berührend, packend.» *NDR*

«Wunderbar geschrieben und atmosphärisch extrem dicht erzählt: Dieses Debüt macht sofort Lust auf sehr viel mehr.» *Brigitte*

MIX
Papier aus verantwortungsvollen Quellen
FSC® C083411

Das für dieses Buch verwendete Papier ist FSC®-zertifiziert.